多维视角下的奥尼尔戏剧研究

王占斌　著

南開大學出版社

天　津

图书在版编目(CIP)数据

多维视角下的奥尼尔戏剧研究 / 王占斌著. —天津:
南开大学出版社,2017.9
　ISBN 978-7-310-05471-8

　Ⅰ.①多… Ⅱ.①王… Ⅲ.①奥尼尔(O'Neill,
Eugene 1888－1953)－戏剧文学－文学研究 Ⅳ.
①I712.073

　中国版本图书馆 CIP 数据核字(2017)第 227608 号

南开大学出版社出版发行
出版人:刘立松
地址:天津市南开区卫津路 94 号　　邮政编码:300071
营销部电话:(022)23508339　23500755
营销部传真:(022)23508542　　邮购部电话:(022)23502200
*
唐山新苑印务有限公司印刷
全国各地新华书店经销
*
2017 年 9 月第 1 版　　2017 年 9 月第 1 次印刷
210×148 毫米　32 开本　5.75 印张　2 插页　162 千字
定价:25.00 元

如遇图书印装质量问题,请与本社营销部联系调换,电话:(022)23507125

　　本著作的研究得到天津哲学社科规划项目资助（批准号：TJWW15-020）和天津商业大学重点学科专著出版经费资助，特此感谢！

前　言

　　尤金·奥尼尔一生撰写了近50部剧本，他运用各种艺术形式表现同时代人的思想感情和道德品行，告别了欧洲移植过来的插科打诨的闹剧和结构精巧的情节剧的时风，改变了美国只有剧场没有戏剧的历史。奥尼尔认为戏剧是生活，是生活的实质和对生活的解释，他把生活中熟悉的人和事搬上舞台，把隐藏在人内心深处的道德和灵魂赤裸裸地呈现在观众的面前，让观众看到了自己的行为和内心世界，在观剧的同时得到一次严肃的洗礼和心灵的忏悔。奥尼尔的剧作已经不再是那种取悦人心、供人消磨时间的商业性戏剧，而是引起人们共鸣的、探索人生的严肃戏剧。纵观奥尼尔的剧作，每部作品都展示了生活的一个层面，剖解了人的精神世界的苦闷和哀伤，找寻漂泊不定的人类灵魂。正如奥尼尔在1946年9月20日《送冰的人来了》公演前举行的大型记者招待会上所言："要是人失去了自己的灵魂，那么得到整个世界又有什么用呢？"

　　奥尼尔的戏剧内容是严肃的，关注的问题是严肃的，艺术思想是严肃的。奥尼尔各个时期剧本的剧情各不相同，但都是通过剧中人物的不同生活来"表达人生的悲剧性、神秘性与戏剧性"；奥尼尔的剧本并不太关心社会问题，基本上游离于20世纪二三十年代文学思潮之外，他关注的是社会变迁给人的心灵造成的后果，他思考的是在现代社会中精神流浪的人如何能找到归宿，特别是当"旧的上帝死了，而取而代之的新上帝无法弥补旧上帝遗留在人们心里的原始信仰本能"时，何以获得精神的慰藉；奥尼尔剧本的表现形式多种多样，他是用表现主义、象征主义、现实主义、自然主义和心理分析创作美国戏剧的践行者。奥尼尔说："每一种方法都具备有利于我达到目标的可取之处，因此，我若能有足够的火力，就把它们都熔化成我自己的手法。"

他的现实主义戏剧关注底层人，揭示底层人的悲剧人生；自然主义戏剧通过对普通小人物命运的展现，使人们意识到自己的悲惨境地；表现主义作品通过对人物内心活动的外化，表现人失去归属感、找不到出路的迷惘和痛苦；心理分析戏剧通过对人的潜意识和性的分析，从人的欲望激情中挖掘人类悲剧的根源；浪漫主义戏剧塑造了怀有梦想、不断追求不可能实现的理想的悲剧人物。所有手法的作用殊途同归，共同反映现代人深陷自身处境的困惑——他们因拼命挣扎、寻找自我归宿而痛苦和焦虑，一直徘徊在无希望的希望大门外。

奥尼尔实验各种创作手法是在他的哲学思维和艺术思想的指导下进行的。叔本华的悲观主义哲学对奥尼尔产生了很大的影响。叔本华认为人无法了解世界，无法预测未来，人在自然和社会中是无能为力的，人生不过是一场噩梦，"世界和人生不可能给我们以真正的快乐。"对奥尼尔影响最大的要数尼采哲学，主要原因在于尼采的思想中有一种激烈的、革命的内核，他以反对传统道德的面貌出现，鼓吹人的意志的重要性，否定在人类文明中统治了几千年的"真善美"的伦理价值。尼采要求对"一切价值重新估价"，宣扬"要成为创造善恶的人，首先必须成为一个破坏的、而且粉碎一切价值的人"。在尼采的影响下，奥尼尔也用尼采的思想观点思考人类的命运，形成了否定和蔑视传统清教的物质主义伦理道德的价值观。奥尼尔"痛恨社会的习俗和传统所统治的生活"，批判白人文化中心、男权中心、物质中心的传统伦理，希望治愈隐藏在族裔、性别、宗教等领域的伦理危机，建构一个美丽和谐的人类精神家园。

奥尼尔没有用传统现实主义的叙事形式去揭示种族矛盾，激化种族对立，而是从思想上和心理上消解二元对立，建构平等的种族关系。奥尼尔戏剧的解构叙事主要体现在其特别的剧作表达上，他脱离了美国传统的宏大叙事，更多地书写人类支离破碎的心灵，赋予了人类更多的人文关怀。奥尼尔关心的是个体的困境，表现的是日常生活中的体验，探索人类灵魂深处的道德，回归于本真和细节。

奥尼尔通过剧本讽刺和批驳传统伦理道德，解构人类社会存在的各种对立的社会现象，嘲弄西方文化中心霸权的伦理价值，通过舞台表演给高尚的伦理道德"加冕"，给上层人类腐蚀了的卑鄙灵魂和道德虚伪"脱冕"。奥尼尔剧本反驳传统，用狂欢化的伦理叙事策略消解主流文化，以艺术的形式戏谑社会阴暗面，在笑声中让传统文化的形而上学大厦轰然倒塌。

奥尼尔剧本充满边缘化的人群，从杨克到琼斯，从妮娜到玛丽，他们被别人定义和书写，他们是一群行走在边缘的"他者"。奥尼尔的戏剧就是一群边缘化的"他者"构成的故事，他们徘徊在文明的边缘，一直苦于探寻自己的身份。奥尼尔对边缘人群投以极大的关怀和同情，他的叙事策略是反主流的伦理叙事，对种族、性别、阶级、信仰等边缘人群进行悲剧性的书写，描写他们的奋斗、挣扎、失望和无奈。

奥尼尔是一个具有高度责任感的剧作家，他一生致力于追求戏剧的革新，他指出："戏剧和绘画、音乐一样，也有一套建立得很好的规则。只有那些懂得规则的人，才能成功地打破它们。"奥尼尔的创新不是建立在对以前的形式采取虚无主义态度的基础上，相反，他之所以在表现风格和形式上有所突破，主要是他深谙希腊戏剧传统但又不为传统所束缚。奥尼尔的戏剧发起对灵魂深处道德本真的诉求，他从来"不在道德问题上装腔作势"，这就是奥尼尔戏剧创作的伦理基点，他把生活中看到的人与人的冲突、人与自身的冲突以及人与命运的冲突，都如实地用戏剧艺术再现出来。

目　录

绪　论

尤金·奥尼尔是 20 世纪美国最著名的剧作家之一，他一生致力于戏剧的创作，总共撰写了独幕剧和多幕剧 49 部，先后 4 次获得普利策奖，并于 1936 年获得诺贝尔文学奖，奥尼尔和他的戏剧也因此受到世界人民的关注。国内外有众多学者关注奥尼尔及其戏剧作品，许多国家都建立了专门的奥尼尔研究学会，出版了专门研究奥尼尔的刊物，从不同的角度、不同的范围对奥尼尔进行研究。20 世纪 80 年代至今，中国的奥尼尔研究达到顶峰，成为仅次于美国的研究奥尼尔最多的国家，研究的范围从作者的创作意图一直扩展到作品的美学价值，告别了以往唯现实主义独尊的一家之言，以更为广阔的视野和深入的文本解读去理解剧作家奥尼尔。

第一节　国内外研究现状简述

国外对奥尼尔的研究群体庞大，研究视野开阔，研究成果丰硕，研究线路清晰。20 世纪二三十年代，奥尼尔进入其戏剧创作的高产期，因此，对奥尼尔及其剧作的批评也如雨后春笋，频频见于各大报刊上。当时在美国剧评界有著名的剧评家克鲁奇、内森和艾金森。剧评家克鲁奇在 1932 年编辑出版的《尤金·奥尼尔九剧本介绍》中，指出奥尼尔的作品与易卜生、肖伯纳的剧作不一样，但与《哈姆雷特》《麦克白斯》具有同等重要的价值；奥尼尔和莎士比亚的剧本都展示了人的欲望和激情，以及人的旺盛的生命力带来的令人恐怖的杀伤性，富有古希腊悲剧的深刻元素[①]。内森对奥尼尔高度赞扬，他认为奥尼尔激情

[①] Joseph Wood Crutch, *Introduction to Nine Plays by Eugene O'Neill*, New York：Random House, 1932, p.292.

奔放、胸怀博大、技艺精湛，这些都是无与伦比的。奥尼尔描写的人物具有"普遍性"，是一些活生生的"整个人类的象征"，人物身上体现了时代的伦理价值，具备人性所有的"美德和缺陷"[①]。艾金森认为奥尼尔打破传统模式，使剧院发生了地震，美国戏剧从此由小剧场表演走向与生活密切相关的"严肃的艺术"[②]。这个时期的一些剧评家都是著名的文学家或者知名记者，他们对戏剧有着深刻的认识和理解，对戏剧的批评入木三分、精辟独到，他们在《纽约时报》《新闻周刊》等著名报刊上发表关于作品、演员和舞台表演的文章，对观众欣赏戏剧起到了很好的引领作用，也增进了观众对奥尼尔及其作品的进一步了解。然而，他们的评论还停留在一些散论之上，缺乏系统性和全面性，还不具有很高的学术价值。

20 世纪三四十年代左翼文学批评在美国非常盛行，甚至成了文学批评界的主流。剧评家卡尔文顿的《美国文学的解脱》借用马克思理论分析了文学的起源和意义，认为文学是社会、阶级和经济的产物，无产阶级文学是一种新型的充满希望的文学[③]。评论家希克斯以其《辉煌的传统：内战后美国文学解读》著名，希克斯是典型的马克思主义批评家，他对美国文学传统的研究完全是应用马克思理论进行，是目前最系统的马克思理论视角下的文学批评著作。他将强烈的革命热情渗透到奥尼尔剧本和对其他美国文学的批评之中，致使批评的客观性值得怀疑。当时最有影响的剧作家兼剧评家约翰·H. 劳森认为，奥尼尔的早期戏剧是进步的，后来的戏剧是"病态"[④]的，这种病态就是奥尼尔失去了无产阶级的血液[⑤]。剧作家赖斯特·克尔与劳森相比，有过之而无不及，他针对劳森1954年3月发表在《群众与主流》(*Masses*

① 参见艾辛：《奥尼尔研究综述》，《剧本》，1987 年第 5 期，第 93-94 页。

② Willian Larsen, "In Memoriam: Eugene O'Neill, 1888-1953," *American Journal of Economics and Sociology*, Jan. 1954, 13(2), p.190.

③ Victor Francis Calverton, *Liberation of American Literature*, New York: Charles Scribner's Sons, 1932, p.500.

④ 龙文佩：《尤金·奥尼尔评论集》，上海：上海译文出版社，1988 年，第 60 页。

⑤ John Howard Lawson, *Theory and Technique of Playwriting and Screenwriting*, New York: G. P. Putnam's Sons', 1936, p.158.

and Mainstream）的文章（"The Tragedy of Eugene O'Neill"）[①]，紧跟着在 1954 年 6 月同一期刊上连发三篇文章（题目为"Two Views on O'Neill"）回击劳森，他认为奥尼尔思想腐朽，剧作自然不能为无产阶级呐喊[②]。左翼剧评家所做的基本上是文学外部的研究，对文学的社会功能和意识形态功能的认识比较深刻，但他们存在的共同问题是忽略了文学的审美功能研究和对文学内部规律的深入探讨。

1934 年，索福斯·K. 温泽尔的专著《奥尼尔批评性研究》出版，分析奥尼尔 20 世纪 30 年代之前所发表的重要作品，系统完整地概括了奥尼尔及其作品的社会意义、宗教色彩、伦理道德、创作艺术、现代悲剧等[③]。1935 年，理查德·D. 斯肯纳发表的《尤金·奥尼尔：诗人的探索之路》是 30 年代研究奥尼尔最深刻的批评性著作，作者高度评价了奥尼尔的戏剧，认为奥尼尔的戏剧绝不属于"一个剧场"，他的剧本反映的是人的内心世界和现实生活，他用"讽喻"（parable）的手法描写了人性之伦理道德。斯肯纳甚至认为奥尼尔的剧作超越了萧伯纳和易卜生的戏剧，萧伯纳的作品就是费边社会者的真实描写，易卜生则是对社会虚伪（false pride）的揭露，他们都没有奥尼尔身上的"诗人天赋"（poet's gift），只有奥尼尔可以脱离特定的时代、特定的事件和人物，直接深入到人性情感和伦理的最深处[④]。文泽和斯肯纳从不同的角度对奥尼尔进行了探索研究，两位批评家的研究在当时而言，富有开拓性和历史意义，但是整体看来还是不够系统，主要是因为奥尼尔的代表作品创作于 1935 至 1943 年之间，所以研究还欠完备。

20 世纪 50 年代，约翰·H. 拉雷撰写的《尤金·奥尼尔的戏剧》，是从历史和形式的视角研究奥尼尔剧作的，这不同于有些学者的单项研究或历时性研究。例如，多丽斯·法尔克认为，奥尼尔的每一部戏剧都是一个"三百六十度的圆周"的独立世界，每一部剧都是一部历

---

① John Howard Lawson, "The Tragedy of Eugene O'Neill," *Masses and Mainstream*, Mar. 1954, 7(3), pp.7-18.

② Lester Cole, "Two Views on O'Neill," *Masses and Mainstream*, Jun. 1954,7(6), pp. 56-63.

③ Sophus K. Winther, *O'Neill: A Critical Study*, New York: Russell and Russell, 1934.

④ Richard D. Skinner, *Eugene O'Neill: A Poet's Quest*, New York: Longmans Green, 1935, pp.53-54.

史学文献、伦理学文献、心理学文献和哲学文献，所以奥尼尔的任何一部戏剧都是"宏观宇宙"（macrocosm）世界的另一个"微观世界"（microcosm）[①]。如果说多丽斯所做的是对奥尼尔剧作的心理深度探析的话，拉雷则是对历史和人性的深刻反思。

20 世纪 70 年代对奥尼尔研究最系统的，要数乔丹·米勒的《尤金·奥尼尔与美国批评家》。专著几乎网罗了所有发表在各种报刊上和其他媒体上的有关奥尼尔剧作的剧评以及公开出版的有关奥尼尔剧作的学术研究成果，使他的研究相比之下更全面、更系统、更可信[②]。这时期关于奥尼尔研究的重要著作，还有《奥尼尔及其剧作》和《奥尼尔研究指南》。前者是由奥斯卡·卡基尔等三位批评家合撰的，书中编写了 40 年来批评家对奥尼尔及其剧作的批评，而后者是由玛格丽特·L.兰诺德撰写的，书中既有对奥尼尔代表剧作的批评，也有对一些普通剧作的评论，同时还对大多戏剧中的人物进行了分析，奥尼尔及其家庭成员也被一一描写和传述。该书对奥尼尔戏剧从艺术理论到艺术实践的分析，对我们有极大的参考和借鉴的价值[③]。

1972 年博加德的《时代的写照：奥尼尔剧作研究》，堪称奥尼尔研究的巅峰之作，研究的深度和广度都是前人所不及的。该书对奥尼尔各个时期的作品进行了全面剖析，几乎没有遗漏。该书最大的特点是，作者跟踪了戏剧的演出，并对每次演出的情况、观众和专业批评家对戏剧演出的反映，都做了翔实的论述[④]。

20 世纪下半叶至 21 世纪初，一些剧评家开始从心理学角度研究奥尼尔的戏剧。1958 年，多丽斯·法尔克通过著作《尤金·奥尼尔及其悲剧性张力》从心理学和社会学的角度对奥尼尔的晚年力作《进入黑夜的漫长旅程》进行了研究，这可以说是从心理学角度研究奥尼尔剧作的开山之作。她认为，在外物操控的社会里，人会无可奈何，而

① John H. Raleigh, *The Plays of Eugene O'Neill*, Carbondale: Southern Illinois University Press, 1965, pp.XIV-XV.

② Jordan Y. Miller, *Eugene O'Neill and the American Critic*, Hamden: Archon Books, 1973.

③ Margaret L. Ranald, *An O'Neill Companion*, Westport: Greenwood Press, 1984.

④ Travis Bogard, *Contour in Time: The Plays of Eugene O'Neill*, New York: Oxford University Press, 1988.

且人性异化，多数都在漫长地等待和绝望中消磨一生①。关于奥尼尔心理研究的成熟之作是约翰·迪金斯的《尤金·奥尼尔眼中的美国：民主之下的欲望》，迪金斯认为，奥尼尔笔下的人物都在拼命地生活，渴望在繁荣富强的国度中实现自己的梦想和精神自由，但是梦想最后总是被欲望摧毁，不断破灭的欲望成为美国民主的梦魇。

有关奥尼尔评传研究的大作是亚瑟和盖尔布（Arthur and Barbara Gelb）的《奥尼尔》，盖尔布夫妇通过采访调查和书信往来等形式，获取翔实的资料，在奥尼尔去世 9 年之际出版了这部惊世之作。Gelb 夫妇于 2001 年再出奥尼尔新传《奥尼尔：基督山相伴一生》，增加了很多鲜为人知的资料，弥补了旧传的缺陷，研究显得更加客观和完善。相比以前的评传，作者自己也认为不仅仅是资料的扩大、视野的开阔，更重要的是评论更加深刻。38 年的沉淀使他们夫妇加深了对世界的看法和人生的理解，他们在前言中也说，这是他们对世界的"领悟能力改变"（changed sensibility）②的结果。弗洛伊德（Virginia Floyd）的《尤金奥尼尔：不一样的评价》富有个性，她把整本自传按时间顺序分成四部分，每部分有前言和结语，即评传式的开头和用来自奥尼尔个人笔记中的话语作总结。评传注重细节，适合各个层次的读者，特别适合作为科研文献，受到学者的青睐。

综观国外关于奥尼尔戏剧研究的文献，可以看出对奥尼尔戏剧研究的路径大概是，从外围走向内部，由纵向走向横向，逐渐发展为内外相接、纵横交错的研究取向，研究的视野不断放大，研究的问题不断深入，明显地体现了由外而内、由单学科向跨学科、跨文化的研究轨迹。

奥尼尔的作品在中国得到了广泛的传播，其影响之大和研究人群之多仅次于美国本土，而且研究的线路也与英美国家有很多的相似之处，例如，中美研究中都体现出 20 世纪二三十年代和八九十年代两个研究的活跃期。我国这两个时期对奥尼尔的研究显然高于其他时期，

---

① Doris V. Falk, *Eugene O'Neill and the Tragic Tension: An Interpretive Study of the Play*, New Brunswick: Rutgers University Press, 1958, p.196.

② Arthur and Barbara Gelb, *O'Neill: life with Monte Cristo*, New York: Applause Theatre Books, 2000, p.XI.

主要原因是，第一时期我们需要拿来和借鉴西方戏剧的理论和形式，而 80 年代之后，经济文化快速发展的中国以开放和包容的态度吸纳西方经典的东西，改善和升级我国落后的艺术成分。90 年代之后，我国学者对奥尼尔的研究由活跃逐渐变得沉稳、深刻和多元，很多学术价值高的论著问世，用"新批评、新理论对奥尼尔剧作进行新的观照、思考和分析，挖掘其作品中的新内涵"①。

20 年代就有大批学者文人撰文向中国读者介绍奥尼尔和他的作品，这其中包括茅盾、张嘉铸、胡逸云、查士铮、余上沅、胡春冰、钱歌川等。在 20 年代向国人介绍奥尼尔的学者中，洪深的影响不能忽略。他的剧本《赵阎王》就是把奥尼尔的《琼斯皇》进行改编移植到中国，并在上海笑舞台演出。洪深将《琼斯皇》中国化的目的有三：一是扩大奥尼尔在中国的影响；二是使中国戏剧现代化；三是传播思想、"改善人生"②。

20 世纪 30 年代，奥尼尔得到中国学界的广泛关注，最重要的原因是莎士比亚、易卜生、萧伯纳、席勒等著名戏剧家的现实主义戏剧在国内译介后，大众开始对西方现实主义戏剧产生了浓厚的兴趣。同时，学界对不断试验表现主义、象征主义和心理分析等创作手法的美国戏剧大师奥尼尔也有极高的期待。在此背景下，30 年代译介批判奥尼尔作品的专家云集、学者辈出。30 年代对奥尼尔的译介和研究之大成者要数曹禺，曹禺的艺术发展之路处处都能找到奥尼尔影响的痕迹，许多学者注意到，曹禺在悲剧观念上、在对人物的悲剧命运的看法上，甚至一些表现手法上都受到奥尼尔的影响，他的《原野》就有《琼斯皇》中的艺术元素。曹禺与洪深的不同在于，曹禺不是简单的模仿，而是对奥剧悲剧精神的吸收和内化，然后运用现代理论和现代话语创作中国观众能够接受的诸如《雷雨》《日出》等作品。

整体而言，30 年代的剧评涉及面比较宽。袁昌英从哲学和伦理学

---

① 张春蕾：《尤金·奥尼尔 90 年中国形成回眸》，《南京晓庄学院学报》，2013 年第 1 期，第 69 页。

② 参见刘海平、朱栋霖：《中美文化在戏剧中的交流》，南京：南京大学出版社，1988 年，第 41 页。

的视角研究奥尼尔；顾仲彝和曹泰来用悲剧美学理论研究；钱歌川从
戏剧的艺术角度进行研究；萧乾用象征主义理论反观奥尼尔作品；黄
学勤和张梦麟倾向于奥尼尔剧本的社会批判功能；钱杏村使用马克思
的无产阶级文艺理论研究奥尼尔；余上沅的研究更接近对奥尼尔剧本
的主题研究；柳无忌从宗教观的视角研究奥尼尔；而巩思文的专著是
一本文学史式的研究，是 30 年代唯一的一部研究奥尼尔等美国五位作
家的，其中大部分篇幅都放在奥尼尔研究上。30 年代真正让奥尼尔进
入中国观众心里的学者是曹禺，他的伟大贡献就在于用剧本说剧本，
以表演谈表演。20 世纪 30 年代，奥尼尔的研究可谓百花齐放、百家
争鸣，研究形式多样，研究成果颇丰，研究也有了深度，从 20 年代稚
嫩的研究上升到比较高的理论层次。但是，不可否认，当时的研究受
到社会环境的影响，学者的主观思想渗透在字里行间，研究中误读和
歪曲也不少见。

　　进入 40 年代，中国陷入外战和内战时期，国内戏剧界无暇顾及奥
尼尔这样远离社会政治的剧作家，结果是，整个 40 年代发表的关于奥
尼尔研究的文章只有 5 篇，由陈纪滢和顾仲彝等人撰写，译著仅有 3
部，由荒芜等人翻译。战争的硝烟湮没了中国的奥尼尔研究。从 1949
年到 1978 年间，由于国际政治形势和冷战局势，外国文学研究基本处
于“闭关锁国”的状态，只有符合社会主义意识形态的作家才可以作
为研究对象，所以当时除了一份《外国文学参考资料》偶尔报道一下
奥尼尔的遗作出版的消息外，既没有译本问世，也没有评论发表，奥
尼尔被排除在中国文学界外。

　　进入 80 年代，我国的奥尼尔研究迎来了春风。1981 年，《安娜·
克里斯蒂》登上了中国的戏剧舞台，此后奥尼尔的《榆树下的欲望》
等一系列剧本开始上演。1985 年，廖可兑先生在中央戏剧学院创办“奥
尼尔研究中心”[①]，1987 年 2 月在北京召开第一届奥尼尔戏剧研讨会，
1988 年 6 月在南京召开国际奥尼尔学术会议，1988 年 12 月在北京召

---

　　① 廖可兑先生是希腊悲剧和欧洲文艺复兴时期戏剧研究的专家，后来对奥尼尔研究感兴趣，
负责成立研究中心，他任该中心主任，去世后由郭继德教授任中心主任。

开第二届奥尼尔戏剧研讨会，这些标志着奥尼尔研究已经走入高潮。

80年代，一批奥尼尔研究的著名专家和学者着手译介和重译奥尼尔的剧作，其中包括荒芜、汪义群、刘海平、郭继德、龙文佩、欧阳基、梅绍武、张冲等。比如，荒芜的《天边外》，汪义群的《上帝的儿女都有翅膀》《榆树下的欲望》《无穷的岁月》和《进入黑夜的漫长岁月》，刘海平的《马可百万》和《休伊》，郭继德的《诗人的气质》，龙文佩的《东航卡迪夫》和《送冰的人来了》，梅绍武的《更庄严的大厦》和《月照不幸人》等。这些译本出自学者之手，他们对奥尼尔本人和奥尼尔的作品做过深入研究，所以他们的译作无限接近奥尼尔的本来面目，无论从译介的准确度，还是从舞台的演出功能看，都是30年代的译作不可企及的。这些译本今天都成为奥尼尔剧作翻译的经典不朽之作。

90年代至2015年上半年，奥尼尔研究并不像80年代那样火热，处于平静、稳健和多元的研究态势。所谓平静稳健，指的是奥尼尔研究走向成熟，不受社会政治和意识形态的操纵，按照学术研究的规律不断前进。所谓多元，是指这个时期很多学者运用新批评、新理论、新观点对奥尼尔的剧本进行新的思考和研究。笔者在中国知网 CNKI上对奥尼尔研究的论文进行检索，仅1990年至2015年的优秀博士论文就有17篇，优秀硕士论文211篇，可见国内对奥尼尔戏剧的研究在稳健地发展。

90年代以来，奥尼尔研究最明显的现象是，奥尼尔的剧本被新译，英语奥尼尔研究专著被译介，国内奥尼尔专著也相继出版，奥尼尔研究呈现出内涵式的研究取向。1995年，《奥尼尔集：1932-1943》问世，书中收集了汪义群、龙文佩、梅绍武等重译的奥尼尔最有分量的八个剧本和一部小说。2002年，山东大学郭继德编的《奥尼尔文集》六卷本由人民文学出版社出版，这是迄今为止我国收集出版的最完整的集子，可以肯定地说，这本集子已经成为奥尼尔爱好者和研究者的囊中之宝。最为珍贵的是，第六卷中收集了奥尼尔对戏剧和人生的精言散论，为研究奥尼尔及其剧本提供了难以取代的资料。2007年欧阳基等翻译并由人民文学出版社出版的《奥尼尔剧作选》，收集了《安娜·克里斯蒂》等六部戏剧。这些戏剧集各有千秋，为研究奥尼尔提供了文献基础。

国内奥尼尔研究的专著和论文集也频频出版，影响比较大的有：廖可兑主编的《尤金·奥尼尔戏剧研究论文集》①及其撰写的《尤金·奥尼尔剧作研究》，刘海平、徐锡祥编写的《奥尼尔论戏剧》，郭继德主编的《尤金·奥尼尔戏剧研究论文集》②，谢群的《语言与分裂的自我：尤金·奥尼尔剧作解读》，汪义群的《奥尼尔研究》，郭勤的《依存于超越：尤金·奥尼尔隐秘世界后的广袤天空》，刘德环的《尤金·奥尼尔传》，刘永杰的《性别理论视阈下的尤金·奥尼尔剧作研究》等。其中廖可兑和郭继德编写的同名论文集都收集了当时学术会议提交的优秀论文，成为研究奥尼尔的重要参考资料。廖可兑的专著对 18 部剧本的人物、情节、艺术手法、思想意义等进行了剖析，有极高的学术价值③。刘海平的编著别具特色，主要分析了舞台演出艺术、戏剧批评和剧本梗概等，为戏剧舞台艺术研究提供了参考方法④。刘德环的专著虽然学术性不算高，但是特色鲜明，反映了一个外国人眼中的奥尼尔的一生⑤。相比于廖可兑、郭继德和刘海平等，汪义群的专著对奥尼尔的研究最系统、最全面，涵盖了生平、创作、风格、悲剧渊源和国内外奥尼尔研究派别等。

纵观我国 20 多年来发表的有关奥尼尔研究的论文，较以前具有质的变化，特别是学术论文体现出更加多元和开放的态势，现代西方的新理论和新方法被广泛运用。概括起来，对奥尼尔研究的学术论文主要包括以下几个方面。

1. 对奥尼尔的悲剧思想研究

从 1990 年开始，为数众多的学者在奥尼尔的悲剧中探究他的悲剧思想和悲剧诗学。刘砚冰的《论尤金·奥尼尔的现代心理悲剧》认为奥尼

---

① 廖可兑：《尤金·奥尼尔戏剧研究论文集》，北京：外语教学与研究出版社，1997 年。
② 郭继德：《尤金·奥尼尔戏剧研究论文集》，上海：上海外语教育出版社，2004 年。
③ 廖可兑：《尤金·奥尼尔剧作研究》，北京：中国美术学院出版社，1999 年。
④ 刘海平、徐锡祥：《奥尼尔论戏剧》，北京：大众文学出版社，1999 年。
⑤ 刘德环：《尤金·奥尼尔传》，长春：吉林出版集团、时代文艺出版社，2013 年。

尔的悲剧诗学深受古希腊悲剧美学的影响①。王铁铸的《悲剧：奥尼尔的三位一体》认为奥尼尔悲剧思想的本质就是，他把情感作为人生的导航，推崇情感，忽视理性②。杨彦恒的论文《论尤金·奥尼尔剧作的悲剧美学思想》指出，奥尼尔悲剧具有强烈的人类精神关怀，剧中的人物都在经受各种痛苦的折磨，但总是不屈不挠，体现了人对幸福生活和美好未来的憧憬，包含丰富的"美学价值"③。作者武跃速论及奥尼尔对人的灵魂世界的探索，寻找支离破碎的精神世界的超越。这些论文对奥尼尔的悲剧思想和悲剧诗学进行了各个角度的探索。

2. 女权主义研究

杨永丽、时晓英、刘琛等学者一致认为奥尼尔是男权话语的代表，歌颂男权社会男性对女性主宰的合理性。杨永丽的《"恶女人"的提示——论〈奥瑞斯提亚〉与〈悲悼〉》认为奥尼尔的剧本纯粹是男性按照自己的需要对女性的书写，忽视了女性的社会地位和身份④。时晓英的《极端状况下的女性——奥尼尔女主角的生存状态》通过对三位女性的分析，认为奥尼尔剧中的女性只能从"男性视觉去认知"和理解⑤。刘琛的《论奥尼尔戏剧中男权中心主义下的女性观》认为奥尼尔剧本中宣传的是男权中心主义，男权中心主义下的女性甘愿付出，甚至对男性社会的恩赐"深受感动"⑥。还有一些学者则持不同的观点。沈建青、夏雪、刘永杰、卫岭撰写论文为奥尼尔昭雪申冤。沈建青的《疯癫中的挣扎和抵抗》认为通过对母亲玛丽的疯癫状态的描写，剧本突

---

① 刘砚冰：《论尤金·奥尼尔的现代心理悲剧》，《河南师范大学学报》，1992 年第 3 期，第 81 页。

② 王铁铸：《悲剧：奥尼尔的三位一体》，《辽宁大学学报》，1993 年第 3 期，第 11 页。

③ 杨彦恒：《论尤金·奥尼尔剧作的悲剧美学思想》，《中山大学学报》，1997 年第 6 期，第 127 页。

④ 杨永丽：《"恶女人"的提示——论〈奥瑞斯提亚〉与〈悲悼〉》，《外国文学评论》，1990 年第 1 期，第 107 页。

⑤ 时晓英：《极端状况下的女性——奥尼尔女主角的生存状态》，《四川外语学院学报》，2004 年第 4 期，第 36 页。

⑥ 刘琛：《论奥尼尔戏剧中男权中心主义下的女性观》，《吉林大学社会科学学报》，2004 年第 5 期，第 62 页。

出反映女性在"传统性别角色重压下的无助挣扎和孤独抵抗"①。夏雪的《尼娜：男性世界中的囚鸟》通过对《奇异的插曲》中尼娜的心理和行为的分析，认为她看似选择自由，控制了 6 个男人，而实际上妮娜始终无法超越根深蒂固的传统的"男性价值观"，不可能逃脱男权社会的"樊笼"②。刘永杰、卫岭则认为奥尼尔不但不是男权主义者，相反，他正是为失语的女性找回自我和身份。

3. 关于奥尼尔戏剧的表现主义手法的研究

奥尼尔的表现主义作品深受国内学者的关注，引来国内学者研究的热潮，例如刘明厚、朱伊革、左金梅等都认为奥尼尔的表现主义表现了现代人的异化和疏离感。刘明厚的《简论奥尼尔的表现主义戏剧》认为奥尼尔表现主义戏剧所表现的是剧中人物寻找归宿的徒劳，揭示了美国现代工业文明造成的孤独、焦虑、迷惘和痛苦，他们完全没有"灵魂"的依托③。朱伊革的《尤金·奥尼尔的表现主义手法》与刘明厚的观点大同小异，他认为奥尼尔戏剧通过语言和超语言的表现主义技巧让观众认识机器工业化生产夺取了人的幸福感，代之而来的是人的内心深处的"困惑"、彷徨和无所适从④。左金梅的《尤金·奥尼尔的表现主义艺术》认为奥尼尔剧作试验了西方现代主义惯用的象征主义、内心独白等表现主义手法，向观众拨开了西方现代工业社会人的"内心世界"，机器工业化生产使人处于无处立足、缺少认同感的"悲惨处境"⑤。

4. 关于奥尼尔戏剧心理学研究

国内学者文人借助心理分析和创伤理论对《榆树下的欲望》《悲悼》

---

① 沈建青：《疯癫中的挣扎和抵抗：谈〈长日入夜行〉里的玛丽》，《外国文学研究》，2003 年第 5 期，第 62 页。

② 夏雪：《尼娜：男性世界中的囚鸟——对〈奇异的插曲〉的女性主义解读》，《社会科学论坛》，2015 年第 2 期，第 85-86 页。

③ 刘明厚：《简论奥尼尔的表现主义戏剧》，《外国文学评论》，1997 年第 3 期，第 60-61 页。

④ 朱伊革：《尤金·奥尼尔的表现主义手法》，《天津外国语学院学报》，2003 年第 2 期，第 58 页。

⑤ 左金梅：《尤金·奥尼尔的表现主义艺术》，《中国海洋大学学报》，2004 年第 4 期，第 52 页。

《奇异的插曲》和《进入黑夜的漫长旅程》等四部剧本进行解读分析。例如李兵的《奥尼尔与弗洛伊德》提出奥尼尔与弗洛伊德同样在关注人的精神世界的共同性，认为弗洛伊德"无意识"理论对奥尼尔戏剧写作有明显的影响①。陈立华的《从〈榆树下的欲望〉看奥尼尔对人性的剖析》通过弗洛伊德性本能理论，认为被压抑的欲望的发泄使爱碧和伊本走向毁灭，剧本暴露了"人性的缺陷"，指出了摧毁自我的根源就是人性的欲望②。苗佳的《论戏剧〈进入黑夜的漫长旅程〉的心理创伤》利用精神分析理论分析了蒂龙一家四口人因为生活压力而产生的"焦虑"和"创伤"③。郭勤的《尤金·奥尼尔与自身心理学——解读奥尼尔剧作中的自恋现象》将奥尼尔的戏剧创作与"自身心理学"理论结合起来研究，认为奥尼尔本身具有隐性的"自恋"现象，他的剧本也含有"俄狄浦斯型自恋"和"原始型自恋"两种形态④。

5. 关于奥尼尔戏剧的其他研究

新世纪以来，奥尼尔戏剧的研究更加趋于多元化，一些学者开始用后现代、后殖民理论解读奥尼尔的剧本，与西方奥尼尔研究呈现出同步研究的状态。例如陶久胜、刘立辉的《奥尼尔戏剧的身份主题》从话语实践与身份的动态关系出发研究奥尼尔戏剧的"身份主题"，认为戏剧表达了奥尼尔"重构新身份"的社会理想与人文追求⑤；廖敏的《奥尼尔剧作中的"他者"》认为奥尼尔本身具有霍米·巴巴所指的"双重身份"，还有法侬所说的文化"不确定性"性；肖利民的《从边缘视角看奥尼尔与莎士比亚戏剧的深层关联》认为奥尼尔剧中的人物很多属于种族"他者"、女性"他者"和宗教"他者"，他们都被边缘

① 李兵：《奥尼尔与弗洛伊德》，《西南民族学院学报》，1996年第6期，第18-21页。
② 陈立华：《从〈榆树下的欲望〉看奥尼尔对人性的剖析》，《外国文学研究》，2000年第2期，第71-75页。
③ 苗佳：《论戏剧〈进入黑夜的漫长旅程〉的心理创伤》，《上海戏剧》，2015年第1期，第67-68页。
④ 郭勤：《尤金·奥尼尔与自身心理学——解读奥尼尔剧作中的自恋现象》，《当代外国文学》，2011年第3期，第16页。
⑤ 陶久胜，刘立辉：《奥尼尔戏剧的身份主题》，《南昌大学学报》，2012年第2期，第142-143页。

化，只能"被言说""被书写"①。

另外，近年逐渐开始了一股从生态、家庭和社会道德伦理角度研究奥尼尔的苗头，如刘永杰的《〈悲悼〉中"海岛"意象的生态伦理意蕴》就运用生态伦理的视角对奥尼尔剧中海岛意象做了分析，认为这个意向宣扬"人与自然"的和谐，回归"失落的人性"②。张生珍、金莉的《当代美国戏剧中的家庭伦理关系探析》认为商业化冲击的美国致使家庭和婚姻关系非常脆弱，甚至"失衡和异化"，倡导以"责任和义务"为基础的伦理关系③。此外，还有张媛的《从〈榆树下的欲望〉探讨尤金·奥尼尔对女性的关怀》④，刘慧的《生态伦理视阈下杨克的悲剧》⑤，马永辉、赵国龙的《伦理缺失　道德审判——文学伦理学批评视角下的〈榆树下的欲望〉》⑥等等，都从不同的视角研究了奥尼尔剧中人物的道德价值和伦理现象。

纵观国内外奥尼尔研究的现状，我们发现研究呈现出基本相似的线路，都是由外而内、由表及里、由单向向多元发展的路径，而且随着时间的推移，研究方法越来越成熟，研究队伍越来越庞大，研究成果越来越科学、越来越系统。目前，国内外对奥尼尔及其戏剧的研究呈现出健康、稳定、多元的发展态势。

第二节　奥尼尔研究的趋势及存在的空间

近年来国内外学者对奥尼尔的研究兴趣有所转移。9·11 对美

① 肖利民：《从边缘视角看奥尼尔与莎士比亚戏剧的深层关联》，《四川戏剧》，2013 年第 2 期，第 10-13 页。

② 刘永杰：《〈悲悼〉中"海岛"意象的生态伦理意蕴》，《郑州大学学报》，2014 年第 3 期，第 118 页。

③ 张生珍，金莉：《当代美国戏剧中的家庭伦理关系探析》，《外国文学》，2011 年第 5 期，第 60 页。

④ 张媛：《从〈榆树下的欲望〉探讨尤金·奥尼尔对女性的关怀》，《江苏科技大学学报》，2014 年第 3 期。

⑤ 刘慧：《生态伦理视阈下杨克的悲剧》，《外国文学研究》，2010 年第 3 期。

⑥ 马永辉，赵国龙：《伦理缺失　道德审判——文学伦理学批评视角下的〈榆树下的欲望〉》，《齐鲁学刊》，2007 年第 5 期。

国人民造成了重创，9·11 后美国人民陷入恐慌、焦虑和极度痛苦的状态，美国政府号召市民"勇敢地进剧场看戏"①，这股爱国的宣传促进了纽约剧院的兴盛。戏剧演出的研究也呈现出一股强烈的热情，特别是以百老汇代表的一系列攸关美国命运和民族前途的反思型戏剧得到了重视。对奥尼尔反映人类精神问题的剧本也开始重视，普林温斯顿剧院（Provincetown Playhouse）不断上演被重排的奥尼尔戏剧。专门研究奥尼尔的刊物《尤金·奥尼尔评论》（*The Eugene O'Neill's Review*）定期出版，世界奥尼尔研究最大的组织"尤金·奥尼尔协会"（Eugene O'Neill Society）出版的 *The Eugene O'Neill's Newsletter* 及时地向业界和外界宣传奥尼尔研究的最新成果和有关奥尼尔研究的国际学术活动。整体而言，20 世纪 90 年代以来，国外的奥尼尔研究除了继续传统意义上的研究之外还有三个新的趋向：一是对奥尼尔早期创作事业和对奥尼尔普林温斯顿剧院创业者的研究，改变以往过多关注奥尼尔中晚期戏剧研究的片面现象。这个转向的标志性活动是 2011 年在美国纽约大学举行的"第八届奥尼尔研究国际会议"，会议围绕"波西米亚式的奥尼尔"（O'Neill in Bohemia）的主题展开了全面的讨论。二是以美国为主的学者和批评家开始从后殖民批评角度探讨奥尼尔的戏剧，分析奥尼尔戏剧所蕴涵的后殖民话语、"他者"、双重意识、东方主义、底层人和混杂性等，探索奥尼尔及其剧中人物的焦虑、彷徨状态和文化身份认同处于荒原的问题。这个研究趋势的标志是 2012 年 3 月29～31 日在马里兰州史蒂文森大学（Stevenson University）举行的第 36 届比较戏剧年会。三是 21 世纪逐渐兴起的对奥尼尔戏剧的生态研究，包括奥尼尔对自然的热爱和对自然神秘力量的敬畏，以及对人类精神生态的关怀。生态研究逐渐兴起和发展的标志是 2015

---

① 此句是费春放教授于 2008 年 10 月 18 日在上海召开的"第十三届全国美国戏剧研讨会"的主题发言中引用的，原句出自时任纽约市长（Rudolph Giuliani）在 9·11 恐怖袭击事件之后的讲话，他号召市民勇敢地走进剧院，不要让恐怖分子的嚣张气焰得逞，这个讲话改变了 9·11 后剧场冷落的现状。

年 3 月巴尔的摩市（Baltimore）由 Stevenson University 承办的第 39
届比较戏剧年会。国内方面的研究基本上紧跟国外研究的步伐，学
习的多一些，创新的比较少。

目前，国内外对奥尼尔的研究从深度到力度都是史上前所未有的，
研究呈现出各家争鸣、视角独特、观点新颖、方法多元的特质，但是，
这些研究并非完美，也存在一些问题。

首先，国内外不少学者对奥尼尔戏剧的女性主义批评失之偏颇，
给奥尼尔贴上了"厌女"的标签，指责奥尼尔对女性心存偏见；不可
否认，奥尼尔确实具有轻微的厌女症，但奥尼尔热爱生活，充满理想，
怀有强烈的同情心、责任感和人文精神。他的视野中不仅有男性的存
在，更有女性的存在。

其次，当前国内外研究界确实运用各种新兴的文学理论对奥尼
尔的戏剧进行研究，研究从理论到方法显得非常前卫，但是并非建
立在文本细读的基础上，研究结果并非十分有说服力，有的研究甚
至牵强附会。

再次，以往的研究过多地把奥尼尔的戏剧和家庭以及个人生活联
系起来，认为奥尼尔的悲剧是个人创伤的宣泄。不可否认，他的悲剧
与个人的心理裂变不无关系，但是忽略了最重要的因素，即他对悲剧
美学的理解和人生伦理的思考，他认为悲剧含有美，悲剧才有价值，
人生的意义就在于人是世界上"最令人震惊的悲剧"[①]。只有悲剧才
能唤醒人们的思考，帮助人们反思自己的社会行为，寻找到一种符合
道德伦理的归宿。

最后，国内对奥尼尔的译介可谓取得丰硕成果，欧阳基、荒芜、
郭继德、汪义群、刘海平等著名译者和学者都加入了翻译和研究奥尼
尔剧本的行列，但是，专门从事奥尼尔剧本翻译研究的学者寥寥无几，
目前也只有笔者带领的天津商业大学的团队在做。中国大部分学者研
究奥尼尔依仗的是翻译文本，如果不将奥尼尔剧本的翻译研究归入奥

---

① [美]尤金·奥尼尔：《论悲剧》，《美国作家论文学》，北京：生活·读书·新知三联书店，
1984 年，第 246 页。

尼尔戏剧文学研究的话，那研究还是缺少了可靠的根基。

笔者认为，奥尼尔戏剧关注的是事物表象下人类社会最本质的东西，奥尼尔借助戏剧的形式寻找人类赖以依存的精神家园，探索人的道德存在方式和最终伦理归宿。这正是奥尼尔及其戏剧在文学界经久不衰的缘由，也是本课题研究的价值所在。

第一章　奥尼尔戏剧的解构叙事：
解构主义视角

奥尼尔戏剧创作的高峰在 20 世纪 40 年代之前，当作为"迷惘一代"的作家们还在抨击时代的时候，他却另辟蹊径，开始探索那个"迷惘时代"给人的精神世界带来的苦痛，用解构的伦理叙事方式消解在原文化体系中积淀而成的无意识的价值判断和民族性格。所谓解构性伦理叙事，就是"打破程序化的社会秩序、伦理规范、道德传统、婚姻取向等"的叙事模式[①]。具体而言，就是要"在创作上颠覆传统的意识秩序、创作习惯、思维定式、接受模式等"[②]，奥尼尔戏剧的解构伦理叙事主要体现在其特别的剧作表达上，他脱离了美国传统的叙事模式，他的笔墨更多地书写了人类精神，赋予更多的人文关怀和对人类灵魂的抚慰。奥尼尔关心的是个体的困境，表现的是日常生活中的体验，告别前辈作家在家庭、婚姻描写中惯用的神话式的宏大叙事，回归于本真和细节的小叙事。

第一节　解构与奥尼尔的解构意识

解构主义（deconstructionism）是后结构主义的一个重要分支，也是后现代思潮中极为引人注目的一股，其始作俑者是法国当代哲学家雅克·德里达。1967 年，德里达出版了三部著作：《论书写学》《书写与差异》和《言语与现象》。在书中，他系统地提出了解构主义哲学。

---

① 王占斌：《尤金·奥尼尔戏剧中蕴含的解构意识》，《北京第二外国语学院学报》，2015 年第 8 期，第 51 页。

② 王占斌：《尤金·奥尼尔戏剧中蕴含的解构意识》，《北京第二外国语学院学报》，2015 年第 8 期，第 51 页。

"解构"一词来源于海德格尔在《存在与时间》中提出的"destruction"一词，原意为分解、消解、揭示等。海德格尔使用这个词表示把结构分解或拆开，从中把意义发掘出来，使之得到显现。德里达继承并发展了这一概念，对之进行了补充。德里达的解构绝不是常识所认为的毁灭。德里达清楚地意识到，"要消灭或毁灭所有的形而上学是不现实的，因此也是不可能的。德里达的解构要做的是揭露表面上单纯、和谐的形而上学观念的内在矛盾和内在紧张的态势，也就是使所有形而上学的本质性的观念问题化"①。

德里达的解构主义首先要消解的是解构主义作为基石的"结构"概念，其思想基础就是，颠覆二元对立的传统思维定式，瓦解中心，打破中心与边缘两极久已形成的稳定局面，用多元、平等、开放的视角看待人与世界的变化和发展。德里达认为，"西方文化两千多年来始终没有摆脱逻各斯（Logos）语音中心主义和在场形而上学的困扰"②。整个西方哲学的历史彻底陷入传统形而上学的漩涡而不可自拔，究其原因，我们可以在德里达那里找到答案："自苏格拉底到海德格尔，他们始终认定一般的真理源于逻各斯。"③传统形而上学的思维方式，就是要建立一个本源的世界，与之配套的是，建构一系列二元对立的范畴，如在场/不在场、语音/文字、理性/感性、物质/精神、主体/客体、能指/所指、主人/奴隶、白人/黑人、男人/女人等等。这些二元对立的两方都是建立在两极不平等的框构之上，其中一方占据中心的优先地位，而另一方被固置在边缘，作为中心的"他者"的存在物，如：在场高于不在场，白人优于黑人，语音重于文字等等，结果造成了"逻各斯中心主义（Logocentrism）""男性中心主义""语音中心主义""白人中心主义"等。所有的形而上学家都认定善先于恶，肯定先于否定，纯先于不纯，简单先于复杂，本质先于偶然，这些构成了"形而上学

---

① 王治河：《后现代哲学思潮研究》，北京：北京大学出版社，2006 年，第 147 页。

② 张传彪：《论汉子语境下的文学翻译与解构主义》，《天津外国语大学学报》，2013 年，第 3 期，第 28 页。

③ 德里达：《论文字学》，上海：上海译文出版社，2005 年，第 4 页。

的最恒常的、最深刻的、最潜在的程序"①。德里达在《论书写学》中指出，自柏拉图以来，西方哲学传统便一直是以言语为中心的。德里达不仅点出了言语与书写的二元对立，而且揭露出对立的双方并没有"和平共存"②，也就是说这一对立是以言语对书写的压迫为特征的。对立的一方总是拥有特权，而另一方总是受到贬低和压迫，造成了逻各斯中心主义。

德里达提出解构，就是要颠覆"逻各斯中心论主义"，消解不平等的二元对立，打破话语权威，建构一个存在差异的平等多元的环境。从这个意义上说，解构不仅仅是破坏，它在消解主流霸权话语的同时，本身就在建构。解构思维更多的是在关照边缘人群和弱势群体，包含有强烈的人性关怀。中心一旦被消解，处于边缘的"他者"的身份才能得到认同，才能够与主流社会平等对话。解构自从其出现那一日起，就很快被用来解读和批评文学作品，为文学研究打开了新的视野。

那么问题产生了，我们是否可以用解构主义批评理论研究一个二三十年代的作家呢？回答是肯定的。虽然奥尼尔时代解构主义哲学思潮并不明显成为一种思潮，但是并不等于说那个年代没有解构意识或解构倾向，反过来而言，即使奥尼尔的戏剧并非还有解构意识，那也不妨碍我们用解构主义的文学批评视角去研究它。

尤金·奥尼尔的文学创作主要活跃于20世纪上半叶，诚然，此时解构主义思潮并不盛行，他也并未受到解构主义哲学的浸润，他不是也不可能是解构主义作家，所以我们一再强调奥尼尔具有解构意识，这样不致在理解上造成误解和争议。我们这里要谈的解构意识，就是在思想上或意识中一定程度上打破程序化的社会秩序、伦理规范、道德传统、婚姻取向等。在创作上则表现为颠覆传统的意识秩序、创作习惯、思维定势、接受模式等，消解在原文化体系中积淀而成的无意识的价值判断和民族性格。我们认为，奥尼尔的解构意识主要体现在他与同时代的作家不一样的思想和创作，奥尼尔具有特别的思维方式、

---

① 王治河：《后现代哲学思潮研究》，北京：北京大学出版社，2006年，第145页。

② 转引自王治河：《后现代哲学思潮研究》，北京：北京大学出版社，2006年，第146页。

戏剧创作理念和剧作表达。奥尼尔勇于试验，善于创新，从不囿于传统的思维模式和写作规范，正如他自己所言，他不会"固守任何舒适的壁龛而心满意足"①。奥尼尔博采众长，兼顾感性与理性思维，融合了东方与西方哲学，既有神秘的宗教色彩，又有理性的精神关怀。奥尼尔形成了独特的悲剧美学思想，他认为悲剧使人"精神振奋，去深刻地理解生活……悲剧使生活变得高尚"②。奥尼尔的剧作表达具有普遍的伦理价值。虽然我们看到奥尼尔的剧作中没有直接提倡任何价值观，但他不断强调"对人类要实行人道"③。奥尼尔关心的是个体的困境，表现的是日常生活中的体验，告别前辈作家对家庭、婚姻描写中惯用的神话式的宏大叙事，回归于本真和细节，更确切地说，回归生活的碎片。

奥尼尔的解构意识，与他生活的背景不无关系。奥尼尔所处的时代，正是美国科学技术突飞猛进，机器自动化高度发达，物质财富无比充裕的时代。然而，机械化的生产冲淡了美国传统工业中人与人的亲情、朋友、同事关系，人们崇尚权力和物质财富，美国社会陷入了各种矛盾之中，比如：自我与他者的矛盾、物质生活与精神价值的矛盾、白人与黑人的矛盾、机器与人的矛盾、白人与少数族裔的矛盾、男性与女性的矛盾、理性与非理性的矛盾等。现代工业文明语境下人们感到无助、无奈和迷惘，处于一种失落、孤独、焦虑和不安的状态。这是人类归属感缺失造成的精神恐慌和灵魂漂泊。奥尼尔也像其他同时代的人一样感到无所适从，他认识到科技给人们的生活带来了舒适、快乐，但同时科技发展使人异化，让人在物质享受的时候失去了自我，找不到身份归属，陷入身份荒原的痛苦之中。特别是处于社会底层的人，例如爱尔兰人、黑人等，随着机器化的发展，他们不是被机器抛弃，就是被机器异化，整个沦为没有身份认同的失语人群。所以，从一开始，奥尼尔的戏剧就更多地关注边缘的人群，具体而言，他的戏剧对少数族裔、黑人、妇女等给予高度的关怀，借助戏剧颠覆充斥美

---

① Oscar Cargill, *O'Neill and His Plays*, New York: New York University Press, 1970, p.102.

② Arthur and Barbara Gelb, *O'Neill*, New York: Harper and Row Publisher, 1973, p.486.

③ Arthur and Barbara Gelb, *O'Neill*, New York: Harper and Row Publisher, 1973, p.552.

国社会的物质中心、白人中心、西方中心、理性中心等一元中心的形而上学思维，重新找回人的灵魂。

奥尼尔的解构意识也离不开东方道家思想的泽溉。奥尼尔有高尚的社会道德和强烈责任感，他为美国社会陷入功利主义泛滥而痛心，为美国人失去精神信仰而担忧，他不断向人类未来命运发起追问。当他在西方世界找不到"理想的精神家园时，他把目光投向了东方"①，在东方世界寻求治疗西方物质主义的解药。奥尼尔对老庄的道家思想情有独钟，少年时期就对东方充满了好奇心，渴望到东方这个美丽神秘的地方去。他家中藏着《道德经》等中国经典著作，还把自己在加利福尼亚的一个别墅起名叫"大道别墅"。道家思想吸引了奥尼尔，或者准确地说其与奥尼尔潜意识所期盼的价值理念正好吻合，所以道家思想深深影响了奥尼尔的戏剧创作和思想特征。道家追求无为而治，宁静淡泊，回归人之自然本性。道家思想体现了对立统一的辩证逻辑，主张世界万物是由"阴"和"阳"两种相生相克的力量构成，阴阳在对立统一中存在，并无限循环地发展着，在一定条件下相互转化。道家思想显而易见体现多元共存，对立的双方在一定条件下相互转化，比西方逻各斯中心主义的彻底对立的思想要进步、健康与和谐。奥尼尔从道家思想的字里行间找到和谐的音符，即人与自然、男人与女人、白人与黑人都是相互并存、相互统一的。这些形成了奥尼尔消解西方一元中心的解构意识。

奥尼尔是爱尔兰移民的后裔，他又是白人作家，这种双重身份也促使奥尼尔解构意识的形成。奥尼尔对身份问题极度敏感，首先离不开爱尔兰移民所处的种族主义政治环境。奥尼尔父亲移民美国，当时种族主义盛行，在美国爱尔兰移民的遭遇还抵不上黑人的社会地位，他们信奉的天主教遭受主流清教的压迫。他们挤在质量最差的住房里，比今天贫民窟的住房要糟糕得多，在那种生活条件下，疾病易于传染，火灾容易蔓延，并滋生诸如暴力、酗酒和犯罪等社会问题。当地公众

---

① 郑贤军：《论中国道家文化对奥尼尔的影响——以〈马可百万〉和〈喷泉〉为例》，《吉林师范大学学报》，2014年，第4期，第72页。

对爱尔兰人很不友好，只要爱尔兰人搬到哪个街区，那里的原有居民就会全部迁走。他们通通被认为是酒鬼，动辄吵架，是无能之辈；在就业上他们也到处吃闭门羹，形象地体现在这样一种招贴上："本店概不雇用爱尔兰人"[①]。爱尔兰人干的工作肮脏、危险，都是美国当地人不干的工作。他们生活的艰辛情况，可以用 19 世纪有人说过的这样一句话来概括："你难得见到一个头发灰白的爱尔兰人。"他们的平均寿命是 40 岁。酒鬼、懒蛋、暴力和瘟疫成了爱尔兰移民的象征，他们与黑人和其他族裔人群一样生活在社会的边缘。奥尼尔从他的父辈身上深刻体验了爱尔兰移民的苦难生活，他们处于社会的底层，既得不到来自家乡爱尔兰天主教的归属感，也不能融入美国社会的主流文化，是处于两种文化边缘的"他者"，被置于身份认同的尴尬境地。同时，奥尼尔又是白人作家，被美国的白人文化所认同，他非常了解白人文化中心的话语霸权和优越感。奥尼尔自身特有的霍米·巴巴所定义的"双重身份"，使他对爱尔兰移民后裔的处境有着深刻的情感体验，其戏剧对处于身份焦虑的边缘人群给予了强烈的精神关怀，以多维度的"他者"视角叙写了东方他者、少数族裔他者、女性他者等他者人群。奥尼尔关注边缘他者的解构意识，正是在努力确认、定义和建构自身文化身份。

第二节　奥尼尔解构意识在剧中的体现

奥尼尔的结构意识都体现在他的剧本中，我们在奥尼尔的很多作品中都可以找到解构主义意识的痕迹。通过解读不同的剧本，希望读者能够感觉到奥尼尔在创作和思想上流露出来的解构主义意识，从而让我们能够对奥尼尔有一个全新的认识和理解，并能够在阅读和学习中有意识地靠近奥尼尔的解构主义意识。

《上帝的儿女都有翅膀》（*All God's Chillun Got Wings*，1923）是一部反映种族问题的戏。奥尼尔通过吉姆（Jim）和艾拉（Ella）的爱情

---

① 《美国爱尔兰人的历史》，参见网页 http://tieba.baidu.com/p/1355594806。

故事，对以白人为中心的 20 年代的美国社会予以强烈的抨击。剧情的
场景开始于美国纽约的一个街角。这里的两条街道（白人街和黑人街）
互相毗邻，鸡犬相闻，但却互相仇视，老死不相往来。然而，在第一
幕第一场中，我们看到八个儿童角色，包括白人孩子和黑人孩子，他
们在一起玩耍，有时他们也会争吵、赌气甚至殴斗，但他们之间是平
等的。吉姆和艾拉没有受到大人的文化影响，他们两小无猜，结下了
纯洁无邪的友谊。当白人女孩儿艾拉听到黑人男孩儿吉姆称赞她的脸
蛋白里透红非常美丽时：

> 吉姆：艾拉，你知道吗？打替你背书包上学和放学以后，我
> 每天喝三次白粉子水。一个叫汤姆的理发师告诉我，只要喝一定
> 的次数，我就会变白。
> 艾拉：是的——也许——白了一点了——
> 艾拉：你为什么想做白人？
> 吉姆：因为——仅仅因为——是我喜欢。
> 艾拉：我不喜欢。我喜欢做黑人。那咱俩交换一下吧。我愿
> 意做黑人（拍手）天哪，假使咱们能交换一下，真是太有意思了！①

随着年龄的增长，两人都在不同程度上受到社会偏见和习俗的影
响，但他们还是不顾家人和社会舆论的反对去教堂结了婚。当他们俩
从教堂走出来到阳光下时，围在他们两边的是肤色分明、互不混杂的
人墙，白人站在左边，黑人站在右边，两边送来的是不友好的目光。
他们必须穿过眼前的两列队伍，必须在众目睽睽之下走出这道人墙。
虽然两人开始有点犹豫不决，缩手缩脚，但最后还是手牵着手，鼓起
勇气迈出了步子。吉姆和艾拉相互鼓励，共同面对种族歧视：

> 吉姆：走。咱们上船的时间到了。咱们漂洋过海的时间到了。

① [美]尤金·奥尼尔：《奥尼尔文集》（第 2 卷），郭继德编，北京：人民文学出版社，2006
年，第 515 页。

走吧，亲爱的！向天上看，亲爱的！看着太阳！会感到他的善良！感到他的祝福来到你心中，使你浑身有力量。向天上看吧，亲爱的！……我们都一样正直——有同一个苍天——同一个太阳——同一个上帝——乘船渡过大洋——到世界的那一端——耶稣出生的地方——尊重人灵魂的地方——跨过大海——海水也是蓝色的——。①·

吉姆和艾拉的婚后生活并不幸福，因为他们不可能彻底摆脱种族偏见，艾拉昔日的亲朋好友与她断绝交往，这样的生活让她感受到了孤独和寂寞的折磨。这也成为了劳森等众多文学批评家的口实，他们认为奥尼尔是在揭露美国社会的种族歧视，批判资本主义社会的不公平现象。然而，奥尼尔在谈到这个剧本时曾说：

> 这个剧本的真正悲剧在于女主人公艾拉无法看到人类的亲缘关系，人类的同一性。她精神上受到很大压抑。剧中的艾拉是爱她丈夫的，但由于她的社会背景和所继承的种族偏见，她不能像一个普通女人爱男人那样去爱她丈夫，尽管她想那样做。但是，有一点必须牢记，那就是黑人问题不是这个剧本的关键，并不是只有黑人问题才会带来偏见。吉姆完全可以是一个在旧金山的日本人，也可以是在土耳其的美国人，或者是个犹太人。②

奥尼尔的叙事是解构的叙事方式，他认为吉姆和艾拉的婚姻问题不仅是种族偏见的问题，更不是政治问题，而是隐藏在深层文化中的思维问题，需要通过改变人们的思维习惯来逐渐改变这种集体无意识。奥尼尔在谈到《上帝的儿女都有翅膀》时向读者和观众清楚地阐述了他的初衷：

---

① [美]尤金·奥尼尔：《奥尼尔文集》（第 2 卷），郭继德编，北京：人民文学出版社，2006年，第 533 页。

② Arthur and Barbara Gelb, *O'Neill*, New York: Harper and Row Publisher, 1973，pp.535-36.

从《上帝的儿女都有翅膀》中引出任何肤浅、表面上的一般结论，再把它用到其它方面，那都是无中生有。我相信，即使最有成见的观众，只要他们看了剧本，都会承认这一点的。挑起民族情绪断然不是我的愿望。我仇恨民族情绪。正因为我确信《上帝的儿女都有翅膀》没有这种意图，相反的，通过描写一个涉及两个种族的共同悲剧，它有助于种族之间取得更多的相互同情与了解，我才一直坚持这个剧本。①

奥尼尔强调他绝非在挑起民族情绪，而是在描写白人和黑人两个种族的共同悲剧，希望这个剧本"有助于种族之间取得更多地相互同情和了解"。奥尼尔在第一场时借助艾拉与吉姆的纯洁友谊，以及双方渐渐产生的那种捆绑在一起的爱情，体现出白人和黑人并非完全地对立，白人文化和黑人文化可以融合，消解了凝固在美国人心中根深蒂固的白人优于黑人、白人永远与黑人敌对的对立思维，颠覆了传统文化中以白人为中心的狭隘的价值理念。

吉姆和艾拉在法国度过了两年平静而幸福的生活，但是为了证明他们的爱情，改变曾经因为惧怕面对现实而逃之夭夭的行为，他们决定返回自己家乡，挑战世俗，向周围人宣布他们经得起考验的真正爱情。吉姆向他的姐姐海帝（Hattie）这样描述：

我们认识到我们的做法是懦夫行为，因为有些惭愧。我们逃避现实——想一走了之。我们决定回来经受考验，勇敢地生活下去，来证明我们之间的爱情是坚如磐石的——而这才是唯一的道路，才能挣脱羁绊，增强信心，从心里深处感到自由，尔后才能敢于到任何地方去，才能心平气和地生活在这个世界上，没有内疚和不安的情绪来搅扰我们。（他越说越乐观，充满了信心。）②

---

① Arthur and Barbara Gelb, *O'Neill*, New York: Harper and Row Publisher, 1973, p.552.

② [美]尤金·奥尼尔：《奥尼尔文集》（第 2 卷），郭继德编，北京：人民文学出版社，2006年，第 539 页。

这段描述是奥尼尔借吉姆之口对传统的白人中心主义最有力的批判。通过吉姆和艾拉的结合，打破了偏见，显示了人与人的自然和谐的关系，白人和黑人照样可以相爱、结婚和生活，他们不是绝对对立的敌人，他们的内心世界都很纯洁和善良，在上帝面前他们是平等的。这也证明了奥尼尔创作本剧的题意：人与人天生是平等的，天国之门是为每一个人敞开的，"上帝的儿女都有翅膀"！[①]

奥尼尔借助剧本《上帝的儿女都有翅膀》对黑人吉姆和白人艾拉的爱情给予高度的赞扬，艾拉勇敢直面社会习俗，向父辈约定俗成的传统发起挑战，在众目斥责之下走进了婚礼的殿堂。奥尼尔对黑人的同情源于他个人身份的缺失。奥尼尔一生饱受身份认同的折磨，他对爱尔兰移民在美国身份缺失的现状借用黑人和其他有色人种表现出来。在本剧中奥尼尔表达了对黑人吉姆的同情和哀伤，因为他认为爱尔兰移民和非裔黑人一样深陷文化身份认同的漩涡。传统的形而上学思维认为，白人代表高尚、文明、理智，而黑人从出生就被镶嵌上野蛮、愚昧、下流的表征，他们只能被言说、被物化、被边缘化。奥尼尔就是要通过悲剧抚平人们精神的痛苦，用剧作帮助解脱传统给人施加的精神枷锁和思维定势，消解人为划定的"自我"和"他者"对立群体。奥尼尔的叙事体现出明显的对边缘人群的关怀，体现出对吉姆的同情、对艾拉的歌颂、对美满婚姻的期待，他期待他们摆脱家族、社会的偏见，过上幸福的生活。所以，奥尼尔的叙事是具有高尚道德和充满美学意味的解构叙事。通过《上帝的儿女都有翅膀》对吉姆和艾拉爱情和婚姻的叙写，奥尼尔旨在唤醒人们多元的视野和平等开放的价值理念。

奥尼尔酷爱东方文化，有两件事情可以证明。一是他把自己诺奖所得的四万美元全部用来建造他的"大道别墅"（Tao House），这幢别墅紧临海边，藏于密林，优雅僻静，是典型的中国式建筑。房屋的设计和摆设以及院内的布局充满了中国道家文化的元素。"大道别墅"中

---

① 汪义群：《奥尼尔研究》，上海：上海译文出版社，2006年，第180页。

的"道"来源于道家的"道生万物"，以求"宁静淡泊"①。二是他阅读了不少中国道家哲学方面的书籍，他家中珍藏有著名汉学家詹姆斯·莱格翻译的《道德经》和《庄子》的英文合译本、高德的《老子的道与无为》以及好朋友林语堂赠送的《生活的艺术》等。中国传统哲学所推崇的恬淡无为的思想，对奥尼尔产生了深远的影响。在他的剧本《天边外》（*Beyond the Horizon*，1918）中，具有诗人气质的主人公罗伯特（Robert）就希望航海远行，拥抱东方世界。剧中写道：

> 罗伯特：安德鲁，生活实际方面的事，我一分钟都没想过。
> 安德鲁：啊，应该想。
> 罗伯特：不，不该想。（指着天边，做梦似地）假如我告诉你，叫我去的就是美，遥远而陌生的美，我在书本里读过的引人入胜的东方神秘和魅力，就是要到广大空间自由飞翔、欢欢喜喜地漫游下去，追求那隐藏在天边以外的秘密呢？假使我告诉你那就是我出门的原因呢？
> 安德鲁：我得说你是个傻瓜。
> 罗伯特：别开玩笑，安德鲁。我说的是正经话。②

　　罗伯特的梦想看似无形无影，听起来像是一些记忆的碎片，但是，如果我们把他梦中的零碎片段拼凑在一起，便可以发现他的梦想是由美、遥远、东方、神秘和自由组成的，这些元素都包含在东方道家思想的精髓里，概括起来就是回归自然。道家之美是人生之大美，是人生美德至高境界。道家热爱生命，崇尚自然。道家之美还体现在其朦胧和神秘之中，让人从无形之中感知到一种宁静、闲适之快乐，人与天合一之境界。罗伯特想在天边外寻找的神秘的东西就是东方道家思想蕴涵的美。道家哲学强调的是"出世"，人在生生不息的自然环境中，

---

① 廖可兑：《尤金·奥尼尔戏剧研究论文集》，北京：外语教学与研究出版社，2000年，第21页。

② [美]尤金·奥尼尔：《奥尼尔文集》（第2卷），郭继德编，北京：人民文学出版社，2006年，第336-37页。

在宁静淡泊的自然心境中，寻找自己的归宿。作为现实生活"他者"的罗伯特处于痛苦、困惑的身份危机之下，深受道家思想影响的奥尼尔为罗伯特描绘的是一条出世之路。罗伯特梦想中的天边外那个遥远的、陌生的、美丽的地方就是他一生探索自己归宿的地方，他厌倦了充斥着尔虞我诈的物质掠夺。

另一部剧本《泉》（*The Fountain*, 1922）的主人公也说，他向往的是路易斯所描绘的那个神秘的东方世界，也是他到死都在追求的国度。剧中是这样描写的：

> 在东方某个遥远的国度里——在中国、日本，谁知道呢——有一个地方，大自然是跟人类分开的，被赋予宁静。那是一片神圣的树林，在人踏入之前一切事物都处在古老的和谐之中。那里到处充满了美，而且是历历在目的。每一种声音都是音乐，每一种事物都是风景。树上结着金色的果子。在丛林中央，有一口喷泉——它美丽得超出人的想象，在喷泉的彩虹中映射出人生的方方面面。少女们在这口喷泉的水里嬉戏、歌唱。看护着它，为的是永久跟它在一起，享受种种欢乐。①

剧中的英雄胡安一直忍受两种对抗力量的折磨，所以他处于两种身份的焦虑之中："年轻时，他梦想有一个伟大、辉煌、仁慈的西班牙帝国；作为官员，他又必须战斗，所以他的梦想被击碎。"②胡安深陷身份的困惑，他实际上已经被自然排挤在外，但他还梦想着最终回归自然。剧中物质主义和理想主义的二元冲突说到底也是人与自然的对立。胡安的生和死反映了人与自然的二元对立到人与自然的和谐统一。美国奥尼尔研究专家弗洛伊德认为："从个人角度看，外在追求财富和

---

① [美]尤金·奥尼尔：《奥尼尔文集》（第 2 卷），郭继德编，北京：人民文学出版社，2006年，第 343 页。

② James A. Robinson, *Eugene O'Neill and Oriental Thought, A Divided Vision*, Illinois: Southern Illinois University Press, 1982, p.101.

内在追求自我实现的二元对立必然导致个体性格的分裂。"①胡安的青年时期在爱情、理想和事业方面都表现出一种矛盾和焦虑，甚至性格分裂，直到回光返照时，胡安的性格分裂症愈合了，因为他已经是自然的一部分了。

奥尼尔借用东方道家的天人合一思想解构西方二元对立的形而上学思维传统，他"用神秘的东方思想通过强调灵魂与宇宙在道德范畴之外的统一弥合了主体与客体的分裂"②。在《东方思想》中，罗宾逊进一步论述了奥尼尔在《泉》中是如何消解西方人与自然对立的：

> 从道家的视角看，(胡安)的幻觉就是对二元对立的消解。比如，随着诗人和牧师手拉手围成一圈，象征着和谐与统一，东西方文化冲突顿时消失了。当胡安感觉到一切都与"永生同一节奏"时，老年和青春的二元对立被解构了。生命和死亡就在同一周期上。③

《泉》中胡安笃爱自然，他说："我相信大自然。大自然是上帝的一部分。她能创造奇迹。"他甚至着了魔似地大声宣告："让我永远受诅咒吧，只要大自然今生再次赐给我青春！"④胡安梦想到东方世界寻找"青春泉"的过程本身就是在急切地探索人与自然的和谐过程。奥尼尔描写了胡安这个性格分裂之人的精神旅途，他在接触自然，拥抱自然，最后与神秘自然融合为一体。剧中奥尼尔暗示寻找爱情也是人与自然的融合，人在和谐的宇宙中延续生命。胡安的侄子小胡安与贝亚特丽斯的爱情就是一种融合和永恒，即人与自然的融合和生命的永恒。

---

① Virginia Floyd, *The Plays of Eugene O'Neill: New Assessment*, New York: Ungar, 1985, p.XIX.

② James A. Robinson, *Eugene O'Neill and Oriental Thought, A Divided Vision*, Illinois: Southern Illinois University Press, 1982, p.4.

③ James A. Robinson, *Eugene O'Neill and Oriental Thought, A Divided Vision*, Illinois: Southern Illinois University Press, 1982, p.107.

④ [美]尤金·奥尼尔：《奥尼尔文集》（第 2 卷），郭继德编，北京：人民文学出版社，2006年，第 380-81 页。

如果说以上这两个剧本还代表了奥尼尔对东方世界的渴望，体现了他的东方情调的话，那么剧本《马可百万》（*Marco Millions*，1925）则是东方哲学思想在奥尼尔脑海中积淀后的外化和张扬。剧本主人公是来自意大利的著名旅行家马可·波罗（Marco Polo），他作为一个代表着与东方相对的西方文明的"智者"，来到元朝首都，与忽必烈可汗建立了友谊。剧本的场景基本上都设置在中世纪的中国，以传奇式的欧洲旅行家马可的中国之行，以及他与忽必烈可汗的孙女阔阔真公主的感情为主线。可汗的孙女阔阔真公主爱上了马可·波罗，但酷爱财富的马可毫无察觉。阔阔真公主对马可·波罗精神世界的麻木不仁深感痛心，她说：

> 甚至在爱情上你也没有灵魂，你的爱情无异是猪的交配，而我——！（脸上起了一阵痛苦的痉挛——然后满含憎恨和轻蔑说）猪一般的基督教徒！你将回到那头母猪那里去，向它夸口说，有一位公主而且是王妃——？①

剧本嘲弄了马可·波罗这个年轻的威尼斯人所代表的物质主义，他对阔阔真公主身上蕴含的东方女性的温柔和魅力根本读不懂。我们从剧本第一幕第一场中他写给远在家乡的杜纳塔的诗，可以看出马可对金钱的崇拜：

> 你的可爱如灿烂阳光下的金子，
> 肌肤仿佛是皓月清辉中的白银，
> 点漆般的双眸是我拥有的黑珍珠，
> 你如醉如痴，只缘我吻了你红玉的双唇。
> 我赢得你表示谢意的盈盈一笑，
> 因为我许你日后将成为富贾巨绅。

---

① [美]尤金·奥尼尔：《奥尼尔文集》（第 3 卷），郭继德编，北京：人民文学出版社，2006年，第 78 页。

如果我远在海外追求金银财宝时，

你对我始终如一，一片深情。

待我们到了盛年时，我财源茂盛，

在我名下将有百万巨赀，远近闻名。[①]

在马可的认知概念里和掌握的词汇里，似乎离不开金钱，他用黄金、白银、黑珍珠和红玉等昂贵的珠宝玉器，赞扬了杜纳塔秀美端庄的外表，用金属首饰衡量了他对杜纳塔的爱情至深。他要用万贯财富赢得杜纳塔的信任，用豪华奢侈的婚礼迎娶杜纳塔入门。他认为两情相悦必须建立在男人事业的成就和丰厚的财富基础之上。男人成功的标志就是拥有百万巨赀，这样才可以光宗耀祖和获取女人的芳心。从15 岁的马可的爱情诗中，我们听到的是金属钱币的响声，看到的是金银耀眼的闪光，触到的是珠宝玉器的冰冷。马可对感情都用金银的价值度量，可以看出商业家庭和商业社会对他幼小的心灵产生了极大影响，也使他过早地形成了对物质的迷恋。当泰奥巴尔多念完他写的诗后，带着嘲讽的口吻对马可说："你的爱情的天国里也未免金属味略重了一些。"[②]

剧中的阔阔真公主和马可是东西方两种文化和哲学的产物。阔阔真公主代表的是东方道家所倡导的静虚和神秘，而马可代表的是西方纯粹的利己主义，二者的冲突是物质中心和精神至上的对立。奥尼尔研究专家汪义群教授指出，《马可百万》将"东方宁静的精神至上主义和西方破坏性的物质主义做了鲜明的对比，表现了作者对东方文化的挚爱和对西方文化的厌恶"[③]。阔阔真公主的死亡是对现世的超脱，剧中通过和尚、道士和儒生等一系列对白，赞扬了阔阔真公主是"为美而死的"。死亡是道家思想所谓的回归，阔阔真公主为爱牺牲自己，

[①] [美]尤金·奥尼尔：《奥尼尔文集》（第 3 卷），郭继德编，北京：人民文学出版社，2006 年，第 18 页。

[②] [美]尤金·奥尼尔：《奥尼尔文集》（第 3 卷），郭继德编，北京：人民文学出版社，2006 年，第 18 页。

[③] 汪义群：《奥尼尔研究》，上海：上海译文出版社，2006 年，第 54 页。

纯粹回归自然，实现来去无意，生死归一。著名学者、奥尼尔研究专家墨菲的解释也许会让我们豁然开朗：

> 从某个不同的角度看，《马可百万》代表着文化的对立面，奥尼尔借《马可百万》对处于物质贪欲和灵魂超越冲突的美国商人赋予了时代性的讽刺。奥尼尔剧本中的马可·波罗从问世之日起，就被很多人拿来与辛克莱·路易斯的巴比特进行比较研究，认为马可"缺少人的灵魂，只有占有的本能"。《马可百万》中奥尼尔展示了由马可代表的物质主义的西方和富有思想的东方之间的分裂，前者对于自己眼前的美视而不见，而后者珍视物质之上智慧和美。①

墨菲的阐释入木三分，指出了奥尼尔对美国商业文化的深刻批判，暗示了奥尼尔的剧中包含有明显的生态伦理意识，同时，也证明了奥尼尔应用中国道家思想去寻找拯救西方生态伦理幻灭的良药。阔阔真的死亡说明了中国道家文化在与西方物质中心主义的对抗中失败了，剧本最终以悲剧结尾。

这一剧本不是在表现东西方价值观的差异，也不是批判马可拜金的实惠主义。写作剧本的真实目的正如奥尼尔自己所言："把古老的中国文明与现代文明做对比—同样的危机要人们在物质方面的成功与向更高的精神层次迈进两者之间做出抉择。"② 剧本想借助东方哲学阴阳调和的元素消解西方物质中心与精神至上的二元对立的倾向，在剧中，他一边描写和接受这些冲突，但同时又极力"寻求超越这些冲突的隐秘力量"③。这就是典型的二元论和一元论在奥尼尔内心的剧烈

---

① Brenda Murphy, "O'Neill's America: the strange interlude between the wars," in Michael Manheim, ed., *the Cambridge Companion to Eugene O'Neill*, Cambridge: Cambridge University Press, 1998, p.139.

② Virginia Floyed, *Eugene O'Neill: A World View*, New Yorker: Frederick Ungar Co., 1983, p.147.

③ 温军超：《奥尼尔剧作〈马可百万〉中的道及思想》，《大舞台》，2013 年第 4 期，第 3-4 页。

斗争。根据西方理性主义哲学，阴阳为对立的两个范畴，生死为两界，而中国传统道家认为，阴阳统一，虚实相间，生死共体。尽管《马可百万》以悲剧结尾，但是一句"为爱而爱，为美而死"，足以说明奥尼尔对东方文化的称赞和对东方道家思想寄予的希望，他梦想东方神韵能够对西方社会幻灭感施以帮助和拯救，在戏剧叙事上具有明显的伦理关怀。

　　奥尼尔的多部剧作都描写了主人公对东方文化的热爱，他们在寻找一种寄托，一种理想的社会，表现的是东西方文化的融合，正如文学评论家霍斯特·弗伦茨（Horst Frenz）所说："奥尼尔像他同时代人埃兹拉·庞德一样，相信东方能够给西方提供某种迫切需要的准则……他希望用道家的所谓出世的思想来治疗西方物质主义的病根。"① 剧本《马可百万》表现了西方中心主义一极的存在和发展的价值结构不稳定、不平衡、不合理，因此西方文化需要东方文化的营养，西方文明需要与东方文明在不断的碰撞和交融中得到持续稳定和健康开放的发展，同时也消解了西方话语对东方文化的偏见和歪曲。长期以来，西方的东方学家用知识和想象书写中国符号，把中国建构成异质的和分裂的"他者"②。奥尼尔的解构叙事颠覆了东西方文化的对立，解构了西方一元逻各斯中心的价值取向，重构了东方文化的本然。

　　《送冰的人来了》（The Iceman Cometh，1939）是奥尼尔晚期最得意的作品之一。剧情发生在纽约一家叫做霍普（Hope's）的酒店。这家酒店缺乏生气，半死不活，里边居住十多个房客，有退休的警察、记者、退役军人等。他们都是生活中的失败者，有的是因为贪污腐败被开除出警局，有的因为酗酒而遭解雇，有的因为用公款赌钱而名誉扫地，有的因为是逃兵而受人唾弃。生活对于他们来说，已经没有意义，就是找个地方消磨余生。他们具有一个共同的特点：靠酗酒、回忆过去和做"白日梦"（pipe dream）打发日子。他们每天混在一起，吹嘘自己过去如何了不起，例如，以前在马戏团工作的埃德·莫舍，

---

① 汪义群：《奥尼尔研究》，上海：上海译文出版社，2006 年，第 55 页。
② 爱德华·萨义德：《东方学》，北京：生活·读书·新知三联书店，1999 年，第 11-68 页。

常常陶醉在回忆里："天呀，一想起那辆售票车，过去的日子便又回到眼前了。我们过的是天底下最惬意的生活，我们演出的是天底下最精彩的节目！"（第一幕）①这些人各有各的梦想：埃德想回到马戏团；昔日的新闻记者杰米梦想回到新闻界干一份体面的工作；曾经的无政府刊物编辑雨果幻想发动一场新的革命运动。然而，他们的所谓梦想只是说说而已。他们口头上说明天就要开始新的一页，明天一切都会改变，白日梦会变成现实。可是到了明天，他们又会推到下一个明天，谁也不愿采取行动，谁也不愿打破酒店里那种死寂的气氛。剧中人拉里·斯莱德（Larry Slade）把这里准确地描写为：

> 这是什么地方？这是不走运的馆子。最下等的酒吧间，最糟糕的咖啡室，最蹩脚啤酒坊！难道你没注意到这儿美妙宁静的气氛？就因为这里是人生的最后一个落脚点。在这儿没人会担心他们下一步该怎么走，因为他们已经山穷水尽，无路可走了。这对他们来说，是最大的安慰。不过，即使在这个地方，他们也要用对过去和对将来的善良幻想来维持一点面子。②

对于住在霍普酒店的这些房客，现实生活难以忍受，因为他们已经饱尝了失败的苦痛，他们的性格驱使他们远离那些可能再给他们带来痛苦的现实，霍普酒店自然成了他们逃避现实的避风港。这里允许他们继续做梦，霍普酒店已经成为他们的家庭，每个家庭成员可以继续撒谎，其他成员还要努力保谎。他们得以维持家庭和睦的秘密就是，大家心照不宣地在此享受"白日梦"，谁也不愿揭穿这个维持"家庭平衡"的秘密法宝。博加德（Bogard）是这样描述他们的：

> For the dreamers, a deliberately fostered illusion is the

---

① [美]尤金·奥尼尔：《奥尼尔文集》（第5卷），郭继德编，北京：人民文学出版社，2006年，第189页。

② [美]尤金·奥尼尔：《奥尼尔文集》（第5卷），郭继德编，北京：人民文学出版社，2006年，第164页。

sign of membership in the club. The saving possibility if the maturity of the dreamer's condition.[①]（对于这帮做梦的人，刻意编织幻想维系了成员之间的和谐团结，这些梦想和谎言也维持他们的生命。）

　　这里大家都心照不宣，谁也不会打破现有的稳定局势，一旦有人打破这个平衡，这个家庭即将崩溃。商品推销员希基（Hickey）就是这样一个破坏者。希基一直是大家期待见到的局外人。他的到来不仅带来的是一顿免费的威士忌酒，还有他令人捧腹的下流笑话。希基也一直在做白日梦，但是他决心面对现实，抛弃折磨他的白日梦。他还要拯救这些陷入梦幻的房客，希望他们每个人都正视现实，停止自欺欺人，停止用"明天"这个梦幻麻醉自己。他说：

　　　　我的意思是要把你们从白日梦里拯救出来。根据我的经验，我知道，这些白日梦才是真正的毒药，糟蹋人的生命，使人不得安宁。要是你们知道我现在多自由自在，心满意足就好了。我好想脱胎换骨、成了新人。只要你有勇气，治疗白日梦实在是简单得很。[②]

　　希基的演讲产生了一些效果。大家都纷纷走出酒店去面对现实，但是他们没有得到希基所讲的安逸和幸福，第二天又都溜回了老窝，重新沉湎于关于昨天和明天的梦幻之中。酗酒和做梦是他们的归宿，做梦和酗酒本身就是一种非理性行为，使人失去理智回归潜意识，他们可以尽情地享受白日梦，逃离现实，生活在个人梦幻的精神世界之中。

　　希基和帕特利（Parritt）放弃了继续做白日梦，从非理性的生活

---

① Travis Bogard & R. B. Jackson, *Selected Letters of Eugene O'Neill*, New Haven：Yale University Press, 1988, p.421.

② [美]尤金·奥尼尔：《奥尼尔文集》（第5卷），郭继德编，北京：人民文学出版社，2006年，第203页。

走向理性的选择。希基为了彻底断掉非理性时所抱有的幻想，走向理性的现实的生活，杀死了爱妻伊夫琳（Evelyn），自己也走上了死亡之路。帕特利公开了自己的谎言，坦白了自己背叛"运动"、出卖母亲，从而失去了支撑自己多年的白日梦，无路可走，选择了跳楼自杀。希基推销的不是幸福生活，他出售的是死亡（peace of death），而他自己并未意识到。只有拉里（Larry）认清了希基坚定的理性后面隐藏的非人道的毒药。他告诉大家希基不怀好意："我确信他把死亡带给了咱们，我感到他身上散发的那股阴气。"[①] "白日梦"是《送冰的人来了》的主题，其中 cometh 来自于《圣经》的旧约传道书中："one generation passeth away, another generation cometh: but the earth abideth for ever. "（一代过去，一代又来：地球却永存。）奥尼尔借用 cometh 意指传递死亡的福音，剧中送冰的人并非上帝的福音信使，更可能是毁灭人间的恶魔。

现实是残酷的，理性的现实就意味着死亡，只有非理性的白日梦才可能成为维系生命的希望，或者说是存在的必要条件，而冷酷的现实却是谋害生命的刽子手。拉里再次强烈地反驳希基：

> 我没有勇气活在这个世界上，是吗？——更没有勇气去死！所以我坐在这里，让自尊心沉到酒瓶底，每天醉醺醺的，这样我就看不到自己怕得发抖，也不会听见自己号叫、哀求：敬爱的上帝啊，发发慈悲吧，哪怕让我多活几天也行，就是多活几个钟头也是好的呀。这一点儿肮脏，发臭、干瘪的肉体是我宝贵的小生命啊，是我的小宝贝啊，请让我继续贪婪地把这颗价值连城的珠宝搂在我那怕死的心怀里吧！[②]

奥尼尔通过这部作品告诉我们，人活着就需要有幻想，需要做白

---

① [美]尤金·奥尼尔：《奥尼尔文集》（第 5 卷），郭继德编，北京：人民文学出版社，2006年，第 259 页。

② [美]尤金·奥尼尔：《奥尼尔文集》（第 5 卷），郭继德编，北京：人民文学出版社，2006年，第 277 页。

日梦，人的生命也靠梦想维持。他说："This play is about pipe dream. Its motif is that no matter how sorehead you will be, even at the bottom, there will always be a pipe dream, a last illusion."（这部剧是有关白日梦的，其传达的主题思想是，不管你遇到多么头疼的事情，甚至陷入生命的深渊，也不要放弃，因为你仍然有最后的幻想，那就是你还有白日梦可做）① 这些寄居在霍普酒店的做梦者深知现实的残酷无情，其实他们已经遭受了现实的残忍鞭挞，现实对于他们而言本身就是死亡。龚小凡说："丢掉梦幻的走向死亡，保留梦幻的仍继续生存，也就是说，梦幻是对生存的支持和帮助，而冰冷的现实、现实中那些人不得不正视的无情事实则会绞杀人生。"② 尼采认为，人不能靠真理生活，从人生的角度看，作为梦幻的艺术比真理更有价值③。

弗洛伊德一生研究发现，生活中人们往往靠幻想和迷信过日子，而且过得很惬意，理性和逻辑在生活中经常处于下风。弗洛伊德心理分析理论对奥尼尔的戏剧创作产生了极大的影响，《送冰的人来了》中"白日梦"的描写，就是弗洛伊德心理分析理论的文学阐释。奥尼尔认为"剧作家就是敏锐的分析心理学家"，随时随地要剖析剧中人物的心理世界④。然而，在传统的形而上学二元对立中，理性、科学占有绝对的统治地位，非理性的梦幻被绝对边缘化，被认为是一些垃圾和不道德。理性和现实是西方社会的主流哲学思潮和价值取向，潜意识和非理性受到社会伦理道德和理性主义的批驳，把意识和潜意识、理性和非理性截然分开、二元对立。弗洛伊德认为，人的思想的理性层面来源于非理性，所有理性的认知本质上是非理性的。奥尼尔通过剧本《送冰的人来了》，借助拉里之口，发起了对理性的挑战，认为在理性和科学主宰的社会，非理性沦为"他者"，这是不人道的行为，违反人

① Virginia Floyed, *Eugene O'Neill: A World View*, New Yorker: Frederick Ungar Co., 1983, p.147.

② 郭继德：《尤金·奥尼尔戏剧研究论文集》，上海：上海外语教育出版社，2004 年，第 206 页。

③ 周国平：《艺术形而上学：尼采对世界和人生的审美辩护》，《云南大学学报》，2007 年，第 3 期，第 4-15 页。

④ Louis Sheffer, *O'Neill: Son and Artist*, Boston: Little, Brown and Company, 1973, p.174.

类的本性。本剧中的希基和帕特里的行为就已经证明了：没有白日梦就意味着死亡。所以，奥尼尔的叙事是伦理的叙事，是对生命的终极关怀。奥尼尔通过这个剧本颠覆了理性主宰的一元中心的价值观，从头到尾解构了理性与非理性的二元对立思维。

国内的奥尼尔研究鲜有从解构视角解读其戏剧，忽视了奥尼尔之所以成为伟大戏剧家的个性化的东西。奥尼尔的戏剧得以立于世界戏剧之林，除了他在戏剧技巧的创新贡献外，最主要的是他与同时代作家相比，他的双重身份的身份意识使他对人的精神世界有着独特的理解和高度的关怀。他追寻的是人类社会的伦理道德和精神世界的东西，探索人与上帝的关系、物质主义对人性和人的灵魂的侵蚀问题。他思考问题的方式也是独特的，他关怀现代工业社会给人的精神带来的痛苦，与充斥西方社会的物质主义开展对抗，在意识领域里寻求解决现代社会诸多矛盾对立的出路。奥尼尔认为社会矛盾主要来自于人们的思维和意识的对立，所以他不断地挖掘人的内心深处，探索人的灵魂世界，通过重写人的意识来消解社会矛盾，减除人类的精神痛苦。奥尼尔的叙事是伦理性的叙事，他对人类精神和人的命运始终投以最大的关怀，他的戏剧融合了美学价值和道德情怀。通过对弗洛伊德心理分析理论、尼采哲学、中国传统道家等各种哲学文化思想的有益汲取，奥尼尔的作品打破了西方逻各斯中心主义二元对立的形而上学思维模式的束缚，用开放的、多元的、批判性的思维认识世界。奥尼尔戏剧中的解构意识也消解了西方价值体系中的霸权话语，关注边缘人群，追寻自然人类伦理，重写东方文化，在文学的平台上创造了东西对话的可能性，对中西文化交流和互鉴具有积极作用。

第二章 奥尼尔戏剧的身份意识：
后殖民批评视角

尤金·奥尼尔（Eugene O'Neill）一直被文学批评家划分为悲观主义剧作家，是因为他受到了哲学家叔本华和尼采悲观主义思想的影响，开始正视惨淡的人生，怀疑传统道德标准，颠覆资本主义赖以生存的伦理秩序，寻找美国失去的灵魂。他利用悲剧形式揭示了两战之后的现代人处于无所寄托、无所依赖的精神状态，以及他们所有人都一直努力寻求自己的归宿而最终无望的结局。文艺批评家道瑞斯（Doris）在论及奥尼尔的作品时说，在当时"寻找自我不仅仅是一个个人的问题，它已经成为人类共同的、普遍的问题了"①。奥尼尔的许多作品都表现了这个问题。从《毛猿》中的杨克到《天边外》中的罗伯特，从《奇异的插曲》中的妮娜到《进入黑夜的漫长旅行》中的蒂隆一家，从《月照不幸人》中的杰米到《送冰的人来了》中的醉生梦死的酒店房客等等，所有这些人都在寻找自己在社会中的位置，因为他们都被边缘化，他们成为言说的对象，他们是一群徘徊在边缘的他者。

第一节　黑人的身份困惑

后殖民主义批评用的频率最高的两个词就是"边缘"和"他者"。我们知道"边缘"和"他者"是相对于"中心"和"自我"的概念，中心之所以成为中心，边缘之所以边缘，说到底还是源于话语结构背

---

① Doris Falk, *Eugene O'Neill and the Tragic Tension: An Interpretive Study of the Play*, NJ: Rutgers University Press, 1988, p.79.

后的"权力"较量①，具有话语领导的一方成为中心，他会利用话语霸权剥夺另一方的权利，使其边缘化、他者化，不仅如此，具有话语领导权的一方会通过话语暴力，构建在西方叙事模式下的文化价值理念，使被言说的他者能够形成一种被强制后而逐渐习惯的文化认同感。在西方白人为自己构建起来的白人中心霸权主义语境下，白人也同时建构了他赖以生存的客体——黑人，黑人群体是不在场的，他们的历史是由白人任意书写的。正如后殖民理论家萨义德在谈到"东方"时所说，"东方并非一种自然地存在"②，东方是以西方的主权意识为基础的，它是由西方霸权话语建构起来的概念。随着长期的殖民历史的发展，主流白人文化被叙写得越来越优秀，客体黑人文化则被描写得越来越黑，白人主体的原则代表了权力和真理，而客体黑人则成为"落后和野蛮"的符号，在白人主导话语中他们被深深烙上边缘化的"他者"的烙印。

前面我们说过，奥尼尔是爱尔兰移民后裔，同时又是白人作家，所以他的双重身份使他对身份问题比同时代其他作家更关注。奥尼尔在他的很多剧作中都表达了对黑人的哀怜，在他看来，非裔黑人和爱尔兰移民一样面临身份的缺失，在种族主义的话语圈，黑人深陷文化身份认同的漩涡。奥尼尔在其早期、中期和后期剧作中，无数次地透视了黑人的边缘化的"他者"身份。奥尼尔早年以大海为题材的作品中，有很多场景展现了黑人的他者化问题。比如《渴》中的主人公西印度的混血水手，并非黑人，但对于白人舞蹈演员和绅士而言，他从里到外就是黑人、另类。他们骂他是个怪物（stranger）、"臭猪"（rotten pig）、"黑猪"（black pig）、"黑兽"（black animal）等。在那两个白人眼里，他的身份被不知不觉建构成了下贱的黑奴。在绅士的眼里，水手被看做是：

---

① 米歇尔·福柯：《规训与惩罚》，刘北成、杨远婴译，北京：生活·读书·新知三联书店，2010 年，第 1-12 页。

② 爱德华·萨义德：《东方学》，王宇根译，北京：生活·读书·新知三联书店，2013 年，第 6 页。

> 我们没水，蠢货！……你活该遭罪，你这头猪！我们三个中间如果有水，肯定是你把偷的水藏起来了一些。……（怒冲冲朝黑人的背影挥着拳头）啊，你这头猪！你这头臭猪！①

舞女本身自己的身份地位不算高，只是一个消费颜值和身体的女郎，但是她的白色皮肤给她更多的权力和认同感。她对黑人水手更是不尊重，她指着水手骂道：

> 我是否在这头黑色的野兽面前太掉价，却像街头女郎一样被拒绝？这太过分了！你撒谎，你这肮脏的奴隶！②

剧中白人种族主义的话语霸权和有色人种的屈从构成了"合情合理"的社会文化逻辑，在这种逻辑系统中，主体和客体、中心和边缘、自我和他者都被编排得井井有条，双方也都在自觉或自发地遵守。澳大利亚文化学者 Chris Barker 认为："种族主义就是一种对权力的屈从，所以有色人种在社会结构体系中处于从属地位。"③ 纵观人类历史，种族主义的形成、种族的划分和种族的歧视，最终都源于知识的编码、权力的较量和话语的建构。

在殖民的历史中，白人就是通过将有色人种建构成一个"他者"，来建立起了白人作为"自我"的身份认同，形成一套完整的殖民主义话语系统。其中，白人代表高尚、文明、理智，而黑人从一出生就被镶嵌上野蛮、愚昧、残暴的表征，黑人无法避免去忍受被言说、被物化、被边缘和被殖民的痛苦。在《爱幻想的孩子》（*Dreamy Kid*，1913）中，奥尼尔通过对梦孩子阿本行为的描写，实际上梦想帮助有色人种摆脱身份流浪的困扰，颠覆白人主流文化逻各斯，消解白人赋予黑人

---

① [美]尤金·奥尼尔：《奥尼尔文集》（第 1 卷），郭继德编，北京：人民文学出版社，2006年，第40-41页。

② [美]尤金·奥尼尔：《奥尼尔文集》（第 1 卷），郭继德编，北京：人民文学出版社，2006年，第45页。

③ Chris Baker: *Cultural Studies: Theories and Practice*, London: Sage Publications Ltd., 2011, p.194.

的形象。梦孩子阿本出于自卫杀死了白人，成了白人眼中十恶不赦的恶魔和强盗，遭到警察的追捕。然而，奥尼尔却把他描写成一个新的形象，他善良而勇敢，他莽撞却又感情细腻。他深爱祖母，以致冒着被警察击毙的危险，偷偷回来跪在弥留之际躺在病榻上的祖母面前为她祈祷。奥尼尔研究专家汪义群是这样评价奥尼尔的剧本的：奥尼尔"用同情的笔调，把黑人写成一个社会的受害者，一个有感情、有家庭责任心的人"①。同情的书写和对种族主义的批判旨在唤醒处于身份困惑的黑人，然而现实中的阿本难以逃脱白人文化中心早给他准备好的极刑，主流文化不容"他者"的逆袭。

在主流文化话语霸权的社会，处于边缘地带的黑人"他者"从未停止过为获得主流文化身份认同的斗争。上面提到的阿本被称为梦孩子（Dreamy Kid），暗示了黑人期待在主流话语领域的身份认同。同样，《琼斯皇》中的琼斯、《上帝的儿女都有翅膀》中的吉姆和《送冰的人来了》中的乔·模特等，都是典型的向中心挑战的"他者"。黑人琼斯杀死白人，欺骗黑人，成为西印度群岛一小岛上的部落皇帝，享有至高无上的权力；黑人吉姆为了获得白人的身份认同，拼命地学习，渴望拿到白人社会认可的代表身份的律师资格证书；黑人乔·模特梦想有一天重回赌场做大老板，享受只有白人才享有的身份特权。法国理论家德舍尔多（Michel De Certeau）同福柯进行了对话，怀疑福柯提出的"他者"只能被规训的权力理论。德舍尔多认为，个人和团体面对权力体系不只是逆来顺受，他们还会反抗，边缘化的他者会重新回到人们的视野之中，"压抑者的归来"不是没有可能的②。

然而不幸的是，"归来的压抑者"依然压抑，他们依然得不到身份的认同，因为他们"在文化、心理层面都没有成功拥有双重主体，摇摆于这两种完全不一样的文化之间而成为一个流放黑人"③。阿本一

---

① 汪义群：《奥尼尔研究》，上海：上海译文出版社，2006年，第130页。

② [法]Michel D. Certeau, *Heterologies: Discourse on the Other (Theory and History of Literature)*, trans. by Brian Massumi, Minneapolis: University of Minnesota Press, 1986, pp.1-9.

③ 陶久胜、刘立辉：《奥尼尔戏剧的身份主题》，《南昌大学学报》，2012年第2期，第144页。

梦想与白人有同等的话语权，但永远是一个白日梦，等待他的是终身囚禁或者残酷的极刑；琼斯爬上了部落皇帝的宝座，最后被当地人民推翻；吉姆在白人妻子埃拉的万般阻挠下，最终没有获得律师资格证书，也失去了爱情；乔·模特还在霍普酒店做着妄想成为赌场老板的白日梦，招来的只是白人的侮辱和责骂。法农（Fanon）说："一个黑人做无望的努力，拼命要发现黑人身份的含义……人们叫做黑人精神的东西常常是个白人的结构。"[1] 琼斯成为皇帝时，接受了白人的价值观、审美观和言行规范，愚弄土著黑人，开始用白人的价值标准和文化取向重构自我身份的认同。他刻意模仿白人的装束，还把自己的宫殿粉刷成洁白一色，极力通过言语和行为将自己融入白人主流群体。霍米·巴巴认为，"模拟"（mimicry）是一种"部分在场"（Bhabha 85），指被殖民者对殖民者文化的模拟，以使自己的身份得到白人殖民者的认同。廖敏指出："……这样的伪认同带给他的只有惶恐和身份的双重异化。"[2] 其后果就是，似乎两种身份都具有，"但都不完全，'少于一个、但又双重'。他的形象总是分裂、延异着"[3]。琼斯自傲的外表后面是强烈的自卑意识，白人主流文化拒绝了他，他又不敢正视和认同自己祖先的非洲文化，他陷于身份危机之网无法挣脱。琼斯成为白人的"他者"，也是黑人的"他者"，即"他者"的"他者"。

　　法农[4]从精神病理学入手对黑人的身份进行了研究，他发现，由于长期的殖民统治给法属黑人心理留下了创伤，使他们患上了严重的精神分裂症。黑人的人格是撕裂的，面临白人世界时，他们内心充满了自卑感。他们的潜意识向往白人的优越地位，以白人的价值观来考量自己的一切。琼斯如此，黑人吉姆也一样。吉姆羡慕白人甚至一切白色的东西，他不光是想拥有白人妻子、代表白人地位的律师资格证书，甚至想改变自己黑色的皮肤，"变成"白人，结果白人化使他成为

① [法]佛朗兹·法农：《黑皮肤、白面具》，万冰译，南京：译林出版社，2005年，第7页。
② 廖敏：《奥尼尔剧作中的"他者"》，《戏剧文学》，2012年第12期，第32页。
③ 翟晶：《边缘世界：霍米巴巴后殖民理论研究》，北京：文化艺术出版社，2013年，第29页。
④ Michel D. Certeau, *Heterologies: Discourse on the Other (Theory and History of Literature)*, trans. by Brian Massumi, Minneapolis: University of Minnesota Press, 1986, pp.121-50.

祖先非洲文化的"他者",同时也成了埃拉的"他者","他者"身份加剧了他们的困惑和焦虑。

琼斯、吉姆、乔·模特等都是双重性格的人,他们的内心充满了焦虑的、矛盾的、爱恨交织的和无所适从的情感,他们无法摆脱白人"固置"在他们身上的"原型",但又出于集体无意识,同时也出于个体无意识,他们会使自己的个性"白人化",因此成为一个戴着面具的黑人。这种矛盾分歧使得他们游离于两种文化之间,而不可能归属于任何一种,成为两种文化的流浪者。

第二节　女性的身份缺失

德里达的解构主义认为,整个西方形而上学传统概括起来都是逻各斯中心主义的,即二元对立的思维模式,而在所有的对立中,男性与女性构成了人类生存最基本的两大对立物。男性在历史上一直被赋予英雄、战士和保护神的牌位,这种对男性的崇拜和对女性的歧视很大程度上建立在男女身体的差异上,特别是生殖器的差别上。法国作家奔达(Julien Benda)在《于里埃尔的关系》中断言,"男人和女人身体构造不同是有意义的,女人的构造缺少重要性",因此"没有女人男人能独立思想,没有男人女人就无所适从"①。这些传统的女性观遭到了女性主义者的强烈批判。女性主义理论家西蒙·德·波伏娃(Simone de Beauvoir)有句名言:"女人并非生来就是女人,而是变成女人的。"她告诉我们,所谓赋予女性的那些特质与女性的自然生理构造无关,而是一种后天文化建构。

在男权中心的社会,"男人不就女人的本身来解释女人,而是以他自己为主相对而论女人的"②。男人赋予女人以所谓的"身份",比如温柔、美丽、善良、善做家务等等,女人逐渐接受并潜移默化地内化了这些男权社会的价值体系,她们以为这一切都是与生俱来的、自然

---

① 张剑:《西方文论关键词:他者》,《外国文学》,2011 年第 1 期,第 123 页。

② [法]西蒙娜·德·波伏瓦:《第二性》,郑克鲁译,上海:上海译文出版社,2011 年,第 8 页。

而然的。这样一来，这种身份牢牢地固置在女人的肉体和精神上，而且显得逻辑化、理论化、制度化。女性只能默默地被言说，成为男权中心的"他者"。在男权社会，女性对男性赠予她们的身份特质由最初的抵抗到后来的无奈以及最后的自觉认可，女性现在完全表现为集体无意识。女性失语的根源在于她们囿于男权话语，"满足于以男性为基准来限定自己"①。

男权的语言将女性象征化了，使之变成了一个生物——充满唠叨、嫉妒、可怜、堕落、邪恶、淫荡等，女性则处于被"凝视"的地位，女性的形象和气质完全按照男性的想象来构建。男权中心的社会"把女人的形象固定化为性客体了"②，女性是以"第二性"或"他者"的身份存在的。男人衡量女人最大价值的重要标准在于她能否乐意满足男人的性欲，是否可以成为男人所期待的性感的、下流的、放荡的施欲对象。《安娜·克里斯蒂》中的安娜在男性看来，"她是一个身材高高的、皮肤白皙的、发育丰满的二十岁少女，具有北欧后裔女子的健美体型"③。男性用男性的话语定论她可以满足男性的性要求。

男性通过建构一个"他者"，突出男性的权威和充实感。男人可以把女性建构成贤妻良母，也可以把她建构成无耻的妓女。无论是前者还是后者，作为"他者"成为一把价值的尺度，衡量主体的价值④。例如，《送冰的人来了》的主人公希基把妻子伊芙琳塑造成一个典型的贤妻良母型的女性，美丽大方，善良宽容，恪守妇道。希基经常在别的男人面前赞扬她，他以妻子为骄傲。其实他早已把妻子的自由和生命都占有了，伊芙琳在精神上完全沦为他的"奴隶"，希基夸赞妻子，

① Michael Manheim, *The Cambridge Companion to Eugene O'Neill*, Cambridge: Cambridge University Press, 1998, p.173.

② Margaret Marshment, "The Picture is political: Representation of Women in Contemporary Popular Culture," in R. Victoria & R. Diane, eds., *Introducing Women Studies: Feminist Theories and Practice*, London: Macmillan Press Ltd., 1997, p.132.

③ [美] 尤金·奥尼尔：《奥尼尔文集》（第 2 卷），郭继德编，北京：人民文学出版社，2006 年，第 92 页。

④ [法]西蒙娜·德·波伏瓦：《第二性》，郑克鲁译，上海：上海译文出版社，2011 年，第 254 页。

无非是以她作为标尺来抬高自己的地位。最后希基一枪击毙了伊芙琳就已经证明了男性中心话语的霸权和虚伪。还有剧中的玛吉等三个妓女，靠出卖肉体为生，被酒店的侍者罗基和其他寄居酒店的男人们骂成"臭婊子""不要脸的"，这样的责骂无形中显示了男性正人君子的地位，而事实是，罗基就是个拉皮条的，他每次都收走她们靠卖淫赚的钱。正如波伏娃所指出的，男人谴责女人的罪恶，却纵容自己的邪念；男人认为靠出卖肉体生活的女孩子是堕落的、放荡的，而利用她们的男性则不是①。男性在建构"他者"的时候露出了自己的虚伪面孔，他们的目的就是为了建构男性话语中心的稳定结构。

通观奥尼尔剧本，读者会感到男性角色远远多于女性。据肖利民统计，剧作中"只有三分之一的角色为女性"②。而且女性大都承担次要角色，出场机会少，"她们经常被描述成男性独立的威胁者和男性梦想的毁灭者"③，被言说成男性社会的"祸水""害人精"等。例如《警报》中的轮船上发报员纳普先生，因为耳疾决定辞去这份工作。但是妻子老是抱怨他，他只好重新回到船上继续当发报员，结果由于耳聋失误造成船毁人亡的灾难，他也因此在内疚和悔恨中自杀。还比如《生计》中的布朗太太，自私冷漠，金钱至上，她责骂丈夫无能，逼迫酷爱艺术的丈夫下海经商，摧毁他的艺术梦想。布朗先生离婚不能，最后走投无路，选择了自杀。再如《早餐之前》中的泼妇罗兰太太更是不可理喻，她一直在不停地谩骂、数落沉默不语的丈夫阿尔弗雷德·罗兰。因不堪忍受妻子的侮辱，在她滔滔不绝的辱骂声中，这个不幸的作家丈夫用剃须刀割断了自己的喉管。《天边外》中的露丝由于爱情不仅导致了安德鲁的堕落，而且造成了其兄弟罗伯特的梦想破灭直至死亡。剧中的男人遭受女人的迫害，女人成了男人的对立面，给男人的生活和事业带来了威胁和毁灭，她们是男性的"他者"。

---

① [法]西蒙娜·德·波伏瓦：《第二性》，郑克鲁译，上海：上海译文出版社，2011 年，第321 页。

② 肖利民：《从边缘视角看奥尼尔与莎士比亚戏剧的深层关联》，《四川戏剧》，2013 年第 2期，第 12 页。

③ 肖利民：《从边缘视角看奥尼尔与莎士比亚戏剧的深层关联》，《四川戏剧》，2013 年第 2期，第 12 页。

　　如果说前面提到的女性角色部分失语的话，那么《送冰的人来了》中的重要女性角色则完全失语。全剧在场的只有三个妓女，而其他的重要女性都是缺失的，她们只是有时在男性的白日梦中被书写，有时又成了男性酒徒狂欢和逗乐时的谈资而已，她们完全是按照男性的想象被建构，因为在男权社会她们永远是缺场的。酒店老板霍普的妻子贝西在世时总是督促懒惰的霍普做事，不愿做事的他烦透了妻子的管教，妻子的离世使他获得了懒惰的借口，他蜷缩酒店，不思进取，却假借思念"贤惠温顺"的妻子而不可自拔，他此时对妻子的重新书写连寄居酒店的酒徒也觉得可笑。霍普不管如何书写贝西，贝西只是由过去现实的"他者"变成了今天白日梦中的"他者"。剧中主人公希基则完全按照传统的男性幻想中的完美女性来对妻子伊芙琳加以建构，把她塑造成温柔体贴、善良宽容、守身如玉的女子，他完全沉醉于对她的控制，男性不仅是在性爱意义上的，而且是在精神上和智力意义上"塑造"女性。波伏娃认为："男人喜爱的梦想之一，是用他的意志浸润事物，塑造事物的形式，渗透事物的本质：女人尤其是'软面团'，被动地让人揉捏和塑造，她一面让步，一面抵抗，这就使得男性的行动延续下去。"[1] 当他最后杀死了自己塑造的完美妻子时，又借口说：

　　　　我让她受了那么多罪，我发觉只有一个办法可能弥补我的过错，使她摆脱我，使我再也不能让她受罪，她再也用不到原谅我！我早就想自杀了，可是我知道这不是个办法。我自杀等于要她的命啊。想到我会这样对待她，她要伤心死的。她会因此责备自己。逃走吧，那也不是办法。如果我一走了之，她会抬不起头来，要悲痛死的。她会以为我不爱她了。你们知道，伊夫琳爱我，我也爱她。难就难在这里。如果她并不那么热烈地爱我，或者我并不那么热烈地爱她，办法就容易想了。可事实上只有一个解决办法。

---

　　① [法]西蒙娜·德·波伏瓦：《第二性》，郑克鲁译，上海：上海译文出版社，2011 年，第 245 页。

我只有杀死她。[①]

希基竟然大言不惭地认为，要"把她从爱我的苦境中解救出来的唯一办法"就是杀死她，剥夺她的最基本的生存权。剧中女性对自我角色建构的缺省导致她们完全失语，甚至变成男性随意建构自我身份的工具，女性的哑言正好使得男性在现实生活中难于被认同的身份合理化。剧中女性形象被从头到脚地扭曲归根到底是女性对男性中心地位的挑战与威胁。"爱唠叨的贝西总是逼着霍普树立雄心去干一番事业，这种强迫显然有损男性的绝对权威。……而作为传统伦理的女性代表，伊夫琳的存在成为希基良心和道德的镜子，使他看到自己的卑劣以致无法忍受她的存在。"[②] 奥尼尔剧作中的这些女性俨然生活在一张男人编织的网里，没有言说的空间，她们的命运凸显了社会的冷漠与残酷，以及女性失语的悲剧。

不可否认，在男权话语中心控制下和女性集体无意识的情景下，女性主体在男性宏大的叙事模式的大潮中，成为男权意识公共消费的客体。所谓的女性意识和女性话语被剥夺了生存和发展的空间。但是个别有意识的反抗男权中心的斗争还会存在。例如，《榆树下的欲望》中的爱碧嫁给了比自己大三十多岁的老凯勃特，为了继承家产，她便施展魅力，勾引凯勃特前妻之子伊本同她发生关系。爱碧成了为财产不择手段的狡诈、贪婪、邪恶的女性的代表。《奇异的插曲》整个剧作围绕女主人公尼娜展开，她是一个征服欲极强的女人，她控制着爱她的男人以及她周围的男人，这些男人可以满足她的各种欲望。相对于其他女性角色，爱碧和尼娜不同程度地"体现了属于女性自我的性别意识，已经能够按照自己的女性身份和情感行动，但这种情感意识从根本上说，仍没有摆脱男性视角的控制"[③]。最终，奥尼尔笔下女性的努力都只能以失败告终，她们只能行走于边缘。

---

① [美] 尤金·奥尼尔：《奥尼尔文集》（第5卷），郭继德编，北京：人民文学出版社，2006年，第295页。

② 廖敏：《奥尼尔剧作中的"他者"》，《戏剧文学》，2012年第12期，第33页。

③ 赵卫东：《从女性主义视角解读罗敷形象》，《文学教育》，2008年第1期，第18页。

第三节　底层人的失声

"底层"（subaltern）是意大利左翼理论家葛兰西在《狱中札记》中首次使用的，指的是前资本主义社会结构中的产业无产者。20 世纪 80 年代以来，葛兰西提出的这一概念逐渐被底层研究小组所借用，随着该小组研究成果（《底层研究》）出版，"底层"的概念内涵和外延都发生了变化，除去阶级斗争、民族独立斗争以外，妇女运动、农民起义和少数族裔争取权利的斗争都是"底层抗争"的有机组成部分。斯皮瓦克对"底层人"和第三世界女性等非主流文化和政治团体的身份问题尤为关注。她认为，"底层人"是指中心以外的、边缘化的、非主流的、无法表达自己的社会群体。斯皮瓦克[①]在其引起世界地震的文章《底层人能说话吗？》的最后明确回答道，底层人不能说话。底层人作为主流文化的"他者"，他们近乎哑言，即使能够发声，也没有人听得见。

奥尼尔不同于莎士比亚，莎翁笔下的人物像李尔王、哈姆雷特、奥赛罗、麦克白等，不是国王、王子就是将帅、大臣。奥尼尔笔下的人物，除了《拉撒路笑了》中的拉撒路以外，几乎都是处在社会底层的小人物，有水手、妓女、醉汉、伙夫、农民、推销员、失业者、酒店老板、酒吧招待等。人物具有普遍的特点：渺小、可怜、前途渺茫、地位低贱。《送冰的人来了》对这类底层人物进行了集中的描绘。低级的霍普酒店收留了退休的警察、记者、无政府主义者、哈佛法学院的毕业生、退役军人等，他们"既不能适应现实生活、又不会反抗，都是生活的失败者，却又害怕现实、逃避现实，只想用幻想来欺骗自己"[②]。"根据福柯和德勒兹的对话，被压迫阶级一旦有机会，并通过同盟政治而趋于团结之时（这里起作用的是一个马克思主义的主题），

---

① [美]佳亚特里·斯皮瓦克：《从解构到全球化批判：斯皮瓦克读本》，陈永国等主编，北京：北京大学出版社，2007 年，第 128 页。

② 汪义群：《奥尼尔研究》，上海：上海外语教育出版社，2006 年，第 197 页。

就能够表达和了解他们的状况。"① 其实不然，底层人已经被知识暴力规划在"封闭地区的边缘"。斯皮瓦克认为："在社会化资本所导致的国际劳动分工的另一面，在补充先前经济某一文本的帝国主义法律和教育的知识暴力的封闭圈内与外，底层人能说话吗？"② 斯皮瓦克的一个反问句，足以坚定地回答剧中人物逃避现实的心理和行为，他们已经被知识暴力进行了沉默的编码，成为主流文化和社会的"他者"。

《毛猿》极为细致地刻画了处在社会底层的小人物杨克的身份危机和寻找身份的过程。杨克是轮船上的司炉工，他和其他伙夫是底层人的代表，而道格拉斯和第五大街的人代表上层阶级。杨克虽为底层劳动者，但他起初并无身份危机带来的焦虑和痛苦，直到美其名曰体验"底层人生活"的米尔德丽发自肺腑的一句"肮脏的畜生"的侮辱，杨克顿时从洋洋得意、傲慢不羁的状态一落千丈，他的灵魂失去了依托，以前自认为船上"发动机"的"身份"被撕裂。杨克开始"思考"了，表现出一副"罗丹的《沉思者》的姿态"③。他模糊的身份主体意识产生了，他斥责政府，诅咒上帝，寻找自我的存在。但是在这样一个由权力话语编制的复杂网络社会，杨克为代表的底层人群无疑受制于道格拉斯上层阶级的权力话语，他们被隔离、规训、异化和剥夺，成为上层阶级的"他者"。处于身份危机的杨克在极度茫然时，选择重新与比人类更低一层的动物猩猩为伴，他的一步步由人后退到猿，似乎是一种合理的归宿和准确的身份认同，因为底层人不能与任何其他社群在文化与价值取向上取得身份认同。在工业化的社会里，底层人逃脱不了悲剧的命运，他们注定是哑言的，即使他们能够开口说话，又有谁愿意倾听呢？就像杨克到工会表达自己要加入的决心，他的话没人相信；在第五大街上进出商场的绅士小姐们，根本都无视他的存在。对于底层人，他们一生都是"不在场"的。杨克被猩猩杀死，他不再

---

① [美]佳亚特里·斯皮瓦克：《从解构到全球化批判：斯皮瓦克读本》，陈永国等主编，北京：北京大学出版社，2007年，第102页。

② [美]佳亚特里·斯皮瓦克：《从解构到全球化批判：斯皮瓦克读本》，陈永国等主编，北京：北京大学出版社，2007年，第102页。

③ [美]尤金·奥尼尔：《奥尼尔文集》（第2卷），郭继德编，北京：人民文学出版社，2006年，第431页。

存在于世界，这是一种沉默，是对主流话语的无奈，但从修辞意义上说是最好的方式，因为只有在死亡中才能帮助他们获得精神上的解脱和自由，告别一直折磨他们的身份问题。奥尼尔通过杨克之死，表现了底层人对上层阶级主流话语的挑战和对二元模式的消解。

第四节　奥尼尔的身份荒原

尤金·奥尼尔所处的时代，正是美国从自由资本主义向垄断资本主义过度的时代。这个时期科学技术突飞猛进，机器自动化生产代替了传统的生产方式，美国人民的物质财富比历史上任何时候都充裕。然而，机械化的生产冲淡了美国传统工业中人与人的亲情、朋友、同事和邻居的关系，人们之间变得冷漠无情，甚至你死我活。现代物质文明并没有带来精神文明，科学的发展只是进一步加深了人与人的对立。随之而来的是一战、爵士乐时代、大萧条和二战等灾难性的事件，美国人民迷惘了，美国青年堕落了，美国梦破灭了，万能的上帝已经死了，美国完全陷入了信仰危机，"美国社会处于一种信仰缺失的真空时代"[①]。面对美国畸形的发展，奥尼尔非常痛苦。他说："美国不是世界上最成功的国家，而是最失败的国家，它完全失败了，因为它得到了一切，比任何国家得到的都多。它发展得那么快，可是却没有一个真正的根基。……它失去了自己的灵魂，要是失去了自己的灵魂，那么得到整个世界又有什么用呢？"[②] 奥尼尔通过戏剧手法表现了现代工业文明语境下人的无助、无奈和迷惘，人与人彼此之间越来越冷漠、疏远，这种个体的孤立状态使人们深感失落、孤独、焦虑和不安。这是人类归属感缺失造成的精神状态，奥尼尔像其他同时代的人一样愈发认识到理性的缺失以及科技对人的异化，他苦苦找不到身份归属，陷入"身份荒原"的痛苦深渊。

[①] 陶久胜、刘立辉：《奥尼尔戏剧的身份问题》，《南昌大学学报》，2012 年第 2 期，第 143 页。

[②] J. S. Wilson, "Interview with O'Neill," in J. H. Raleigh, ed., *Twentieth Century Interpretations of The Iceman Cometh*. Englewood Cliffs: Prentice-Hall, 1968, p.22.

奥尼尔身为爱尔兰移民后裔，父辈背井离乡逃荒到美国，奥尼尔从出生就开始随父亲的剧组走南闯北，过着颠沛流离的生活。因此，"对于文化身份的归属感和认同感，奥尼尔有着比同时代其他作家更为强烈的需求"①。美国内战后，移民大批涌进美国，已经站稳脚跟的移民视新来的移民为威胁，排斥爱尔兰天主教移民，发动了浩大的反爱尔兰天主教移民的运动。爱尔兰移民被书写成酗酒、犯罪、贫困和疾病的根源，沦为美国最边缘的人群。《诗人的气质》和《月照不幸人》是表现奥尼尔自我身份缺失和探索自身价值存在最好的写照。比如，《诗人的气质》中梅洛迪集诗人和庄稼汉的气质于一身，他瞧不起爱尔兰同胞，不愿与他们同桌进餐，但美国乡绅的家庭根本不让他接近，像哈福德这样的美国佬根本无视他的存在。梅洛迪一家人"没有别的选择，只能居住于一个文化之间的世界，于矛盾和冲突的传统中创造他的身份认同"②。梅洛迪一直在努力地建构、解决和捍卫自己的身份，但他还是找不到认同的文化身份，迷失了归属，孤独地生活在想象的世界。正如上文提到的，爱尔兰移民和美国黑人一样，他们是"散居"的群体，散居族裔具有跨文化跨民族跨国的性质，他们身上具有隐性的源文化和显性的现文化的分裂和冲突，体现了身份的不确定性和居间性，具有"双重身份"或"双重意识"③。梅洛迪最终成为爱尔兰人的他者，又是新英格兰人的他者，"他者"的"他者"。《月照不幸人》仍然是关于爱尔兰移民的身份困惑与选择，剧中浪荡潇洒的爱尔兰移民后裔小杰姆斯·蒂隆由于在新英格兰主流文化中得不到身份认同而陷入极度的痛苦之中。乔茜对他的关心和理解，消除了那些在异质文化影响下产生的文化缺失感和焦虑感，显示了他们共有的文化身份和强烈的爱尔兰族裔认同。奥尼尔与剧中的梅洛迪和蒂隆一样深陷身份不能认同的痛苦之中，他摆脱不了身份的"双重性"和"不确定性"，他自身成为多重身份定义的主体，具有"混杂性"和"分裂性"，处于身份缺失和失语的尴尬之中。奥尼尔对爱尔兰移民苦难生活的描

---

① 廖敏：《奥尼尔剧作中的"他者"》，《戏剧文学》，2012 年第 12 期，第 31 页。

② 生安锋：《霍米巴巴的流亡诗学》，《文艺研究》，2004 年第 5 期，第 150 页。

③ 张冲：《散居族裔批评与美国华裔文学研究》，《外国文学研究》，2005 年第 2 期，第 89 页。

写和爱尔兰身份的认同，是为了定义自我的"他者"身份。廖敏说："奥尼尔需要身份的认同来弥补现实生活中归属的缺失，从而强化自身的存在，找到存在的意义与价值。"[①]

　　家庭环境和信仰的危机也是造成奥尼尔身份缺失的主要因素。奥尼尔出生在一个演员的家庭，全家不得不跟随父亲的剧团过着漂泊不定的生活，致使奥尼尔从来没感受过家庭的温暖，甚至很少有家这个概念。童年的回忆留给他的只是痛苦："It was a great mistake, my being born a man, I would have been much more successful as a seagull or a fish. As it is, I will always be a stranger who never feels at home, who does not really want and is not really wanted, who can never belong, who must be a little in love with death!" 奥尼尔认为自己永远是个陌生人，没有感受到家的温馨，从未有过归属感。我们从自传剧《进入黑夜的漫长旅程》中不难看出，家庭环境给奥尼尔造成了创伤：父亲"缺席"，母亲因病吸食大麻，哥哥嗜酒成性、愤世嫉俗，整个家庭生活犹如黑夜的漫长旅程，人与人变得陌生。奥尼尔是个典型的宗教信仰彷徨者，他生于爱尔兰天主教家庭，少年时代是虔诚的天主教徒，而当时的美国清教徒是主流文化族群，对异教"他者"排斥和挤压，这样一来，奥尼尔从小就被打上了美国主流宗教文化的异质"他者"的烙印，奥尼尔在《榆树下的欲望》和《悲悼》中对作为中心信仰的清教从道德层面予以猛烈的抨击。后来，随着母亲吸毒恶癖的恶化，他无奈之下祈祷上帝拯救母亲，然而祈求无果，他在绝望中与神灵决裂了，完全走向了信仰的异化，他又将自己标识成爱尔兰天主教的"他者"，即"他者"的"他者"。奥尼尔就像他在自传性戏剧《无穷的岁月》中的约翰·洛文一样，一直在内心压抑、痛苦、迷惘之中寻找生活的意义，但似乎都徒劳无功。对于宗教身份的建构和种族、性别身份一样，"他者"永远是"他者"。

　　如果说工业化使奥尼尔无所归宿，移民身份使他无所适从，家庭

---

　　① 廖敏：《奥尼尔〈诗人的气质〉中的文化身份叙事》，《电子科技大学学报》，2014 年第 1 期，第 67 页。

的创伤让他的身份异化，那么背离信仰彻底把他推向身份认同的孤岛荒野。

后殖民批判学者普遍认为，位于社会边缘的边缘群体是根据权力阶级和主导群体的意志书写和建构起来的，而且是依赖某种"他者"而建构的。在奥尼尔的戏剧中，种族"他者"、女性"他者"、底层人等非主流社会群体都是行走于边缘的"他者"，他们徘徊在文明的边缘，没有说话的空间，一直苦于探寻自己身份，饱受重塑其主体身份的艰难以及在获得认同过程所受的精神折磨。奥尼尔生活在美国由于工业化而导致的精神危机、异化和身份丧失的时代，而且作为爱尔兰移民的后裔，奥尼尔也陷入找不到自我身份认同的痛苦之中。奥尼尔一生为自己也为同时代的人探索身份，也许他对杨克的评论可见一斑："杨克实际上是你本人，是我本人。他是每一个人——他拼命要找归宿——而我们每个人都在拼命这么找。"[1] 奥尼尔通过戏剧宣告他探索身份的失败，因为人们永远找不到可以认同的价值取向，每个人都抱着重写身份的梦想奋斗至死。奥尼尔向我们展示了在西方社会文明发展的秩序下，人们在种族、性别、阶级、信仰等方面的本质性差异决定了他们在社会中的身份和地位，被边缘化的身份只能是低于主体话语权的"他者"，而且他者"永远只能是"他者"。

---

[1] Virginia Floyd, *The Plays of Eugene O'Neill: New Assessment*, New York: Ungar, 1985, p.248.

第三章　奥尼尔戏剧的贫民情怀：狂欢化视角

　　20世纪西方兴起的巴赫金（Bakhtin）狂欢化诗学理论，在哲学和文艺理论研究领域激起了巨大的波澜。巴赫金的诗学研究不是一种纯理论的研究，而是通过作家研究进行的，他的文化诗学研究具体体现在对陀思妥耶夫斯基和拉伯雷这两位作家小说的研究中。他在自己的两部专著中，根据自己对文学和文化，特别是文学和民间文化的深刻理解，深入揭示这两位作家的小说同民间文化——民间狂欢化文化和民间笑文化的内在联系。在对陀思妥耶夫斯基和拉伯雷的小说的研究中，巴赫金并不局限在对叙事形式和结构的微观分析上，而是用他的小说理论强化了他的语言实践观。巴赫金理论的中心就是"对话"，对话本来是日常生活中人与人之间的语言交流现象，但巴赫金赋予了对话广泛内涵。他将对话由具体含义抽象为一个哲学概念，认为它既是语言的本质，也是人类的思想本质，甚至自我的存在状态就是种对话。巴赫金[1]指出，对话的形式主要有两种：一种是传统意义上的人物之间的对话，巴赫金管它叫 macro-dialogue，另外一种则是人物自身内心的对话，叫微型对话（micro-dialogue）。这种微型对话有两种表现形式：1）人物自身内心矛盾的冲突，通常体现在人格分裂或者双重人格；2）把他人的意识作为内心的一个对立的话语进行对话。由此，他建构起"对话主义"这种多元思维模式的理论，一套以对话为核心、充满张力的理论体系。

　　小说是巴赫金主要关注的对象，复调小说理论是巴赫金的对话理论在文学中的具体体现。巴赫金认为，复调小说是全面对话体小说，小说内部和外部的各部分各成分之间的一切关系都具有对话性质，大

---

① M.M. Bakhtin, *Selected Readings of Bakhtin*, London: A Holder A Mode Publication, 1997, pp.50-105.

型对话与微型对话是复调小说的两种对话模式。而戏剧和抒情诗在他看来基本上是"独白型"的。他说:"在独白型的构思当中,主人公是固定化的,他的思想内容范围已被严格限定;他的活动、感受、思考和意识都不超出他的性格、典型性和气质的范围,否则就会破坏作者对他的独白型的构思。"① 从而可以看出,巴赫金的理论来源于小说研究,也最适合用于小说研究,而不是其他的文学体裁。紧接着巴赫金就指出,"戏剧性在本质上就是同真正的复调格格不入的;戏剧可以是多面的,不可能包含众多世界,它只能有一个而不能有几个衡量尺度。"②

诚然,巴赫金的话有一定的道理。戏剧有它自身的语体特点,戏剧作为一种高度浓缩的艺术形式,外视野、交互主体性和复调性的过多存在,势必要破坏传统戏剧要求的三一律,从而影响戏剧冲突的发展和达到高潮。"因为,剧情既然以世界的统一性为基础,它就无法连接和处理多层次的戏剧。"③ 但是,曹萍认为:戏剧里的"人物,作为作者的创造物,不可能完全通过自己的视野来看自我和世界,在一定程度上都是经过作者的外视野加工的产物。所以任何文本都同时具有人物的内视野和作者的外视野两个方面。只是两者组合的比例不一样。所以,运用巴赫金的理论来分析戏剧未尝不是一种新的探索"④。巴赫金研究对话理论时指出,杂语性是语言的基本特性,所以任何话语都无不带有"已有之言""已知之见"和"尽人皆知之理"⑤ 等等,这个世界上很难找出完全独语或独白的文本。

既然戏剧也具有对话的性质,我们就可以像分析小说的复调和狂欢化一样分析戏剧。作者在本章尝试巴赫金的狂欢化诗学解读尤金·奥尼尔戏剧,希望这种解读为奥尼尔戏剧的理解提供新的思路和独特的视角。我们之所以用狂欢化分析奥尼尔的戏剧,主要是奥尼尔自己也

---

① [苏]巴赫金:《巴赫金文论选》,北京:中国社会科学出版社,1996 年,第 19 页。

② [苏]巴赫金:《巴赫金文论选》,北京:中国社会科学出版社,1996 年,第 42 页。

③ [苏]巴赫金:《巴赫金文论选》,北京:中国社会科学出版社,1996 年,第 63 页。

④ 曹萍:《尤金奥尼尔的〈送冰的人来了〉:一部充满狂欢精神和多重复调的戏剧》,《安徽大学学报》,2008 年第 4 期,第 101 页。

⑤ 转引自曹萍:《尤金奥尼尔的〈送冰的人来了〉:一部充满狂欢精神和多重复调的戏剧》,《安徽大学学报》,2008 年第 4 期,第 101 页。

认为他的《送冰的人来了》具有狂欢的色彩。他在一次记者招待会上说：

> 我觉得自己比以往任何时候都更谙熟喜剧了，就是那种笑料持续不了多久的喜剧。我在《送冰的人来了》中运用了一些这种手法。第一幕带有狂欢的喜剧色彩，但接下来有些人可能就笑不起来了。不管怎么说，喜剧破灭了，悲剧来了。[①]

《送冰的人来了》何止具有狂欢的喜剧色彩，它具有狂欢的一切元素，符合狂欢的加冕和脱冕、生与死的交替，是奥尼尔无意识之中的一部典型的狂欢化戏剧。以下我们将从狂欢世界感受、狂欢化人物、狂欢化语言和狂欢化时空来阐释奥尼尔剧本的狂欢化，以及他所期待的普天同庆的贫民关怀。

第一节　狂欢与边缘

美国学者伯高·帕特里奇（Burgo Partridge）盘点了狂欢的历史发展，他发现狂欢是社会发展过程中个人或团体表现出来的一种普遍的社会心理状态。帕特里奇[②]认为，人总是处于矛盾的地位，每个人的身上都有文明的倾向和动物的本性，人在不断地节制自然属性，放大人的社会文明性，但是长期对人的兽性的克制和挤压必然导致一定时期压力的释放，这种释放便会产生狂欢。高建华高屋建瓴地指出："弗洛伊德的本能宣泄理论，美国'人本心理学之父'马斯洛的高峰体验理论，也从不同侧面触及狂欢的相关特征。"[③]，但是巴赫金的狂欢理论较之帕特里奇等学者的思想更深入，考察视野更开阔，对现实关照

---

① Norman Birlin, "The Late Plays," in Michael Manheim, ed., *The Cambridge Companion to Eugene O'Neill*, Cambridge: Cambridge University Press, 1998, p.86.

② [美]伯高·帕特里奇：《狂欢史》，刘心勇等译，上海：上海人民出版社，1992年，第3-27页。

③ 高建华：《狂欢化视野中的亚玛镇》，《俄罗斯文艺》，2008年第1期，第54页。

更强。他直接将狂欢作为研究对象，考察社会生活各个方面的狂欢现象与形态。巴赫金指出，文学狂欢化最初源于西方"狂欢节"之类的民间节庆活动，如圣诞节、复活节、愚人节、万圣节等。狂欢节不同于官方活动，它打破了现实社会的等级秩序、提倡众生平等。在"狂欢中，人与人之间形成了一种新型的相互关系，通过具体感性的形式、半现实半游戏的形式表现出来……从在非狂欢式生活里完全左右人们一切的种种等级地位中解放出来"①。狂欢化不仅是一种人类精神现象，它也是一种文学现象。当"狂欢式转为文学语言，这就是我们所谓的狂欢化"②。许多作家把狂欢节的套式及其所体现的世界感受文学化，致使狂欢的叙事体裁不断发展。"狂欢化文学作为一种体裁传统，它形成了从诗学观点看至为重要的共性，但在每个作家身上狂欢化的传统都得到别具一格的再现……"③奥尼尔便以其独特的狂欢戏剧形式表达了平民喧哗的大众文化。借助狂欢化思维对奥尼尔剧本进行分析，可以帮助看到许多深层的、潜藏的内涵。奥尼尔在不断地消解精英意识，颠覆既有叙述模式和传统审美原则，所以剧本中充满了狂欢化世界感受、狂欢化语言风格、狂欢化人物形象，这些感性要素的背后蕴涵的是强烈的狂欢精神。

　　狂欢绝非一场时代的盛宴，而是处于边缘绝境的人们的自嘲，那个动荡的年代孕育了边缘的狂欢和狂欢的文学。20世纪初人类迎来了前所未有的灾难，尤金·奥尼尔这一代的知识分子在战乱纷飞、经济危机和物欲横流的大潮中体验着人性的贪婪和欲望的膨胀，他们对曾经期待的现代文明与进步开始怀疑，因为现代文明正在不断地吞噬着人类的遗产和人性的尊严。正如邱紫华教授指出，历史的更迭具有规律性，原有的社会结构会孕育出自己的对立面和掘墓人④。奥尼尔时代的美国正处于一个更替的时代。巴赫金认为，社会的交替和变更存

① [苏]巴赫金：《陀思妥耶夫斯基诗学问题》，白春仁等译，北京：生活·读书·新知三联书店，1992年，第176页。
② [苏]巴赫金：《巴赫金全集》（第五卷），白春仁等译，石家庄：河北教育出版社，1998年，第161页。
③ 程正民：《巴赫金的文化诗学》，北京：北京师范大学出版社，2001年，第87页。
④ 邱紫华：《悲剧精神与民族意识》，武汉：华中师范大学出版社，2000年，第73-75页。

在着狂欢化的特质，他在《陀思妥耶夫斯基诗学问题》中谈到狂欢化的表现形式，"人们的命运、他们的感情和思想，都被推到了自己的边缘；一切都好像准备转化为自己的对立面，一切都被引到了极端，达到了自己的极限"①。被推向边缘的知识分子远离主流话语中心，游离体制之外，缺乏身份认同，成为赤裸裸的"他者"。

奥尼尔的生活背景一定程度上造就了他成为一个行走于边缘的作家。奥尼尔身为爱尔兰移民后裔，父辈背井离乡逃荒到美国，他从出生就开始随父亲的剧组走南闯北，过着颠沛流离的边缘生活，所以"对于文化身份的归属感和认同感，奥尼尔有着比同时代其他作家更为强烈的需求"②。再加上家庭环境和信仰的危机，奥尼尔被完全推向边缘世界。奥尼尔从来没有感受过家庭的温暖，他认为自己永远是个陌生人，从未有过归属感。奥尼尔生活的时代和奥尼尔本身的身份缺失，必然造就了这位边缘作家强烈的狂欢化世界感受，使他的戏剧充满了狂欢化的色彩。

第二节 充满狂欢化世界感受

巴赫金认为，人们生活在现实社会，过着两种不同的生活，即日常生活和狂欢式的生活，这两种生活的差异形成两种截然不同的世界感受，甚至是两种对立的世界观，一种是平民大众的世界感受（平民世界观），另一种是官方和教会世界感受（教条的、死板的世界观）。平民大众的世界感受就是狂欢化的世界感受。巴赫金指出："狂欢式的生活，是脱离常规的生活，在某种程度上是'翻了个的生活'，是'反面的生活'。"③在欢度狂欢节阶段人人可以尽情欢乐，打破日常生活中约束人们的等级秩序，取消了官方教会规定的权力和禁令。狂欢节

---

① [苏]巴赫金：《巴赫金全集》（第五卷），白春仁等译，石家庄：河北教育出版社，1998年，第223页。
② 廖敏：《奥尼尔剧作中的"他者"》，《戏剧文学》，2012年第12期，第31页。
③ [苏]巴赫金：《陀思妥耶夫斯基诗学问题》，白春仁等译，北京：生活·读书·新知三联书店，1992年，第176页。

体现了人与人是平等的、随便的、不分长辈晚辈，无国王和平民之别，没有高低贵贱，暂时摆脱了日常生活中等级制度附于人的教条、虔诚、严肃和恐惧现象，到处是欢歌笑语，人们享受着彻底自由、欢乐的生活。

狂欢节的世界感受最明显的现象是变更和交替的精神。狂欢节上有加冕和脱冕的仪式，被加冕者不是国王，也许就是奴隶和小丑，狂欢的人们会给被加冕者穿上王服，戴上王冠，并使其手拿象征权力的物件。脱冕仪式则相反，被脱冕者的王服会被当众扒下，王冠和手中的权力象征物会从加冕者手中夺走，而且肆意踩踏，人们还可以尽情地在广场上戏谑和殴打脱冕者。巴赫金敏锐地洞察到狂欢世界感受极端变革的精神，他指出："国王加冕和脱冕仪式的基础，是狂欢式的世界感受的核心所在，这个核心便是交替和变更的精神，死亡和新生的精神。狂欢节是毁坏一切和更新一切的时代才有的节日，这样可以说已经表达了狂欢式的基本思想。"① 现实社会中，统治阶级总是设法使现有的体制和地位稳固化绝对化，而狂欢的世界感受就是要解构这种凝固的、僵化的世界观，一切事物都会有相对性，没有绝对的肯定和绝对的否定，所有事物都处于变更和生死之间，瞬间的高低升降、两极转化，造成了狂欢的氛围，这样就彻底颠覆了传统的二元对立的形而上学哲学理念。

尤金·奥尼尔的《送冰的人来了》（The Iceman Cometh）是一部富有喜剧色彩的虚无主义悲剧，充满了狂欢化的世界感受。剧中的哈利·霍普（Harry Hope's）酒吧就像一个中世纪欢庆狂欢节的狂欢广场。酒吧门外是一个冷酷的现实世界，而酒吧里却是一个充裕着幻想和诱惑的场所，这里面住着妓女（Margie）、退休警察（Pat McGloin）、记者（James Cameron）、无政府主义者（Larry Slade）、哈佛法学院的毕业生（Willie Oban）等。酒吧里的生活规则与外面世界迥然不同，这里寄居的人们都享有同等的话语权力，妓女不会遭遇人们的冷眼，法

---

① [苏]巴赫金：《陀思妥耶夫斯基诗学问题》，白春仁等译，北京：生活·读书·新知三联书店，1992年，第178页。

学院的高才生不会被崇拜，无政府主义者不会由于曾经的信仰被排斥，告发自己母亲的小伙子不会被歧视，想开赌场的黑人不会被白人孤立。霍普酒吧就是一个充满温情友谊、富有幽默的场所，传统的道德理念、权威、虔诚和禁忌在此遭遇了颠覆性的破坏。蜷缩在霍普酒吧的三教九流之辈好像被酒精麻醉了，暂时忘记了外面社会生活中的等级差别，人们之间变得平等坦诚、亲密无间，相互以兄弟相称，充分放纵地享受着狂欢化的世界感受。正如巴赫金所言："狂欢节使人们暂时摆脱了无所不在的秩序和笃信不疑的真理。所有的等级和特权秩序，都暂时被悬置。" [1]

　　狂欢式的加冕和脱冕仪式在尤金·奥尼尔的戏剧创作中得到了生动的、艺术化的体现。奥尼尔笔下的很多人具有鲁迅笔下的阿Q的精神，他们生活的逻辑就是给自我加冕，寻找一种自我肯定的精神生活胜利法。例如，土著黑人琼斯（Jones）就给自己冠以皇位（《琼斯皇》），瞬间由一个曾经的黑奴摇身一变成为小岛上的土皇帝。黑人吉姆（Jim）（《上帝的儿女都有翅膀》）竭尽全力地改变自己的黑人身份，一直痴迷地想跻身于白人的上流社会，争得象征身份的白人王冠。在霍普酒店靠做白日梦的酒鬼拉里（Larry），脱下了自己一直信仰和追求的并且引以为自豪的无政府主义者的王冠，变成了一个没有信仰、转而信奉死亡的皈依者。母亲玛丽（Marry）（《进入黑夜的漫长旅行》）只能通过吗啡摆脱现实的痛苦，每天沉浸在幻觉之中，恍惚之间她又回到自己少女时代那个欢乐的无忧无虑的时代，这种更替使她达到了暂时的狂欢，享受了狂欢式的世界感受。罗伯特（Robert）（《天边外》）一生憧憬大海，梦想天边外的生活，然而阴差阳错，他的理想变为泡影，最后只能通过死亡的更替才使他得到天边外旅行的权利，弥留之际给了他一生最无忧无虑的狂欢。

　　　（他声音里突然回想着幸福希望的调子）你不要为我难过了。

---

[1] M. M. Bakhtin, *Selected Readings of Bakhtin*, London: A Holder A Mode Publication, 1997, p.99.

你没有看见，我最后得到幸福了——自由了——自由了！——从农庄里解放出来——自由地去漫游——永远漫游下去！(他用臂肘撑起身子，脸上容光焕发，指着天边）瞧！小山外面不是很美吗？……这一次我要走了。那不是终点，而是自由的开始——我的航行的起点！我得到了旅行的权利——解放的权利——到天边外去！①

　　罗伯特在生命即将结束的时候，感到无比幸福，他感觉到自己终于与天边外和大海拥抱了，他此时与大海融为一体，与美丽的自然合二为一。他告别了现实生活中的喧嚣和躁动，死亡的降临使他与自然能够更亲近地触摸和交流，他此时倍感宁静、和谐和幸福。道家讲究生死轮回，生命无限，永远不会消亡，在死亡中获得新生，在归根中获得复命。罗伯特最后幸福的微笑，正是他新生的复苏，自由的起点。罗伯特的归宿就体现出了交替和变更的精神，死亡和新生的精神。《天边外》表现了人类在努力地寻找一条出路，通过死亡与自然合一，达到幸福和谐的归宿，这是一种典型的狂欢化的感受。博加德在评论《悲悼》时这样写道："那些地平线远处的幸福岛屿与自然相濡以沫，这里远离罪恶，这里就是生命之源。"②

第三节　充满狂欢化人物形象

　　戏剧中狂欢化的世界感受是通过狂欢化的角色实现的。尤金·奥尼尔在他的剧作中刻画了许多狂欢化的人物形象，通过人物的极端变化，探索人的内心世界，深入到人与人关系的精神层面，解构现实主义作品中那种死板的、凝固的自我与他者的关系，把人物由成型的品种变得相对化、多元化，颠覆传统的二元对立的思维模式。

---

　　① [美]尤金·奥尼尔：《奥尼尔文集》（第 1 卷），郭继德编，北京：人民文学出版社，2006年，第 416 页。

　　② Travis Bogard, *Contour in Time: The Plays of Eugene O'Neill*, Oxford: Oxford University Press, 1988. p.352.

　　狂欢化的人物形象具有明显的特质，他们身上具有双重性和相对性。巴赫金认为："狂欢式的所有形象都是合二为一的，他们身上结合嬗变和危机两个极端。"① 狂欢化的人物不是单一死板的，奥尼尔改变了传统小说里那种典型的、千篇一律的人物形象，人物具有正反同体性，体现了两个极端的交融汇合，他们都趋于向对立的彼此转化，在转化中必然导致新陈代谢，新旧交替。狂欢节仪式表面是笑谑国王加冕和脱冕两个不同阶段的活动，其实，加冕和脱冕合二为一的双重仪式，假王被加冕同时就已经意味着被脱冕，这正是狂欢意义的所在。

　　狂欢化的人物形象在奥尼尔的剧作中比比皆是，像《琼斯皇》剧本中的主人公琼斯、《送冰的人来了》中的希基（Hickey）、《诗人的气质》中的海洛迪（Melody）等等。琼斯身上体现了典型的狂欢化双重性特征，它既是主人又是奴隶，既是奴役者又是被奴役者，既是殖民者又是被殖民者。他体魄强健，充满活力，散发出一股典型的黑人特征，但同时又流露出自信、傲慢和狡黠的白人殖民者气质。他生活奢侈，穿金戴银，但到最后却只有一条破烂的裤子做遮羞布。他逃到一个无名的西印度群岛上，一夜之间由一奴隶变为"自由人"，他用白人的处世哲学和残忍手段统治和奴役自己的同类，完全由奴隶变成了土皇帝。后来他又被熟悉的非洲战鼓声逼进了黑魆魆的原始森林，他的自信和傲慢被恐惧撕裂了，他的灵魂深处的罪孽统统冒出来了，他被一层层剥去了文明的盔甲，死亡才是他的归宿。琼斯的加冕和脱冕，即其命运的骤变，瞬间处于极端化的高低之间，被赋予了狂欢式世界感受的双重性和相对性，包含着浓烈的狂欢色彩。

　　上文提及的名剧《送冰的人来了》本身就充满了狂欢化的效果，从头到尾故事都发生在霍普酒店，剧中的人物一直处于醉酒和幻觉之中，酒精和虚幻的明天为狂欢化的剧情创造了一个有效的时空体，为剧中人物的狂欢化活动营造了氛围。本剧中很多人物都富有狂欢化的色彩，由于篇幅所限，我们例举剧中中心人物希基进行分析。希基对

---

　　① [苏]巴赫金:《巴赫金全集》（第五卷），白春仁等译，石家庄：河北教育出版社，1998年，第165页。

于寄居在霍普酒店无所事事的酒徒们而言，就是他们的希望，他的每次出现都将狂欢带入高潮。曹萍认为："希基作为一个在社会底层，常年走街串巷的推销员，一个对妻子不忠花花公子，一个满肚子粗俗笑话，玩世不恭的酒鬼，希基这个加冕的国王身上充分体现了狂欢节的精神。"[①] 但是当希基最后出现时，他给人们带来的不再是一个酒鬼的下流笑话和免费的廉价威士忌，而是坦言要把寄宿于霍普酒店的酒鬼们从白日梦和酒精里拯救出来，回到现实中。希基在第三幕出现时高声疾呼："弄得你们不得安宁的正是那些寄希望于明天的白日梦，所以你们必须像我一样丢掉幻想。"[②]希基在宣扬和推销死亡和安宁，他顿时转变为霍普酒店的他者。哈利庆祝生日时希望希基带来狂欢的高潮，可没曾想这变成了恐惧和不安的死亡节日。一些人在希基的说服下走出了霍普酒店的黑色旋转门，走向了现实，实现了更替。黑色旋转门此时成为一个更替世界的时空体，把观众带入恐惧的期待视野，也把狂欢带入了最低潮。然而，随着希基由于杀妻投案自首，希基从人们心目中的皇位上被拉下来了，他以往的形象顿时被撕得粉碎，霍普酒店的住宿者认定他就是个疯子，他的王冠被酒徒们摘掉了，很快那种由希基带来的恐惧和不安得到了释然，人们又开始进入白日梦和酒精的麻醉生活中，狂欢又一次进入高潮。希基的到来孕育着希望，希基本身就是希望，但他又是死亡，他最后一次的演说把狂欢节的气氛从一百度降到了冰点。奥尼尔笔下的希基突显了死亡和新生，他带头告别白日梦，走向现实，这是白日梦的死亡和现实的再生，充分体现了人物的二重性。

奥尼尔对人物的刻画可谓入木三分，他总是让角色在矛盾中生存，人物总是拥有双重性和相对性的特征，他们是高尚和低贱、高贵和卑微、虚荣和诚实、幻想和现实、超越和失败、堕落和净化的矛盾组合。《诗人的气质》中的梅洛迪就是一个虚荣与真实的双重同一体。梅洛迪

---

① 曹萍：《尤金奥尼尔的〈送冰的人来了〉：一部充满狂欢精神和多重复调的戏剧》，《安徽大学学报》，2008 年第 4 期，第 99 页。

② [美]尤金·奥尼尔：《奥尼尔文集》（第 5 卷），郭继德编，北京：人民文学出版社，2006年，第 273 页。

曾是皇家骑兵少校，骁勇善战，受到过威灵顿公爵的嘉奖，这也成为他后来一生引以为荣甚至沾沾自喜的事情。后来他移居美国，生活拮据，但他仍然沉浸在往昔的荣耀里。他处处装出一副绅士派头，每逢节日都要穿上红色的军人燕尾服。他每天要面对镜子，装腔作势地背诵拜伦的《恰尔德·哈罗德游记》来附庸风雅，表现出一种所谓诗人的气质。剧本的第三幕中，温顺的妻子和摇尾乞怜的食客们前后簇拥着梅洛迪，梅洛迪的虚荣性无限膨胀，忘乎所以，俨然就是狂欢节上被加冕的国王。然而，好景不长，一切转瞬即逝。第四幕中梅洛迪的女儿萨拉受到哈罗德家的侮辱，梅洛迪难以忍受，他身穿红色军服，如勇士一般去哈罗德家兴师问罪，却遭到他家仆人和家警的痛打，他的"鲜红的军礼服肮脏不堪，被撕破了，歪歪扭扭的。他的面色苍白，像幽灵一样。左颧骨处发青肿起，嘴唇被划破，流血不止"[1]。他的虚荣和幻想在一顿痛打之后破灭了，他被打清醒了，终于认识了自我。他自我戏谑道：

> 我没有故意说爱尔兰语来捉弄你们，亲爱的。也不是在演戏，萨拉。那是少校的鬼把戏。我过去一说话就摆架子，像是已故的令人哀悼的吹牛大王和精神病患者，像是皇家第七龙骑兵团少校科尼利厄斯·梅洛迪；然而，现在我不再装腔作势了，说话用自然的口音……然而，他现在死啦，他最后一点骗人的自豪感被扼杀掉了，正在散发着臭气。他再也不会用耻笑来伤害你了，不再假装自己是一位绅士了……从现在起，我决不让死者再纠缠我，要舒舒服服地生活，要以跟老尼克·梅洛迪的儿子相称的身份来度过人生。我要把少校穿的鲜艳夺目的英国红色军礼服深深地埋在地下，如果他高兴，还能去拜访他的墓，对着寂寞的黑夜去吹嘘塔拉韦拉，吹嘘西班牙的娘们，吹嘘跟法国人的战斗！我的确认为小伙子们说得对，是他偷的军礼服，他从来没在惠灵顿手

---

① [美]尤金·奥尼尔：《奥尼尔文集》（第 4 卷），郭继德编，北京：人民文学出版社，2006年，第 478 页。

下打过仗。据我所知，他是撒谎大王。①

回到家他便把那套过去引以为荣的英国军服撕得稀烂，他觉得自己"活像一个咧着嘴笑的笨狗熊似的老傻瓜"②。梅洛迪的自尊、骄傲化成一片云烟，梅洛迪在剧中被加了冕，又被脱了冕。奥尼尔借幻想的狂欢为他加冕，又借残忍的现实为他扒了皮脱了冕，过去的梅洛迪少校死了，新的真实的梅洛迪再生了。梅洛迪的一生就是一个狂欢的一生，充分显示了巴赫金的狂欢化的世界感受，他是奥尼尔创作的最典型的狂欢化的人物之一。

第四节　充满狂欢化语言

巴赫金所指的广场语言就是狂欢化语言，这种语言脱离了官方的严肃、死板的语言规范，完全是一种老百姓不受任何拘束的自由宣泄。中世纪时期，每逢狂欢节期间，不同阶段、不同地位、不同肤色、不同性别的人们在广场上随便亲昵和接触，消除了各种形态的畏惧、敬慕、礼貌等，自然地营造了狂欢节所固有的平等、自由、欢乐和坦率的气氛，广场语言就是在这种气氛中形成的不拘一格的"平民"语言。广场语言常常表现为讥笑、责骂、夸赞、赌咒发誓、插科打诨等。广场语言世俗化正是对官腔语言的解构，这种贬低化、粗俗化的语言拉近了人与人之间的距离，回归了人的自然属性。巴赫金指出："怪癖的范畴使人的本质的潜在方面，得以通过具体感性的形式揭示并表现出来。"③广场语言体现了全体民众关于平等和自由的伟大的世界感受，这种平等精神的背后是对人的价值的尊重和对人性的关怀。如前所述，广场语言也具有二重性，它是戏谑与赞美、死亡与新生的两个极端的

---

① [美]尤金·奥尼尔：《奥尼尔文集》（第 4 卷），郭继德编，北京：人民文学出版社，2006年，第 486-89 页。

② [美]尤金·奥尼尔：《奥尼尔文集》（第 4 卷），郭继德编，北京：人民文学出版社，2006年，第 486 页。

③ [苏]巴赫金：《陀思妥耶夫斯基诗学问题》，白春仁等译，北京：生活·读书·新知三联书店，1992 年，第 176 页。

融合，具有正反同体性，正是这样的粗鄙和插科打诨才产生了狂欢化的气氛。

奥尼尔剧本语言通俗，方言土语、俚语脏话随处可见。奥尼尔"反对咬文嚼字，反对矫揉造作，他喜欢用最普通的、千百万人在日常生活中每天都在使用的语言。"[①]奥尼尔从小随家人到处演出，居无定所，颠沛流离。他一生生活在"社会下层中间，接触了各色人等，饱尝世态炎凉。但是他的亲身经历为他的日后创作积累了宝贵的素材"[②]。正因为他与三教九流、五行八作等形形色色人的来往和碰撞，他完全深入他们的生活，了解了他们的语言。奥尼尔研究专家约翰·拉雷评价他为："奥尼尔之于美国戏剧，正如马克·吐温之于美国小说。"[③] 拉雷更多的含义是，奥尼尔的写作语言不拘一格，粗犷有力。

奥尼尔的生活环境为其创造狂欢化语言写作打下了坚实的语言基础。剧本《榆树下的欲望》具有典型的广场语言粉饰下的狂欢化色彩，剧中的第三幕凯伯特（Cabot）举行晚宴，组织音乐舞会排队，庆祝自己老来得子。舞会变成了狂欢广场，邻居笑谑儿子伊本（Eben）给父亲凯伯特戴了一顶绿帽子，在场的乡亲们和音乐师开始拿76岁的凯伯特开涮。小提琴师聊到伊本在何处时说道："'Cause onto him a brother is born.（因为对他而言一个兄弟诞生了。）"老凯伯特被弥漫着恶意的笑声激怒了，疯狂地冲进了舞队，又吼又跳，粗言乱语满口喷出：

> 你们在咩咩地叫个啥——就像一群羊羔一样？为啥不跳了，混蛋？我是叫你们来跳舞的——来吃、喝、高兴高兴的——可你们却坐在那儿像一群得了瘟疫的母鸡，咯咯地笑个不停。你们像猪一样吃了我的，喝了我的，是吗？……你们都是不会跳舞的牛蹄子！给我让路！给我腾出地方来！我来跳给你们看看！你们都跳得太软绵绵了！……看看我！我到一百岁生日还会邀你们来跳舞的，只是到那时你们都死光了！你们是多病多灾的一代！你们

---

① 汪义群：《奥尼尔研究》，上海：上海外语教育出版社，2006年，第223页。
② 卫岭：《奥尼尔的创伤记忆与悲剧创作》，北京：中国人民大学出版社，2008年，第2-3页。
③ 汪义群：《奥尼尔研究》，上海：上海外语教育出版社，2006年，第223页。

的心是粉红的，不是鲜红的！你们的血管里流的是水和泥浆！①

在这个充满狂欢的舞会上，没有比凯伯特更滑稽助兴的小丑了，凯伯特讥讽挖苦所有的后生们永远不是他的对手，"你们都是不会跳舞的牛蹄子！……跳得太软绵绵了！"其实剧中集中了很多辱骂、赌咒、粗俗俚语和插科打诨等广场语言。凯伯特的三个儿子去往加利福尼亚淘金之前咒骂残暴的父亲"老缺德鬼""老吝啬鬼""老守财奴""老吸血鬼"。他们赌咒发誓：

西蒙：原来这就是咱们的新妈，是吗？你在地狱的哪个角落把她挖出来的？

彼得：哈！你最好把她跟别的母猪放在一个猪圈里！

凯勃特：西蒙！彼得！你们怎么了？喝醉了吧？

西蒙：我们自由了，老头儿——从你那儿，从整个该死的田庄里解放出来了！

彼得：咱们这就去加利福尼亚找金矿喽！

西蒙：你把这田庄拿去吧，烧掉他吧！

彼得：把它埋了也行——我们可不管！

西蒙：我们自由了，老家伙！

……

西蒙：我们自由了，就像印第安人一样！当心咱们剥了你的皮！

彼得：还要烧你牛棚，杀你的牲口！

西蒙：还要告你的新娶的老婆！好哇！

……

彼得：老守财奴！再见了！

西蒙：老吸血鬼！再见了！②

---

① [美]尤金·奥尼尔：《奥尼尔文集》（第 2 卷），郭继德编，北京：人民文学出版社，2006年，第 605-07 页。

② [美]尤金·奥尼尔：《奥尼尔文集》（第 2 卷），郭继德编，北京：人民文学出版社，2006年，第 579 页。

　　奥尼尔用这样没有规范、十分粗糙的语言来达到狂欢。正如巴赫金所言，狂欢化语言"享有一种自由，不拘形迹，态度亲昵，又特别的坦率，有点怪癖，有两面性，是夸和骂结合，庄和谐结合。"[①]

　　读完剧本《送冰的人来了》的第一感觉就是，霍普酒店弥漫着刺鼻的酒气和刺耳的鼾声、笑声和粗话。约翰·拉雷认为，剧本体现了奥尼尔"最庞大、最包罗万象的语言'交响曲'，在这个交响曲里，我们能听到纽约下层的口音，爱尔兰口音，英国口音"[②]。例如，珀尔（Pearl）嘲讽罗基（Rocky）为"A lousy little pimp"（卑鄙龌龊的拉皮条的家伙）；雨果（Hugo）讥讽拉里（Larry）是"You, Larry! Renegade! Traitor!"(是你，拉里！叛徒！工贼)；当希基来到霍普酒店时，人们异常高兴，罗基带着亲切的笑容迎接他，"Here's the old son of a bitch!"（这个狗娘养的来了）霍普热情地和希基打招呼，"Hickey, you old bastard, it's good to see you!"（希基，你这个龟儿子，看到你真开心）哈佛法学院高才生威利（Willie）酒后唱起了淫秽的小调："'Oh, come up,' she cried, my sailor lad/And you and I'll agree/And I'll show you the prettiest (rap, rap, rap)/That ever you did see/Oh, he put his arm around her waist/He gazed in her bright blue eyes/And then he—."（上来上来水手哥/咱们两个能投合/我有宝贝给你瞧/你可从来没见过/水手搂住姑娘腰/目不转睛把他瞧/碧眼明眸撩心火/他就—[③]）全剧一直在打诨插科中推进，对传统的清教徒式刻板的客厅化那种温文尔雅的语言习惯进行了嘲笑和揶揄，语言狂欢化体现得淋漓尽致。

　　狂欢化语言最赤裸的表现就是笑讽或笑谑，笑是广场语言中最显现的形式，笑声传递的是狂欢精神。笑具有正反同体性，它可以拔去严肃性的虚伪的王冠，打翻正襟危坐的世界，同时笑又对严肃的世界

　　① [苏]巴赫金：《巴赫金全集》（第五卷），白春仁等译，石家庄：河北教育出版社，1998年，第158页。

　　② J. S. Wilson, "Interview with O'Neill," in John Henry Raleigh, ed., *Twentieth Century Interpretations of The Iceman Cometh*, Englewood Cliffs: Prentice-Hall, 1968.

　　③ [美]尤金·奥尼尔：《奥尼尔文集》（第1卷），郭继德编，北京：人民文学出版社，2006年，第175页。

加以净化和补充。巴赫金认为，"狂欢的笑是双重的：既是欢乐的、兴奋地，同时又是讥笑的、冷嘲热讽的，它既否定又肯定，既埋葬又再生。"狂欢的笑夹杂在严肃生活中，经常以诙谐、幽默、讽拟等形式出现，诙谐幽默之中消解了元话语秩序，建构一种自由的、乌托邦式狂欢话语，从而获得狂欢感受。梅兰认为："诙谐不让严肃性僵化，不让它与存在的未完成的完整性失去联系。它使这种双重性的完整性得以恢复。"① 笑最大的优势就是能够营造亲昵的节庆人群和自由狂欢的气氛，如人们可以自由地笑谑小丑、骗子，也可以高声笑讽爵爷、贵族等。狂欢节的笑狂欢同样为反抗霸权独断提供了一种虚拟话语。

在《榆树下的欲望》中，奥尼尔用一系列充满着狂欢精神的笑给生活在新英格兰的清教主义者凯伯特脱冕。凯伯特恪守清规戒律，生活勤劳节俭，但心如冷石，像暴君一样奴役善良的妻子，如奴隶主一般使三个儿子给自己当长工，但他却剥夺了儿子和妻子对农庄的继承权。在第三幕的晚宴上，奥尼尔描写道，左邻右舍用各种笑戏谑老凯伯特。有的放肆地大声谑笑（laughter），有的嘲弄地媚笑（jeeringly），有的哄笑（roar of laughter）、窃笑（titter expectantly），还有的强忍笑（suppressed laugh）。笑无疑是对变质的清教伦理已经"僵化的严肃性"的脱冕。

尤金·奥尼尔不时从严肃主题的写作中暂时逃逸出来，痛苦地哭笑一番，他在插科打诨、讥诮幽默和嘲弄讽刺中获得瞬间的喘息。在《送冰的人来了》中，霍普酒店里的酒徒们时而开怀大笑（laugh）、龇着嘴嘲讽地笑（grin），时而咯咯傻笑（giggle），时而暗笑（chuckle）、嘻笑（tease）、哄笑（guffaw）。在全剧中，奥尼尔使用不同的词来渲染和表述酒徒们的笑，在笑声中白日梦的理性的大厦轰然倒塌，一切严肃的东西都被消解。剧本《进入黑夜的漫长旅程》整体显得非常沉重，蒂隆（Tyrone）一家被痛苦深深地笼罩着，然而在第一幕，玛丽（Mary Tyrone）刚从疗养院回来不久，健康状况大为好转，家庭洋溢

---

① 梅兰：《狂欢化的世界观、体裁、时空体和语言》，《外国文学研究》，2002 年第 4 期，第 11 页。

着快乐和温情。在餐厅里，儿子埃德蒙（Edmund）讲起了佃农萧纳西（Shaughnessy）智斗石油财阀的搞笑故事，大家此时忘记了这些年积累的痛苦，开怀大笑，在快乐的笑声中消解了家庭的雾霾。尽管这种自由的、自然的笑声转瞬即逝，但这是一家四口进入黑夜的漫长旅程之前唯一的真实轻松欢快的一刻，然后剩下的只有无声无息的痛苦。

巴赫金既注重非文学因素，特别是民间的狂欢文化的剖析，同时，他又深入到具体作品的结构内部，考察其文学性的因素。具体而言就是，从古希腊罗马文学到文艺复兴时期的文学以及拉伯雷的小说，然后到陀思妥耶夫斯基的复调小说，巴赫金既考察小说的社会历史、文化渊源，又深入到作品内部结构的诗学研究。"狂欢化诗学是巴赫金多年来潜心研究、精心架构的理论体系。它是用于文学批评和文本分析的代码、诠释策略。"① 巴赫金期望文学真正成为人类得以"诗意栖居"的精神家园。在文学的世界里，人类能够平等而自由地交往，受现实挤压的心灵得以自由地舒展，人类的生存压力从而减轻，在心灵得到休憩之后，人类能够重新面对未来的生活。

奥尼尔剧本反拨传统，以颠倒常规和严肃的等级生活的狂欢叙事风格来释放生命的激情，宣泄生命的能量，给古典美学所蔑视的范畴"加冕"，给先前的高贵范畴"脱冕"，以狂欢的思维结构颠覆了常规的思维模式，瓦解了逻各斯中心主义和形而上学的一元权威。奥尼尔的创作反映了他对生活的痛苦感受和深刻思索，以其洞察世界的锐利眼光，通过狂欢式的描写和狂欢式的世界感受，全面讽刺、挪揄了美国二三十年代的社会现实，用艺术的形式揭示了社会阴暗面。巴赫金意在通过狂欢节文化去寻找一种能够激发人们精神世界的药方，让人们回归到原始的状态。与之不谋而合，奥尼尔也是这样一位具有创新和探索精神的剧作家，他正是通过文学的狂欢化，关注社会问题，寄托了作者对自由、平等生活的向往以及对理想社会的追求。

---

① 夏忠宪：《巴赫金狂欢化诗学理论》，《北京师范大学学报》，1994 年第 5 期，第 80 页。

第四章　奥尼尔戏剧的希腊元素：原型视角

尤金·奥尼尔是一位伟大的剧作家。对于读者来说，阅读他的作品的过程是一场悲喜交加的精神之旅：强烈的戏剧冲突、悲情的人物、悲剧的情节，让人在唏嘘不已的同时思考人生，得到精神的升华；在他的作品中寻找荣格、弗洛伊德、尼采、叔本华、斯特林堡、陀思妥耶夫斯基等伟大人物及其思想的影子，又不失为一种快乐的阅读体验，会给读者带来一种发现的成就感。除了这些伟大的思想家及文学家之外，人们在他的作品中还可以找到很多希腊神话元素，如阿瑟·米勒对他的评价所说："他博览群书，熟谙中国哲学和德国哲学，并认真研究古希腊，他是一位卓尔不群的作家。"[①]从这句评价可以看出奥尼尔与古希腊文化的渊源。奥尼尔自己也曾说过，"对我的剧本创作影响最大的，是我对各个时期的戏剧知识的了解——尤其是希腊悲剧"[②]。

第一节　希腊悲剧对奥尼尔的影响

古希腊人向来喜欢游行，每年他们都会举行盛大游行和节庆活动来赞美与敬奉酒神狄奥尼索斯。每年为表示对酒神狄奥尼索斯的敬意，都要在雅典举行这项活动。山羊歌手在节庆上为祭祝酒神狄奥尼索斯所唱的即兴歌，称为"酒神颂"。古希腊理论家亚里士多德在他的《诗学》第四章说："悲剧是从酒神颂的临时口占发展出来的……经过许多演变，悲剧才具有了它自身的性质，此后就不再发展了。"[③]伟大的酒神颂时代也是伟大的希腊抒情合唱诗盛行的时代，并导致了古希腊戏

---

① 转引自郭继德：《尤金·奥尼尔戏剧研究论文集》，上海：上海外语教育出版社，2004年。

② Arthur Nethercot, "The Psychoanalyzing of Eugene O'eill," *Modern Drama*, Dec.1960,3, p.148.

③ 罗念生：《罗念生全集》（第八卷），上海：上海人民出版社，2007年，第6页。

剧、音乐、艺术的发展。悲剧从"酒神颂"发展出来，起初它的形式和内容都非常简单，就是一支歌队在合唱抒情诗，赞颂酒神狄奥尼索斯。但是到了后来，这种单一的酒神颂慢慢不能满足希腊人的观看需要。逐渐地这种形式让单调的合唱转变成了最初的戏剧表演，这样"酒神颂"就从合唱发展到了以表演为主的戏剧，这是悲剧形式发展的一大突破。

伊迪丝·汉密尔顿在分析悲剧的产生时说："一个新的时代，人们开始不满足于歌声和故事的美，他们要努力去了解、去解释。悲剧就第一次出现了。而且他又足够伟大的心灵能包容新的和难以让人容忍的真实——这就是埃斯库罗斯，世上第一个悲剧作家。"[①]到了埃斯库罗斯这里，悲剧就超越了"只是合唱赞美酒神的颂歌或只是简单的讲述酒神的故事"的酒神颂，从真正意义上成了"悲剧"[②]。埃斯库罗斯杰出的后辈索福克勒斯不断地把悲剧发展完善。"索福克勒斯放弃了埃斯库罗斯的悲剧三部曲形式，写出了三部独立的悲剧，使得每个剧情节多样化，矛盾冲突更为集中，结构也更为复杂、严密、完整。希腊悲剧到欧里庇得斯手里，悲剧已经发展得十分完美了。在内容上诗人有两大创新：即写实手法与心理描写。现实生活中的普通人、奴隶及妇女等形象都进入了悲剧之中，欧里庇得斯的剧作标志着"英雄悲剧"的终结。

古希腊悲剧表现的是严肃的事件，是出身高贵的英雄与神祇及命运力量的冲突。它的出现只是象征着"人类为认识神祇，寻求生存意义和正义的性质而进行的半仪式化的奋斗行为"[③]。人类总难摆脱命运的捉弄和异己力量的报复性吞噬。《俄狄浦斯王》典型地描写了个人的坚强意志和英雄行为与命运的冲突，俄狄浦斯一心要反抗命运，他采取了一系列行动，但可悲之处就在于他越努力，事情就搞得越糟糕。

---

① [美]汉密尔顿：《希腊精神：西方文明的源泉》，葛海滨译，沈阳：辽宁教育出版社，2004，第 194 页。

② [美]汉密尔顿：《希腊精神：西方文明的源泉》，葛海滨译，沈阳：辽宁教育出版社，2004，第 194-95 页。

③ [德]雅斯珀尔斯：《悲剧的超越》，亦春译，北京：工人出版社，1988 年，第 9 页。

最后她没有抗争过命运，杀父娶母，酿成悲剧，极度的悲痛把他吞噬。他刺瞎双眼，苟且于世，但一切均已毁灭。这就是最大的悲剧。古希腊悲剧精神一以贯之地影响了文艺复兴和古典主义悲剧创作，延续到现代悲剧之中。虽然现代悲剧在时间整一性和悲剧人物的选择方面不同于希腊悲剧，但悲剧精神尚在，神话和原型仍然渗透其中。

奥尼尔发表于1924年的《榆树下的欲望》(*Desire Under the Elms*)，是奥尼尔中期创作的一部比较深刻的现实主义杰作，也是一部震撼人心的现代悲剧作品。作品中，人物的情欲与贪欲交织在一起，推动戏剧情节走向高潮，同时也完成了人物由欲望向真爱的救赎。在《榆树下的欲望》中，奥尼尔成功地把古希腊的悲剧转化成发生在1850年美国新英格兰农场的故事。而"把这种传统的故事转变成发生在美国背景下的故事，是为了把发生在自己家中的情形戏剧化"①。

剧本的故事发生在美国新英格兰一个农场。故事的开始是年已76岁的农场主伊弗雷姆·凯勃特要娶年轻貌美的爱碧做他的第三任妻子。前两任妻子由于劳累过度相继离世，第一个妻子所生的两个儿子彼得和西蒙对农场生活厌倦，而且继承农场财产的希望也随着爱碧的到来而破灭，决定离家去加利福尼亚淘金谋生。第二个妻子留下的儿子伊本却不愿意放弃继承的权利，怀着对后母发自本能的仇恨，留了下来。爱碧只有生了孩子才能继承家产，但是年迈的凯勃特无法生育，爱碧只好施展魅力，勾引凯勃特的儿子伊本与她发生关系，终得一子。然而，就在她勾引伊本的过程中，对伊本产生了真正的感情。当伊本怀疑爱碧对他并无感情，只是为了骗他为其生子时，爱碧做出了一件惊人的事情，她为了证明自己的爱情，忍痛杀死了自己的亲生婴儿。

《榆树下的欲望》明显来有自于希腊悲剧的影响，读者可以清楚地看到希腊神话中俄狄浦斯、菲德拉、美狄亚及酒神狄俄尼索斯的影子。《榆树下的欲望》主要在乱伦和杀婴主题上从希腊悲剧中获得了启示。希腊悲剧三大师之一的欧里庇得斯的悲剧作品《希布吕托斯》就有继

---

① 吴晓梅：《〈榆树下的欲望〉：一部莎士比亚式的情感悲剧》，郭继德编：《尤金奥尼尔戏剧研究论文集》，2006年，第101页。

母爱上前妻所生儿子的情节，另一部悲剧《美狄亚》中就描写了女主人公美狄亚因为丈夫耶宋抛弃了她另寻新欢，一怒之下亲手杀死了自己的两个小孩作为报复。奥尼尔在《榆树下的欲望》中将这两个故事情节很好地融合在一起，用以表达工业化的美国社会清教思想、物质主义和人的欲望之间的冲突。

第二节　悲情的俄狄浦斯与恋母情结

俄狄浦斯是希腊神话中最具悲剧色彩的人物之一，他生下来就背负着"弑父娶母"的神谕，虽百般周折想要躲过一劫，却终被命运愚弄。弗洛伊德根据俄狄浦斯的故事，演绎出了一个重要的心理学名词——"俄狄浦斯情结"，即男孩想独自占有母亲而憎恨父亲的心理。

尤金·奥尼尔一生深陷于"俄狄浦斯情结"之中，无法自拔。他自己也曾说过："我承认自己有俄狄浦斯情结，你可以在我的剧本中读到。"[①]他的母亲玛丽·埃拉·昆兰一生过得非常痛苦，他的父亲詹姆斯·奥尼尔是一位著名的剧团演员，嫁给父亲之后，母亲一直过着颠沛流离的生活。因为这段婚姻，她的母亲失去了很多，包括朋友、优裕的家庭条件、健康，甚至自我。这段婚姻给她带来的不仅是情感上的痛苦，还有毒瘾。她在生奥尼尔的时候难产，庸医滥用吗啡，导致她吗啡成瘾。此后，为了排解内心的孤独与痛苦，母亲深陷于毒品不能自拔。母亲吸毒成瘾，始终是徘徊在这个家里的一个幽灵。当奥尼尔得知母亲是因为生他而吸毒成瘾，他一直对母亲心怀愧疚。然而，奥尼尔对于母亲的情感并非只有愧疚，由于母亲吗啡成瘾，奥尼尔七岁前由乳母照顾，而七岁后，他被送到了寄宿学校，由修女照顾，可见，母亲在他的童年几乎一直处于缺席的状态，母爱的缺失使得他异乎寻常地想得到母爱。他与父亲的关系则"始终存在一重隔阂，甚至敌意，他常常轻蔑地把他叫做'爱尔兰乡巴佬'"[②]。他的多部作品，

---

① Louis Sheaffer, *O'Neill: Son and Artist*, Boston: Little, Brown and Company, 1973, p.190.
② 汪义群：《奥尼尔研究》，上海：上海外语教育出版社，2006 年，第 12 页。

如《大神布朗》《厄勒克特拉》《送冰的人来了》《长日入夜行》《榆树下的欲望》等等，都有他恋母情结的流露。

《榆树下的欲望》中的男主人公伊本（Eben）明显地表现出了"俄狄浦斯情结"。戏剧一开始，从伊本与两位哥哥的对话中，可以明显地看出他对父亲及母亲截然不同的感情。他对父亲恨之入骨。他说："他不是我的（爸爸）。……我不是他的——我不喜欢他——他也不喜欢我。"[1]他怨恨父亲，觉得是他让母亲每日操劳而早逝。他说："他杀了她！……难道不是他让妈妈像奴隶一样劳作而累死的吗？"[2] 对于母亲，他则毫不掩饰地表达了对她的依恋及怀念之情："我是妈妈的孩子——每一滴血都是！……我是她的——她的孩子。"[3] 他发誓要将所有的不满都对父亲发泄出来，让母亲的灵魂得到安息，他说：

> 那时有许多杂活要干，不是吗？一直到她死了，我才想到这事。妈死后由我来烧饭——干她以前的活——这才使我了解她，体会到她以前受的苦——她得从田里赶回来忙家务——煮土豆——煎熏肉——烘饼干——还得赶回来捅炉子、倒煤灰，她的眼睛被烟和热灰熏得通红通红的直流泪。到了晚上她还得回来——站在炉子边上——她没法好好地睡一觉，也没法安安静静地休息一下。她不习惯闲着——即使在坟墓里也是这样……她太累了，太习惯于过度劳累了。这就是他逼的。早晚我会跟他算账的。我会把我那时没说的话当他的面对他说的！我会拼命对他喊的，我要让妈在坟墓里得到安息！"[4]

伊本的恋母情结不仅表现在他对父亲的憎恨和对母亲的热爱，还表现在他对其他两位"父亲的女人"的异样情感。在第一幕第二场伊

---

① [美]尤金·奥尼尔：《奥尼尔文集》（第 2 卷），郭继德编，北京：人民文学出版社，2006年，第 562 页。

② Eugene O'Neill, *Desire Under the Elms*, New York: New American Library, 1958, p.17.

③ Eugene O'Neill, *Desire Under the Elms*, New York: New American Library, 1958, p.16.

④ Eugene O'Neill, *Desire Under the Elms*, New York: New American Library, 1958, p.21.

本与哥哥的对话中，出现了一个女人—敏妮(Minnie)。显然，伊本很喜欢敏妮，却从哥哥们的口中得知，他并不是他们家唯一一个与敏妮有关系的，他们也与她有过关系，而且更让伊本惊讶的是，哥哥们告诉他他们的父亲才是家里"第一个"与敏妮有关系的男人。当自己心目中的漂亮"女孩"被哥哥们戳破伪装，变成放荡女人的时候，伊本非常愤怒，这种愤怒不仅因为敏妮欺骗了他，而且因为父亲又一次成了他的"情敌"，如评论家所说："当哥哥西蒙告诉他父亲首先占有了她，伊本又一次与父亲——他的老敌人和对手——敌对。"① 他原本要"一拳打到她脸上"②，却一转念"占有了她"③。之后，他得意而又挑衅地向哥哥们宣告："现在她属于我了！"④ 伊本为何改变主意？他自己道出了其中的真相："我在意她，并不只因为她丰满而温暖，主要是因为她是他的。"⑤这句心里话是他内心恋母情结的流露，敏妮丰满而又温暖，像母亲，由于伦理道德的规范，他不可能拥有母亲，于是将占有母亲的欲望转嫁到父亲的另一个女人身上。更让他想要将敏妮据为己有的原因是"她是他的"，她曾经是父亲的女人，占有父亲原来的女人，让他拥有了一种复仇的快感，而这是"俄狄浦斯情结"典型的对父亲的憎恨的反映。

父亲的第三位妻子爱碧自从来到这个家里，就一直试图引诱伊本，最终她利用伊本对母亲的怀恋成功地引诱了伊本。在第二幕第三场中，爱碧与伊本的对话深刻地反映出了伊本的恋母情结：

爱碧：给我讲讲你的母亲，伊本。

伊本：没有什么。她很善良，她很好。

爱碧：我也会善待你，对你好。

① Murray Hartman, "*Desire Under the Elms*: in the Light of Strindberg's Influence," *American Literature*, Nov. 1961, 33(3), p.365.

② Murray Hartman, "*Desire Under the Elms*: in the Light of Strindberg's Influence," *American Literature*, Nov. 1961, 33(3), p.24.

③ Eugene O'Neill, *Desire Under the Elms*, New York: New American Library, 1958, p.30.

④ Eugene O'Neill, *Desire Under the Elms*, New York: New American Library, 1958, p.30.

⑤ Eugene O'Neill, *Desire Under the Elms*, New York: New American Library, 1958, pp.30-31.

伊本：有时候她会给我唱歌。

爱碧：我也会给你唱歌。

……

伊本：她死了。有时候她会给我唱歌。

爱碧：（两手环抱着他——带着狂热的激情）我会为你唱歌！我会为你去死！（虽然她对他拥有难以抑制的欲望，但从她的行为和声音中可以感受到真诚的母爱——一种非常直白的欲望与母爱混杂的情绪。）别哭，伊本！我会取代你母亲的位置！她如何对待你我就会如何对待你！让我吻你，伊本！（她捧起他的脸，他不知所措地假装抗拒。她很温柔。）不要害怕！我只是纯洁地亲吻你一下，伊本——就像你的母亲亲你那样，你也可以像儿子亲吻母亲一样吻我。①

从这段话中，不仅可以看到爱碧对伊本的欲望及他们之间激情的爆发，还可以看到萦绕伊本心头挥之不去的恋母情结。在伊本的记忆中，母亲是完美无缺的。爱碧将自己化身为伊本的母亲，一方面是发自内心，她对他的爱使得她想像母亲一样来爱护他；另一方面，爱碧或许意识到伊本的恋母情结，所以她化身为"母亲"，使得对母亲念念不忘的伊本投入她的怀抱。

在伊本身上可以看到奥尼尔的影子。弗洛伊德认为："对于男人来说，他们记忆中童年时期母亲或者一位女性看护者给予他们的爱会强烈地影响他们对于女性的选择。"②有学者认为："对于奥尼尔来说，'俄狄浦斯情结'并不表现在他对母亲的爱，而是表现在他对于生命中另一位母亲的追寻及从他所爱的女人那里寻找母爱。"③在奥尼尔的眼中，一个理想的女性应该是"母亲、妻子、情人及朋友"④的混合体。

---

① Eugene O'Neill, *Desire Under the Elms*. New York: New American Library, 1958, pp.81-83.

② Sigmund Freud, "Three Essays on the Theory of Sexuality," in Elizabeth Young Bruehl, ed., *Freud on Women: A Reader*, New York: W. W. Norton & Company, 1990, p.144.

③ Liu Yan, *The Mother as the Other: A Psychoanalytic and Feminist Reading of Motherhood in Ibsen, O'Neill and Pinter*, Diss. Hongkong: The Chinese University of Hongkong, 2003, p.98.

④ Louis Sheaffer, *O'Neill: Son and Playwright*, Boston: Little, Brown and Company, 1968, p.365.

因此，在他塑造的男性人物中，"每一个都俄狄浦斯式地爱着自己的母亲。……没有她，他就会完全迷失，必须寻找一个替代者来补偿。"他的传记作家说："在他和女性的关系中，他所追求的不是一个妻子，而是一个母亲的形象，一个能干、强壮的女人。"①他在追求一位名叫阿特丽丝的女孩儿时，曾将"自己比作一个需要寻求母亲安慰的'不幸的孩子'，从中我们也可以看出奥尼尔在婚姻上的一种依赖性和内心的脆弱"②。他将自己对于母亲的依恋投射到了其他女性身上，试图在别的女人身上找到母亲的影子。恋母情结的阴影始终徘徊在他的作品里，他塑造的男性人物也像他一样有着挥之不去的"俄狄浦斯情结"。在上面爱碧与伊本的对话中可以看出：伊本终于找到了能够替代他母亲的女性——爱碧，于是他在这一刻终于释放了自己的情感，"（将她拉入怀中——释放了他所有被压抑的激情）"，向她坦白："我爱你，爱碧！——现在我可以说了！我想你想得发疯——自从你来后，我每时每刻都在想你！我爱你！"③

第三节　痴情的菲德拉、杀婴的美狄亚与爱碧

在希腊神话中，有一个叫做希波吕托斯（Hippolytus）的悲剧人物。他是雅典国王忒修斯（Theseus）的儿子，他崇拜狩猎女神阿耳忒弥斯（Artemis），而厌恶女人和爱情，因而招来了爱神阿弗洛蒂忒（Aphrodite）的愤怒，于是她设计使得他的后母菲德拉（Phaedra）对他产生了强烈的爱情。菲德拉向希波吕托斯求爱而遭到拒绝，于是羞愤自杀，并给丈夫写下遗书诬告希波吕托斯企图侮辱她。忒修斯大为震怒，于是借助海神波塞冬的力量，让希波吕托斯无辜殒命。这个故事被古希腊悲剧家欧里庇得斯（Euripides）写成著名的悲剧《希波吕托斯》。

美狄亚，希腊神话中一个悲情的女人和悲情的母亲。她被调皮的小爱神厄洛斯的爱情之箭射中，爱上了之前素昧平生的伊阿宋，为

---

① Louis Sheaffer, *O'Neill: Son and Playwright*, Boston: Little, Brown and Company, 1968, p.308.

② 汪义群：《奥尼尔研究》，上海：上海外语教育出版社，2006年，第49页。

③ O'Neill, Eugene, *Desire Under the Elms*, New York: New American Library, 1958, p.84.

了帮助伊阿宋盗取金羊毛，她背叛了自己的父亲，甚至杀死了自己的亲弟弟。她为伊阿宋生育了两个儿子，但是伊阿宋却看上了别的女人，强迫美狄亚解除婚约。美狄亚悲愤之下，杀死了自己的两个儿子来报复伊阿宋。欧里庇得斯将美狄亚的故事写成了著名的悲剧《美狄亚》。

在《榆树下的欲望》中，明显可以看到菲德拉和美狄亚的影子。爱碧开始时是菲德拉，爱上了自己的继子，她向伊本告白，被他严词拒绝。她因为求爱而不得，于是气急败坏地诬陷伊本想要侮辱她。戏剧的后半部分，爱碧又变成了悲情的美狄亚，因为伊本不相信她是真的爱他而掐死了他们尚在襁褓中的孩子，以此证明她对伊本的真心。

在希腊悲剧《希波吕托斯》和《美狄亚》中，菲德拉和美狄亚被塑造成柔弱而又邪恶的女性形象，她们不仅无法掌控自己的命运，而且还是"邪恶的"、具有毁灭性的。在《榆树下的欲望》中，奥尼尔将这两个悲情而又"邪恶"的女性形象糅合到爱碧一个人身上。有学者曾经指出："奥尼尔笔下的大部分女性都是坏妻子/母亲。"[1]前面论述了奥尼尔的恋母情结及他对女性的孩子式的依恋，他为何又在作品中塑造了那么多坏母亲、坏妻子的形象？这个问题看似非常矛盾，却反映出了奥尼尔对于女性的一种非常复杂的矛盾的态度。有学者将这个原因归结为奥尼尔的父权观点："奥尼尔对母性（maternity）的态度符合父权制下的女性观：女性既是天堂又是地狱，既强大又软弱。"[2]有学者用弗洛伊德及拉康的心理分析理论追溯了这种女性意识的成因，认为其来源于乱伦禁忌，"乱伦禁忌，这种社会体系的基本法则，建立于对女性/母性卑贱物（feminine/maternal object of abjection）既着迷又恐惧的基础之上"[3]。用乱伦禁忌来分析父权

---

① Liu Yan, *The Mother as the Other: A Psychoanalytic and Feminist Reading of Motherhood in Ibsen, O'Neill and Pinter*, Diss. Hongkong: The Chinese University of Hongkong, 2003, p.102.

② Liu Yan, *The Mother as the Other: A Psychoanalytic and Feminist Reading of Motherhood in Ibsen, O'Neill and Pinter*, Diss. Hongkong: The Chinese University of Hongkong, 2003, p.103.

③ Braidotti, Rosi, "Mothers, Monsters, and Machines," in, Katie Conboy, Nadir Medina, & Sarah Standbruy, eds., *Writing on the Body: Female Embodiment and Feminist Theory*, New York: Columbia University Press, 1997, p.66.

制社会对于女性的意识可能比较适合奥尼尔的情况。或许正是由于强烈的恋母情结导致他比其他男性作家更加明显的乱伦禁忌，或许是由于他对母亲的愧疚，或许是对母亲压抑生活的同情，抑或是他幼年时求之而不得的母爱，使得他对母亲充满了爱恨纠缠的复杂感情，一方面他内心强烈地渴望得到母爱，另一方面他又因为母爱的缺失而产生了对于女性的不了解、不信任。母亲/女性在他眼里，"是遥远的无法占有因而又深深怨恨的幸福之岛"①。有评论家认为，在奥尼尔的戏剧中，除了极少数的几部之外，"其他所有剧中的母亲都是毁灭者"②，其中就包含《榆树下的欲望》中的爱碧，"她嫁给埃弗雷姆（Ephraim，即凯勃特），但是又与伊本发生了不道德的关系，最后毁灭了两个男人"③。

　　有学者认为《榆树下的欲望》"在其基本的俄狄浦斯式关系的基础上，还发展了另一个赋格曲式的'邪恶的母性'模式"④。从戏剧的开篇就可以看出奥尼尔这种"邪恶的母性"思想："两棵极大的榆树各生长在农舍的一边。它们透迤的枝条垂覆在屋顶上，看起来既像是保护的姿态，又像是征服的模样。它们的外貌具有一种邪恶的母性，一种压服人的、充满嫉妒的专注的母爱。"⑤

　　有学者认为："奥尼尔，由于受毒品、丈夫及罪恶感困扰的母亲对其挥之不去的影响，经常会将其作品中的母亲形象赋予一些令人生畏的色彩。"⑥有学者是这样评论《榆树下的欲望》中死去的伊本的母亲的：伊本一生勤劳善良的母亲，被父亲榨干了最后一滴血汗，劳累而

---

① 王瀛鸿，杨柏艳：《论尤金奥尼尔戏剧中的"母亲情结"》，《东北大学学报》，2006 年第 4 期，第 310 页。

② Liu Yan, *The Mother as the Other: A Psychoanalytic and Feminist Reading of Motherhood in Ibsen, O'Neill and Pinter*, Diss. Hongkong: The Chinese University of Hongkong, 2003, p.102.

③ Liu Yan, *The Mother as the Other: A Psychoanalytic and Feminist Reading of Motherhood in Ibsen, O'Neill and Pinter*, Diss. Hongkong: The Chinese University of Hongkong, 2003, p.103.

④ Hartman Murray, "*Desire Under the Elms*: in the Light of Strindberg's Influence," *American Literature*, Nov. 1961, 33(3), p.64.

⑤ O'Neill, Eugene, *Desire Under the Elms*. New York: New American Library, 1958, p.9.

⑥ Hartman Murray, "*Desire Under the Elms*: in the Light of Strindberg's Influence," *American Literature*, Nov. 1961, 33(3), p.364.

死，在剧中她只以哀怨的鬼魂形式出现，"变得具有强烈的占有欲和复仇欲望，……怂恿她的儿子从父亲手里夺过农场，夺去了他（伊本）爱其他女人的能力，只是拥有动物一样的欲望。她不给他任何喘息的机会，直到她找到了爱碧这样一个替代她母亲角色的女人，一个复仇者"①。

《榆树下的欲望》中对女性的描写一定程度上受希腊悲剧的影响。爱碧一出场，就充满了欲望。当凯勃特告诉她到家了的时候，"（她的眼睛里充满了对这个字的欲望）家！（她的眼睛心满意足地注视着这个家）漂亮，漂亮！我简直不能相信它是我的"②。她刚踏入家门，就怀揣将凯勃特的家产夺为己有的欲望，并且恬不知耻地宣布这个她毫无贡献的家是她的。如果是因为缺少家庭的温暖使得她极度渴望拥有自己的家也无可厚非，但她却充满贪欲，不仅想要一个家庭，还想攫取这个家庭所有的财产。她不仅怀有贪欲，还满怀情欲。她第一次见伊本，内心就燃起了对他的欲望，她想尽办法去引诱他，甚至还像菲德拉一样，在凯勃特面前诬告他，"你听到我们吵架的时候，他想要非礼我。"③《希波吕托斯》中的菲德拉对希波吕托斯狂热的爱恋毫无来由，只是因为受到阿弗洛蒂忒的摆布，她就爱上了他，并且因为求爱不成而诬告他。这则希腊神话很明显地表现出对女性的歧视，奥尼尔运用了这个典故，让爱碧一出场就给人留下了非常不好的印象，她好似没有任何情感和理智，就像一个充满欲望的动物。奥尼尔笔下的爱碧，毁掉了伊本，杀死了他们的孩子，坏掉了一个家庭，是典型的奥尼尔的女性"毁灭者"。

奥尼尔不仅将菲德拉的故事挪用到了爱碧的身上，还把另一个经典的希腊悲剧女性形象——美狄亚的故事也"慷慨地赠予"了爱碧，爱碧不仅是可怜的菲德拉，她还是更加可怜的美狄亚。菲德拉和美狄亚都是由于神的捉弄而莫名其妙地爱上了男人，《榆树下的欲望》中，

---

① Hartman, Murray, "*Desire Under the Elms*: in the Light of Strindberg's Influence," *American Literature*, Nov. 1961, 33(3), p.364.

② Eugene O'Neill, *Desire Under the Elms*, New York: New American Library, 1958, p.44.

③ Eugene O'Neill, *Desire Under the Elms*, New York: New American Library, 1958, p.66.

爱碧对伊本的爱情也有些莫名其妙。她当初对他的欲望是如何转化成爱情的，在戏剧中似乎难以找到具体的原因，她因何对伊本爱得死去活来，可以为了爱情亲手杀死自己的骨肉，自己也慷慨赴死，在剧中也很难找出令人信服的依据。奥尼尔似乎单纯是为了塑造这样一个女性，她没有头脑、不会思考，开始只是一个充满欲望的动物，到后来，她还是毫无自我，为了证明自己的真爱，可以毫无理智地杀死自己的孩子。有学者发现在奥尼尔的戏剧中，"很多孩子要么死于母亲疏于照看，要么被掌控他们命运的母亲窒息而死"①。因此，有评论家认为，"奥尼尔戏剧中塑造了如此多疾病或死亡或职业不成功的孩子，显示了他们母亲的疏于职守。……这表现出了奥尼尔对于母亲身份(motherhood)的失望甚至谴责。"②可见，杀婴从侧面反映出了奥尼尔对女性/母亲的一些偏见。

　　在本节结尾处，我们必须提出一点，奥尼尔受古希腊悲剧和父权社会的影响，可能如有些学者所言或多或少对女性怀有偏见。但是，刘永杰教授从性别角度出发，经过认真分析奥尼尔的全部作品，发现奥尼尔对女性非常同情，鼓励女性为权利而斗争③。笔者认为，奥尼尔整体而言属于思想开放、多元的作家，但是他也不可能彻底摆脱当时父权社会文化和传统习惯的影响。笔者在第二章对奥尼尔的创作思维和叙事伦理进行了详细的论述。奥尼尔具有明显的解构意识，他向传统的二元对立的形而上学思维习惯发起了挑战，他意在颠覆男女两性对立的二元对立逻各斯，建立两性平等和谐的社会。王占斌认为：

　　　　奥尼尔剧中的女性是现实生活中的女性，她们往往是母亲、妻子和女儿，也有的是情人和妓女，她们确实经常被描写成泼妇

---

① Gloria Cahill, "Mothers and Whores: The Process of Integration in the Plays of Eugene O'Neill," *Eugene O'Neill Review*, 1992,16(1), p.8.

② Liu Yan, *The Mother as the Other: A Psychoanalytic and Feminist Reading of Motherhood in Ibsen, O'Neill and Pinter*, Diss. Hongkong: The Chinese University of Hongkong, 2003, p.105.

③ 刘永杰：《性别理论视阈下的尤金·奥尼尔剧作研究》，北京：中国社会科学出版社，2014年，第35-410页。

一般的罗兰太太(《早餐之前》)、淫荡不堪的尼娜(《奇异的插曲》)、吸毒成性的母亲玛丽 (《进入黑夜的漫长旅程》)。读者和观众一定会斥责这些女性,因为她们的恶行破坏了家庭的和谐和婚姻的幸福。观众在鄙视和责骂的时候,奥尼尔难免也会被扣上厌女的帽子。奥尼尔只是照单上菜,如实叙事,何罪之有? 要说剧本有厌女情绪,那也只能说现实社会存在的问题在剧本的镜子中被映射出来。①

我们认为,奥尼尔展示给我们的女性是真实的女性。奥尼尔生活在一个男权中心社会,女性从头到尾不在场,完全是男性在定义她们和建构她们的身份。《早餐之前》中的罗兰太太除了抱怨还是抱怨,《进入黑夜的漫长旅程》中母亲玛丽的回忆不过是恍惚间的瞬间醒悟而已,《榆树下的欲望》中的爱碧虽然有点遭人讨厌,贪婪好色,但是从另一面来说,她是一个为自己权利不惜代价地去斗争的女性,她敢大胆地站出来向男性社会发出挑战,赢得自己应该获得的和爱情。奥尼尔身上体现的更多的是怜女症。奥尼尔是一个复杂的矛盾体,体现在他身上和思想里的东西需要我们去细细体验和咀嚼,方可顿悟。笔者曾经重申过:

> 刘永杰教授并没有囿于专家学者的结论,他搜集了国内外目前出版和发表的几乎所有的有关奥尼尔的自传和评论,也包括一些被保留下来的奥尼尔的言谈记录等,特别是所有奥尼尔的剧本,有理有据地向学界宣布:我们对奥尼尔女性观的判断有失公允,他不但不"厌女",相反,奥尼尔更是"怜女",或者说,他是一位具有很强的女性主义关怀的剧作家。②

---

① 王占斌:《〈性别理论视阈下尤金·奥尼尔剧作研究〉评介》,《天津外国语大学学报》,2016年第2期,第74页。

② 王占斌:《女性的悲剧与出路——评刘永杰〈性别理论视阈下尤金·奥尼尔剧作研究〉》,《大舞台》,2016年第1期,第52页。

第四节　上帝/酒神"之战"

奥尼尔出生于一个虔诚的天主教家庭，在 15 岁前，他笃信天主教。由于母亲染上毒瘾，全家时刻为她祈祷，但是母亲的状况却丝毫未有起色。这让年幼的奥尼尔对上帝产生了怀疑，上帝连母亲这么虔诚的天主教徒都无法拯救，那为何还要相信他？母亲由于无法承受精神上的痛苦，企图跳河自杀，这让奥尼尔彻底与天主教决裂。在他的一些剧作里，他与上帝决裂的思想得到了反映，《无穷的岁月》中的约翰·拉文说："那时他才十五岁，他的那些虔诚的幻想就永远破灭了！"在《天边外》中，罗伯特曾说："我要从心底里诅咒上帝—如果真有一个上帝的话！"在《奇异的插曲》中，瑞德尔咒骂上帝"又聋又瞎又哑"[①]。这些剧作中的人物对上帝的态度也是奥尼尔对上帝态度的折射。可以说，在奥尼尔的心里，上帝死了。《榆树下的欲望》中的凯勃特是一个清教徒，而奥尼尔对卡波特的态度也反映了他对上帝的态度。奥尼尔将卡波特塑造成一个极端冷酷的人，除了钟爱土地，他对一切都毫无感情。卡波特笃信清教的勤奋工作思想，在贫瘠的土地上辛勤劳作，将贫瘠的土地变成富饶的农场；他不仅对自己严苛，对家人则更为残酷，他的妻子因为过度劳累而死，而三个儿子也因为他常年的剥削而怨气冲天。他认为自己用血汗换来的农场完全属于他一个人，甚至有死后烧掉它的想法。凯勃特深受清教思想影响，在奥尼尔心目中，他就是冷酷的上帝的代表。

不再信仰上帝的奥尼尔一直在追寻某种信仰来替代上帝，"他就像一只断了线的风筝，悬在半空，找不到一个支撑点。他不相信上帝，但也不是彻底的无神论者。……在他看来，在生活背后总有某种东西，某种精神，某种目的在支撑着。然而他无法穷尽人生的本质，找不到满意的回答。他说，他不是无神论者，而是不可知论者"[②]。就如《榆

[①] 汪义群：《奥尼尔研究》，上海：上海外语教育出版社，2006 年，第 109-11 页。

[②] 汪义群：《奥尼尔研究》，上海：上海外语教育出版社，2006 年，第 112 页。

树下的欲望》中的西蒙所说："谁都没有杀死谁。'某种东西'（something）才是谋杀者。"①在一个没有上帝的世界里，谁来担当救世主的角色？在这个到处充满未知的"某种东西"的世界里，谁能够救赎人类？奥尼尔在这部戏中给出的答案是酒神狄俄尼索斯。

狄俄尼索斯是希腊神话中的酒神，掌管葡萄种植与酿酒。他是宙斯与人间女子塞墨勒的孩子。他掌握了自然所有的秘密及酿酒的历史，乘坐着由黑豹拉的车到处游逛，教给人们如何种植葡萄和酿酒。他所到之处，充满着音乐、歌声及狂饮。他是古希腊人最喜爱及崇拜的神祇。每年春季，在葡萄藤长出新叶或秋季葡萄成熟时，希腊人都要举行盛大的庆典祭祀狄俄尼索斯。希腊悲剧也起源于对狄俄尼索斯的祭奠仪式。尼采在《悲剧的诞生》及其他的作品中都曾经论述过酒神精神。在《悲剧的诞生》中，尼采将文化分为"苏格拉底文化""艺术文化"和"悲剧文化"三种形式，他认为只有悲剧文化才能够将人从悲苦的人生中解放出来。尼采认为悲剧具有梦（阿波罗）与醉（狄俄尼索斯）二元交合的特性，悲剧一方面是梦的显现，一方面是狄俄尼索斯状态的体现。日神精神发扬"个体化原理"（principium individuationis），创造出有形艺术；而狄俄尼索斯却打破了"个体化原理"，因为

> 在狄俄尼索斯的魔力之下，不仅人与人之间得以重新缔结联盟：连那疏远的、敌意的或者被征服的自然，也重新庆祝它与自己的失散之子——人类——的和解节日。……现在，奴隶也成了自由人；现在，困顿、专横或者'无耻的风尚'在人与人之间固定起来的全部顽固而第一的藩篱，全部分崩离析了。现在，有了世界和谐的福音，人人都感到自己与邻人不仅是联合了、和解了、融合了，而且是合为一体了。……在这里，在醉的战力中，整个自然的艺术强力得到了彰显，臻至'太一'最高的狂喜满足。②

---

① Eugene O'Neill, *Desire Under the Elms*, New York: New American Library, 1958, p.17.
② 尼采：《悲剧的诞生》，孙周兴译，北京：商务印书馆，2013 年，第 25-26 页。

在酒神精神的感召之下，摩耶面纱被揭开，至上的真理显现出来，人不再是个体，人与人、人与自然合而为一，人也达到了"太一"最高的狂喜及满足。从这里可以看到，尼采热烈地赞美酒神精神，赞扬他的狂热激情，肯定他无与伦比的魔力，并且将拯救人类悲苦人生的希望寄托在了狄俄尼索斯身上。

曾经有人问奥尼尔："谁是你的文学偶像？"他回答："答案就一个名字——尼采。"① 足见他对尼采的崇拜。与尼采一样，奥尼尔也认为人生悲苦，受到尼采的巨大影响，他也将拯救悲苦人生的重任交与了狄俄尼索斯。尼采论述了狄俄尼索斯的本质："用醉来加以类比是最能让我们理解它的。无论是通过所有原始人类和原始民族在颂歌中所讲的烈酒的影响，还是在使整个自然欣欣向荣的春天强有力的脚步声中，那种迪奥尼索斯式的激情都苏醒过来了，而在激情高涨时，主体便隐于完全的自身遗忘状态。"② 从尼采的这段论述中可以看出，尼采将狄俄尼索斯的本质定义为激情及其所带来的迷狂。有评论家认为："奥尼尔一直为如何获得救赎的问题纠缠，……他给出了一个尼采式的答案：激情。他认为，只有激情能够使人超越动物的本性。"③ 在剧中，爱碧的情欲、贪欲及伊本对爱碧压抑的欲望最终转化成了激情，当他们将它释放出来，就完成了由欲望到爱情的升华，他们之前兽性的欲望也便成了不朽的爱情。在戏剧的第一幕，伊本就感觉到自己的身体里有某种东西在涌动："我能够感到我的身体里有什么在生长，一直不停地长，终有一天它会爆发。"④ 这种东西，正是蕴藏在他身体里刚刚萌芽的酒神精神。当爱碧初见到伊本，就一语道破了伊本内心的秘密："从我来的那天你就一直在跟你的本性斗争，……本性（自然）

---

① Mark Estrin, *Conversations with Eugene O'Neill*, Jackson: University of Mississippi Press, 1990, p.31.

② 尼采：《悲剧的诞生》，孙周兴译，北京：商务印书馆，2013 年，第 24 页。

③ Roger Asselineau, "Desire Under the Elms: A Phase of Eugene O'Neill's Philosophy," in Ernest G. Griffin, ed., *Eugene O'Neill: A Collection of Criticism*, New York: McGraw-Hill Book Company, 1976, p.62.

④ Eugene O'Neill, *Desire Under the Elms*, New York: New American Library, 1958, p.22.

使得事物生长—变得越来越大—在你身体里燃烧。"①爱碧一语双关的话语道出了奥尼尔想说的话，要顺从自己的本性，释放自己的激情。直到有一天，他们在伊本去世母亲的房间里敞开心扉，伊本最终释放了自己压抑的激情，向爱碧表达了自己的爱意："从你来的那一天起，我就渴望拥有你！我爱你！"②当爱碧为了证明自己对伊本的爱掐死他们的孩子而被捕后，伊本选择了与自己的爱人共同来面对灾难："（伊本拉起爱碧的手。……他们手拉手走向大门口。伊本停下，指着朝阳初升的天空。）太阳正在升起。漂亮，不是吗？"③结局并非欢喜的，但也不是悲伤的，因为他们之间的爱情已经超越了生死，对于他们来说，生命诚然可贵，但爱情却价值更高。在戏剧的结局，开始的压抑、绝望经过了爱情的洗礼而变得美丽、崇高，如评论家所说"人能够被伟大的激情救赎，从而拯救自己的灵魂，获得一种庄严（grandeur）。"④伊本和爱碧的关系由最初的欲望的发泄升华成了神圣的爱情，他们两人开始时卑微的灵魂也因此变得庄严而伟大。

剧中，伊本与清教徒父亲的斗争，就是酒神这个异教的"上帝"与基督教的上帝之战。而酒神与上帝"之战"，也正是奥尼尔内心的信仰之战，他对卡波特的贬斥与对伊本的激情的颂扬很好地反映了他的宗教信仰：上帝让他失望，他于是像尼采一样，认为"上帝死了"，同样，他也与尼采一样，认为能够代替基督教上帝来拯救人类的是酒神狄俄尼索斯。

在《榆树下的欲望》中，可以找到很多希腊神话的元素，而对这些悲剧神话的运用，反映了奥尼尔的矛盾内心。伊本的"俄狄浦斯情结"其实是奥尼尔内心恋母情结的投射。奥尼尔的恋母情结深刻地影响了他对母亲及其他女性的态度，使得他对她们的态度充满矛盾：一方面，他依恋她们，甚至在其他女性的身上寻找母亲的影子，期待她

---

① Eugene O'Neill, *Desire Under the Elms*, New York: New American Library, 1958, p.59.

② Eugene O'Neill, *Desire Under the Elms*, New York: New American Library, 1958, p.84.

③ Eugene O'Neill, *Desire Under the Elms*, New York: New American Library, 1958, pp.126-27.

④ Roger Asselineau, "Desire Under the Elms: A Phase of Eugene O'Neill's Philosophy," in Ernest G. Griffin, ed, *Eugene O'Neill: A Collection of Criticism*, New York: McGraw-Hill Book Company, 1976, p.63.

们能够补偿他从未得到过的母爱；另一方面，他又因为童年未得到母爱和母亲吸毒的阴影而对女性抱有偏见，他将剧作中的母亲们刻画成拥有"邪恶的母性"的女人，她们要么是没有头脑的、男性欲望的对象，要么是毁灭者，要么有很强的占有欲望，如《榆树下的欲望》中伊本的母亲和爱碧。他将菲德拉与美狄亚两个希腊悲剧中的女性挪用到爱碧一人身上，表现了他对于女性的偏见。在奥尼尔的内心世界里，还有另一种矛盾也困扰着他，那就是信仰问题。他曾经笃信上帝，却发现上帝无法拯救苦难的人们，于是他不再对上帝抱有希望，转而投向哲学，并从尼采那里找到了拯救人类悲苦人生的信仰：希腊神话中的酒神精神。他如尼采一样，热烈地赞扬他的激情及迷狂。他将伊本塑造成一个充满激情的"酒神"形象，与其父卡波特代表的上帝展开了激烈的斗争，他们的斗争也是奥尼尔内心基督教上帝与异教"上帝"——酒神狄俄尼索斯之战。这场战争最终以酒神的胜利而告终，伊本与爱碧起初的情欲也因为激情的释放而最终升华为不朽的爱情。

第五章　奥尼尔宗教情结：精神分析视角

20世纪是一个动荡不安、时局剧变的时代，全球各地见证和经历了无数的灾难性动荡和变迁，这些变化造成了人们思想的困惑和信仰的缺失，对社会各方面产生了决定性影响。20世纪工业的迅猛发展和科学技术的日新月异，人类享受到了科技发展带来的正面成果，但科技成果同时也导致了信仰和宗教衰落，在西方社会文化层面出现了精神上的混乱和深度的失落感。这个混乱的现象随着心理学、哲学等西方话语的兴起而逐渐发展。奥地利医生弗洛伊德的理论坚持认为性欲等欲望是身份发展的决定部分，人的压抑和抑郁是由于欲望的需求与他们身体内部阻抗之间的冲突造成的①，这就像一颗炸弹成为挑战文化传统和宗教的工具。尼采的哲学对有关人的存在和形而上学现代思想有着显著而久远的影响。尼采对上帝存在的论述和人之伦理道德思想实际上挑战和动摇了传统信念，一定程度上从理论上和精神生活中消除了人类生存本身一直固有的神之存在的理念②。达尔文进化论被赫伯特·斯宾塞传入社会科学领域，崛起的现代科学进一步威胁到宗教思想和理论，与神学相对的世俗主义热潮必然导致宗教信仰在人们生活中的节节败退③。美国现代戏剧普遍反映这种世俗主义和道德空虚的崛起。奥尼尔的现代戏剧就是现代思想转变时期人的信仰危机中

---

① S. Freud, "Three essays on the theory of sexuality," in J. Strachey, ed. & trans., *The standard edition of the complete psychological works of Sigmund Freud*, London: Hogarth Press, 1953, pp.125-244 (Original work published 1905); 参阅 S. Freud, "New introductory lectures on psycho-analysis," in J. Strachey ed. & trans., *The standard edition of the complete psychological works of Sigmund Freud*, London: Hogarth Press, 1964, pp.1-182.

② W. M. Salter, "Nietzsche's attitude to religion," *The Journal of Philosophy*, 1923, 20(4), pp.104-06, 参见网页 http://www.jstor.org/stable/2939336.

③ S. Mehmood, "Secularism, hermene utics, and empire: the politics of Islamic reformation," *Public Culture*, 2006, 18(2), pp. 323-47.

的一个明显实例。本章将探讨伦理忧患意识是如何在奥尼尔悲剧艺术中出现的，从而掌握奥尼尔的伦理思想。

第一节 宗教伦理意识与生活环境

奥尼尔伦理忧患意识的形成大多源于其个人生活的环境。奥尼尔出生于一个戒律森严的天主教家庭里，幼年在天主教教会学校读书，从小生活在一个极度信奉天主教的环境氛围里。家庭和学校都给予他宗教的教育和熏陶，他从小就具有比较浓厚的宗教意识。天主教对奥尼尔的影响深远，然而 15 岁那年在母亲痛不欲生的关键时候，他得不到神的救助，他的信仰发生了动摇，对宗教产生了怀疑，甚至斥责那些自己曾信奉的天主教和被教育去践行的天主教规范。肖内西将奥尼尔生活的宗教环境描述为一种近似严酷法律的东西，是一种制约和规训信徒生命的大"独裁者"[①]。在这种宗教环境下，任何人的活动都不可以任意孤行，而且这种权力关系的规则由父母的权威来施以贯彻；一切道德越轨行为都被认为是有罪的并要受到惩罚。天主教长期以这种方式教化，比严格的清教主义有过之而无不及。罗欧（Row）在对莎士比亚戏剧《量罪记》的分析中强调，僵硬死板的清教是"一系列行动的规条、行为的限制和生活的束缚；人们的情感欲望和行为倾向经常与这些规则相冲突，如果放松自己屈服于情感的诱惑就犯了罪"[②]。然而，过多的限制和严格的禁令导致的负面效果是，信徒开始产生逆反心理，并不是把教义作为指南来提高自己的道德操作。这种负面影响在奥尼尔的个人生活和他对信念质疑直至最终抛弃中显而易见。事实上，清规戒律和道德说教导致了他对精神世界和天主教宗教规范怀有的幻想破灭，奥尼尔变得"沮丧和愤懑"[③]，尤其是随着母

---

① E. L. Shaughnessy *Down the nights and down the days: Eugene O'Neill's catholic sensibility*, Notre Dame: University of Notre Dame Press, 2002, p.12.

② M. W. Row, *Philosophy and Art: a Book of Essays*, London: Ashgate, 2004, p.108.

③ E. L. Shaughnessy, *Down the nights and down the days: Eugene O'Neill's catholic sensibility*, Notre Dame: University of Notre Dame Press, 2002, p.20.

亲吸毒成癖而无可救药时，他"发现保持信念越来越难"①，他开始对上帝产生了质疑，他觉得像母亲这样一个虔诚、笃信的天主教徒，上帝都不能拯救她，那么宗教还有什么意义呢？1903年夏天，奥尼尔的母亲终于承受不了精神上的折磨，企图跳河自尽，这件事给予奥尼尔极大的打击，宗教对他失去了最后的一点吸引力，他"放弃了所有对宗教忠诚的伪装"②，彻底与宗教决裂了。他成为道森、斯温伯恩、王尔德、罗塞特、波德莱尔等专门书写妓女和下流生活的诗人、作家的热心读者③，变得异乎寻常的放荡不羁，喜欢纵酒、逛妓院，变为一个愤世嫉俗、玩世不恭、放浪形骸的叛逆者。尤金一度与流浪者、失败者、妓女和流氓为伴④，这种生活模式反映的正是奥尼尔的宗教信仰和现实生活处于严重失衡的状态。特定的家庭环境和奥尼尔面临的危机，成为他质疑神和宗教信仰的主要原因。

除此之外，当时社会的思潮正好与奥尼尔的心灵世界相吻合，极度影响心态低迷的奥尼尔，加速了他个人的伦理道德和宗教信仰的瓦解。对奥尼尔影响最显著的有尼采、叔本华、斯特林堡和弗洛伊德的思想。叔本华⑤的《作为意志和表象的世界》对人类生命与自然进行了强烈悲观的解释，他认为痛苦和折磨就是现实生活，苦难是生命的本质，因此不会从外部流入我们身体，这是与生俱来的，每个人都随身携带着苦难的源头。他论证的要点是，人类生活于这个世界总会生命不息、奋斗不止的，然而结果造成不可避免的破坏，并陷于一种或另一种的不断痛苦中。人们无法了解世界，无法预测未来，人在自然和社会中是无能为力的。任何事情和行为都是毫无意义的，即使取得

---

① E. L. Shaughnessy, *Down the nights and down the days: Eugene O'Neill's catholic sensibility.* Notre Dame: University of Notre Dame Press, 2002, p.20.

② E. L. Shaughnessy, *Down the nights and down the days: Eugene O'Neill's catholic sensibility.* Notre Dame: University of Notre Dame Press, 2002, p.20.

③ E. L. Shaughnessy, *Down the nights and down the days: Eugene O'Neill's catholic sensibility.* Notre Dame: University of Notre Dame Press, 2002, p.21.

④ E. L. Shaughnessy, *Down the nights and down the days: Eugene O'Neill's catholic sensibility.* Notre Dame: University of Notre Dame Press, 2002, p.37.

⑤ A. Schopenhauer, *The World as Will and Representation*, trans. by EFJ Payne, New York: Dover Publications, 1966, pp.318-29.

成功，人也将会面对内心的更大空虚和虚无感。叔本华的悲剧观也同样冷峻。对他来说，悲剧是人生的最无价值一面的曝光，其内容是难于言表的痛苦、人类的不幸、罪恶的胜利、机运的恶作剧，以及正直无辜者不可挽救的失败。奥尼尔戏剧的思想是多角度、全方位的叔本华思想的彻底体现。评论家们发现奥尼尔戏剧和叔本华世界观之间具有极度的相似性[①]。尼采是另一个对奥尼尔的思想和艺术起决定性影响的哲学家，他的许多戏剧都是尼采关于人类生存与形而上学论点的反映[②]。主要原因在于尼采的思想中有一种激烈的、革命的内核，他以反对传统道德的面貌出现，鼓吹人的意志的重要性，否定在人类文明中统治了几千年的"真善美"的伦理价值。他在《道德谱系》和《偶像的黄昏》两书中标榜自己"对一切价值重新估价"，他还说："要成为创造善恶的人，首先必须成为一个破坏的、而且粉碎一切价值的人。"[③]尼采甚至认为"普遍承认道德本身的那种道德，即颓废的道德"[④]。尼采这一思想，对于清教主义强势的美国社会的作家、戏剧家有很大的魅力。奥尼尔的《榆树下的欲望》就是向旧道德的宣战。

在尼采的影响下，奥尼尔也用尼采的思想观点思考人类的命运，形成了否定和蔑视传统的清教的物质主义伦理道德的价值观。尼采甚至极端地认为对以往的价值标准不但要重新评价，而且要反其道而行之，"第一，我否定以往称为最高的那种类型，即良善的、仁慈的、宽厚的人；第二，我否认普遍承认道德本身的那种道德，即颓废的道德"[⑤]。对他来说，绝大多数人都体现出宗教信条和国家伦理道德规范造就的奴隶心态。因为他所谓的上帝之死，奴隶心态的道德已变得不稳定。

---

① D. M. Alexander, "Strange Interlude and Schopenhauer," in John H Houchin, ed., *The Critical Response to Eugene O'Neill*, London: Greenwood, 1993, pp.105-17.

② Hinden M, "The Birth ofTtragedy and Great God Brown," in John H Houchin, ed., *The Critical Response to Eugene O'Neill*, London: Greenwood, 1993, pp.88-99.

③ 杜任之：《现代西方著名哲学家述评》：北京：生活·读书·新知三联书店，1990年，第8页。

④ 杜任之：《现代西方著名哲学家述评》：北京：生活·读书·新知三联书店，1990年，第8页。

⑤ 杜任之：《现代西方著名哲学家述评》：北京：生活·读书·新知三联书店，1990年，第8页。

此后，每个人必须通过控制世界来创造自己的价值和意义，他必须忘记自己身上固有的旧道德，并为权威的诞生制定新的依据。我们可以从奥尼尔戏剧的人物中看到这几方面特点。奥尼尔剧中的男人和女人都在不断地奋斗，他们几乎没有考虑伦理或道德的问题。他们中有些人明确表示对至高无上的神的否认并创建自己的母亲神（例如《奇异的插曲》中的尼娜）。这些思想和哲学正好能够满足奥尼尔的心理需求，他的剧作也许并未在他大脑里进行过理性的思考，他只是把这种认知搬上了舞台。因此，个人背景特别是宗教环境对于他的艺术创作上的道德紊乱有很大影响，这些影响不仅体现在奥尼尔作品中蕴涵的思想和戏剧构架以及设计方面，还影响了他的叙事伦理思想和道德忧患意识。他的叙事风格受宗教伦理影响之大，我们可以从阅读他的剧本中体会到。奥尼尔所有的作品总让人感到一种沉闷、压抑、窒息和死亡的气息，似乎看到奥尼尔痛苦的灵魂在丑恶的此岸与崇高的彼岸之间的泥潭中拼命挣扎、越陷越深。

第二节　对宗教的精神依赖

肖内西认为，尽管奥尼尔被指责蔑视宗教价值观，亵渎天主教，但"他并没有真正地脱离宗教之网"[1]。天主教的教规戒律深深地刻在他的心里，强烈影响了他的文学创造力和想象力，这些影响的影子可以在他创作主题的选择和写作过程中看出来。奥尼尔创作主题基本上围绕罪孽、罪行、忏悔和救赎等，很少专门描写和歌颂世外桃源似的"纯净生活"[2]。奥尼尔戏剧的罪孽主题明显带有宗教伦理道德方面的暗示，反映了奥尼尔潜意识中的宗教依恋。根据心理分析理论，奥尼尔对宗教的背弃是意识领域的反抗，在他的潜意识里，他随时在责问自己，强烈谴责自己的行为，所以他通过剧本宣泄自己的矛盾和

---

[1] E. L. Shaughnessy, *Down the Nights and down the Days: Eugene O'Neill's Catholic Sensibility.* Notre Dame: University of Notre Dame Press, 2002, p.36.

[2] E. L. Shaughnessy, *Down the Nights and down the Days: Eugene O'Neill's Catholic Sensibility.* Notre Dame: University of Notre Dame Press, 2002, p.37.

痛苦①。奥尼尔的作品摆脱不了罪孽和忏悔的格调和主题。他的写作过程就是宣泄情感、抚平创伤的过程，就是不断寻觅自己灵魂的过程，或者是为自己灵魂安家的过程。奥尼尔的叙事就是一个迷途的信徒跪在上帝面前忏悔，《送冰的人来了》中的希基和波里、《日照不幸人》中的小杰姆斯·蒂隆、《无穷的岁月》中的约翰、《进入黑夜的漫长旅程》中的玛丽、《悲悼》中的拉维尼娅、《发电机》中的鲁本等等，他们都是上帝面前的灵魂有罪之人，他们不能得到上帝的爱，但他们没有办法离开上帝的福音，他们为自己的过失忏悔，请求上帝的宽恕，希望再次回到上帝的怀抱。

奥尼尔对宗教的依赖和眷恋在剧本的人物对话中体现得非常明显。在他的自传式剧本《进入黑夜的漫长旅程》中，就借助母亲玛丽之口道出了她失去宗教的无所生存之感和一直以来对宗教的眷恋之情。母亲玛丽原是一位"大家闺秀"，从小在修道院办的学校里接受教育，弹着一手好钢琴，有着很高的文化修养和高雅的精神追求。由于偶然机会爱上了著名演员詹姆斯·奥尼尔，她放弃了成为修女的梦想，离开了日夜陪伴她的圣母。回忆少年时代在教会学校的恬静生活，她十分怀念地说：

> 只是在很久以前有一天我发觉我已经失去了自己的灵魂，我不再是我自己的。可是总有一天，孩子，我会把它找回来的——总有一天，圣母玛利亚宽恕我，让我恢复我过去在修道院的日子里所具的那种对她的信仰、爱和怜悯，我又重新能够向她祷告。②

玛丽一心想去修道院生活和工作，但是詹姆斯的出现让她放弃了以前的梦想。她得到了爱情和家庭，但是她并未感到幸福和快乐，她没有安全感，缺少精神上的抚慰，身边总是感到缺少点什么，心情焦虑不安，就像一个漂泊不定的灵魂，总是无处着落。玛丽深深地期待

---

① [奥]西格蒙德·弗洛伊德：《梦的解析》，丹宁译，北京：国际文化出版公司，2002年。

② [美]尤金·奥尼尔：《奥尼尔文集》（第5卷），郭继德编，北京：人民文学出版社，2006年，第386页。

圣母能够重新接受她的祈祷，使她再次获得爱的权利，使那死寂的生活能够再次燃起希望，让她飘荡的灵魂可以安顿下来。在最后一幕中玛丽痛苦地说：

> 我非常需要这样的东西，我记得我有这样东西的时候，我从来就不觉得孤单，从来也不害怕。总不会永远失掉这样东西吧，要是我那样想，那只好死去。因为要是那样就完全没有希望了。①

剧中玛丽固然是作者母亲的写照，但也反映了作者的宗教伦理思想。20 世纪是个思想和技术动荡不安的时代，各种哲学思潮汹涌而来，人们的信仰遇到前所未有的挑战。人们心中旧的宗教不复存在了，对上帝的虔诚和爱在心目中淡薄了，但他却找不到一个新的精神支柱来给自我的精神安家。对西方人来说，宗教不仅是一个神学体系，更是一个从生到死整个一生的精神依赖。失去宗教，"人就失去了与存在的一个超验领域的具体联系"，犹如无根之草，随风飘荡，"在这样一个世界中，他必然感到无家可归"，"成为茫茫大地上的一个流浪者"②。奥尼尔何尝不是这样呢！奥尼尔的身体和精神一生都在流浪，因为他没有让精神倚靠和栖息的宗教，他跟宗教的关系在 15 岁就撕碎了。这就是为什么我们在他的作品中常常感到那种若有所失的感觉，那种内心世界充满谴责，那种时刻流露的忏悔的心理。

在《进入黑夜的漫长旅程》中，奥尼尔借自己的代言人埃德蒙的台词表达了自己没有寄托、灵魂流浪的痛苦情形。埃德蒙向往自由，渴望找到一块自由的净土，然而，当他一人四处漂泊时，他的身体获得了自由，但他却总是感到孤苦伶仃，曾经渴望的自由没有给他带来快乐，因为他的心灵从来就没有片刻的安顿。埃德蒙感到自己就像一个迷路失魂之人，他不知初心，更不知终结，任自我随风飘荡，随雨飘零，像一颗无根的草。埃德蒙表达了他心中的苦痛：

---

① [美]尤金·奥尼尔：《奥尼尔文集》（第 5 卷），郭继德编，北京：人民文学出版社，2006年，第 455 页。

② [美]威廉·巴雷特：《非理性的人》，北京：商务印书馆，1995 年，第 24-25 页。

　　　一个人孤零零留在外边，又迷失在雾中，人生坎坷，四处碰壁，不知往何处去，也不知道事情的源头！我生为人，真是一个大错。要是生而为一只海鸥或是一条鱼，我会一帆风顺的多。作为一个人，我总是一个生活不惯的陌生人，一个自己并不真正需要，也不真正为别人所需要的人，一个永远无所皈依的人，心里总是存在一点儿想死的念头。①

　　奥尼尔觉得自己生活在雾霾之中，心灵和肉体被遮蔽得严严实实，不知处于何处，也不知自己的目的地，他没有归属感和存在感。奥尼尔与天主教诀别之后，感到自己寻找到了自由，挣脱了天主教的束缚，可不知宗教的个人无意识渗透到他的骨子里了。其实，我们知道奥尼尔与宗教的决断，是他为母亲祈祷无效后的痛苦反应，与其说是对上帝的愤怒，不如说是对自我的怨恨，恨自己的出生给母亲带来不可挽回的疾病和痛苦，只是一种愤怒的迁移而已。奥尼尔心底无法摆脱上帝和宗教的影子，其实他一时也没有离开过上帝，他心里渴望上帝的爱和关怀，但他还得批判和责骂上帝，他实际上在自欺欺人，他的意识和潜意识在不停地斗争中，生活在极端的矛盾之中不可自拔。他感到自己就像一个永远无所皈依的人，一个陌生人，没有爱别人，也不被别人爱，生命失去了意义，前途一片黑暗，自己沦为没有灵魂的行尸走肉，等待着他的只有死亡。

　　现实中的奥尼尔被理性和意识牢牢控制着，他忘不了家庭带来的创伤和孩子眼中上帝的旁观冷漠，理智和意识把他拽进了一个昏暗绝望的无底洞。然而，在空灵恍惚、清新静谧的环境中，奥尼尔的潜意识也会不经意战胜他的意识。例如，在《进入黑夜的漫长旅程》中，奥尼尔的原型埃德蒙在一次去往布宜诺斯艾利斯的航行中，他在船上的甲板上躺着欣赏夜空的幽静，他与夜融为一体，冥冥之中获得了人

① [美]尤金·奥尼尔：《奥尼尔文集》（第5卷），郭继德编，北京：人民文学出版社，2006年，第437页。

生最大的快感，似乎在刹那间找到了人生的意义，看到了自我的存在，感到了安全和谐，体验到了超越，沐浴到上帝的爱护，找回了丢失的灵魂，回到美好的天堂，获得了天使一般的自由。埃德蒙这样描述道：

> 　　我像是突破了人生的牢笼，获得了自身的自由，我和海洋融为一体，化为白帆，变成飞溅的浪花，又变成美景和节奏，变成月光，船，和星光隐约的天空！我感到没有过去，也没有将来，只觉得在大自然的怀抱中平安，协调，欣喜若狂，超越了自己渺小的生命，或者说人类的生命，达到了永生的境界！如果你愿意也可以说是到达了上帝的境界……又像圣徒幻想见到了天堂……一瞬之间，什么都有意义！①

　　奥尼尔把这种美妙、和谐和自由的感觉描写成"到达了上帝的境界"和"幻想见到了天堂"，也说明他虽然一时气愤与天主教离异了，但那只是肉体上的诀别，他的心灵一直与上帝和圣母在一起。他感到被上帝呵护着是多么幸福和美好的一件事情，他潜意识里对上帝和宗教是充满依赖的。他在海上的偶尔的梦幻就是心理的向往和潜意识的发泄。当他与自然融为一体时，也就是与神融为一体，神即自然，自然就是万物之宗，说明他拜倒在上帝和圣母玛利亚的脚下，成为她的忠实信徒，他找到了生命的归属和存在的意义。

第三节　奥尼尔的信仰矛盾

　　奥尼尔在信仰方面充满矛盾，是一种无神论与有神论的冲突，灵与肉的冲突，是他不顾一切地追求人生享乐与自己放荡行为的冲突，所有矛盾交织在一起。我们之所以说奥尼尔是一个复杂的灵魂，恐怕就在于此，他的矛盾心理和创伤经历构成他复杂的思想。奥尼尔在谈

---

　　① [美]尤金·奥尼尔：《奥尼尔文集》（第 5 卷），郭继德编，北京：人民文学出版社，2006年，第 436-37 页。

到面具时曾说："一个人的外部生活受他人面具的缠绕，在孤独中度过；一个人的内部生活被自身的各种面具所追逐，在孤寂中消磨。"①这也可以解释他的宗教伦理，他的意识和潜意识被面具盖住，但是这并不能隐藏心里的孤独和痛苦，也不能遮盖没有灵魂的行尸走肉，只能积压成一种心理疾病。这使得他的戏剧总是表现出一种无法忍受的压抑，读者总能感觉到那颗痛苦的灵魂在现实的丑恶与理想的崇高之间拼命挣扎。

尽管奥尼尔多次亵渎上帝，对宗教公开挑战，尽管他蔑视一切旧的价值标准，沉溺于声色之好，但在内心深处，在感情上，他还是不能割断和宗教的联系。恰恰相反，他一时一刻也没有摆脱过那种"有罪"的感觉。这就是奥尼尔痛苦之所在。奥尼尔在《无穷的岁月》中，为了写出主人公约翰·洛文的矛盾心理，将他分裂为两个人，约翰代表着追求精神并为之感到痛苦的人，洛文代表着他身上追求肉欲的世俗的一面。从这个剧我们不难看出奥尼尔内心深处的宗教情感和皈依心理，有评论家认为这个剧本是奥尼尔背叛宗教后重新皈依天主教的最明显的表现。②

《无穷的岁月》反映的是奥尼尔心灵深处的冲突和斗争。主人公约翰·洛文在剧本中被描写为两个外表相同但内心世界相反的人物，洛文的脸是一个面具，它是完全按照约翰的相貌复制的。约翰和洛文实际上代表了主人公的两面性，或者准确而言，代表了奥尼尔的两种心理，意识和潜意识不断斗争的两种心理。其中约翰代表了奥尼尔向往皈依的潜意识心理，而洛文代表了意识中或现实生活的奥尼尔。例如：

> 约翰：他父母死后很长一段时间里，他经历了可怕的内心冲突。他被一阵阵的恐惧所攫住，在恐惧中他觉得他真的已经把自己的灵魂交给了某个恶魔。他有时会感到一种受到良心折磨的渴望，渴望着祈祷和乞求宽恕。他似乎觉得他已永远背弃了一切的爱——并且受到了诅咒。

① Oscar Cargill, *O'Neill and His Plays,* New York: New York University Press, 1970, pp.116-18.

② Joseph T. Shipley, *Guide to Great Plays,* *W*ashington: Public Affairs Press, 1956, p.274.

洛文：（冷笑他）你看，他头脑里仍旧有着太多的宗教意识，不肯接受一个美丽而令人慰藉的人生真理：死亡是最终的解脱，是一种温暖的、朦胧而平静的灵魂与肉体的毁灭。

约翰：他教自己要采取一个理性的态度。他读了种种科学著作，最后成了一位无神论者。但是他以前的经历在他心灵上留下了一个难以愈合的伤痕。在他心里总留有一种感觉，认为自己被生活毁了，遭受人们的不信任，因无法获得某种长久的信仰而苦，因害怕隐藏在真理面具背后的谎言而苦恼。

洛文：（嘲笑地）多浪漫啊，你看——认为自己具有一个他妈的灵魂！①

约翰一直处于极度的痛苦自责中，他痛苦的是自己没有了灵魂，自己的灵魂被恶魔吞噬了，常常活在一种恐惧的状态下；自责的是自己背弃了天主的爱，遭受了人们的不信任。约翰接受了现代科学技术和理论，自认为告别了原来的上帝，彻底摆脱了那个曾经让他痛苦的宗教信仰，找到了新的现代科学的上帝，但是现代科学上帝愈合不了他心灵的伤痕，围绕在他身边的是一种罪孽之感，他总是感到自己生活在谎言之中或面具之下，生活在理智和情感的冲突中，让他痛不欲生、不可自拔。当他的另一面洛文讽刺和奚落他时，他流露出了自己潜意识中对神灵的渴望。

洛文：他清楚地认识到这是回到少年时代经历的大倒退。但是，不由自主地，他内心那种被鄙视为迷信的怯懦的东西，用死后犹存的那套老掉牙的悲悲戚戚的谎言来勾引他的理性。

约翰：死亡将不是一个终结，而是一个新的开端，一个和她的团圆，在这团圆的日子里他们的爱情将在永恒的平静和上帝的爱中持续下去，直到永远！

———————

① [美]尤金·奥尼尔：《奥尼尔文集》（第 4 卷），郭继德编，北京：人民文学出版社，2006年，第 224-25 页。

约翰：一天晚上，当他被烦恼得无法忍受时，他冲出屋外——希望自己走得筋疲力尽时能够安睡片刻，把一切都忘在脑后。他自己也不知道怎么会到这地方来的，他发现自己走了一个圈子，来到一座古老的教堂面前，这教堂离他目前的住处不远，他孩提时代曾在此祈祷。

洛文：(嘲弄地)现在我们就要见到最大的诱惑场面，在这儿他终于面对自己的灵魂！(带着严厉的挑战神情)这教堂向他提出挑战——而他接受了挑战，走了进去！

约翰：他意识到他永远不可能再去信奉他已经失去了的信仰。他走出了教堂——从此永远不再有爱——然而却敢于面对他那永恒的失落感和失望感，把它作为自己的命运来接受，并继续生活下去。①

我们从约翰的语言表现中，可以看出作品中的主人公前前后后的犹豫不决的心态，他的理智告诉他皈依天主教信仰是一个大倒退，使他再回到少年那个痛苦年代，看着父母亲死于肺炎，目睹无情的上帝没有伸出手去挽救他们。但是，情感总是偷偷摸摸地来骚扰他、劝诱他，让他放弃自己的理性，再次投入上帝的怀抱。其实，主人公的潜意识里从未离开过上帝，我们就从以上例子中一件简单行为便可以了解约翰的心理。约翰在散步时不知不觉就走到了他曾祈祷过的教堂，这看似偶然，其实绝不是偶然遭遇，是他潜意识中的信仰指引着他。然而，当他面对自己灵魂的时候，正如洛文所讲，他要迎接一场挑战，理智再次战胜了情感，结果"他意识到他永远不可能再去信奉他已经失去了的信仰"②，他走出教堂，他将永远失去爱，失去信仰，并将忍受痛苦和失落的折磨。约翰的心理活脱脱地展现了奥尼尔的宗教情怀，一种在教堂之门彷徨的心理，一种在意识和潜意识之间徘徊的状

---

① [美]尤金·奥尼尔：《奥尼尔文集》(第 4 卷)，郭继德编，北京：人民文学出版社，2006年，第 236-37 页。

② [美]尤金·奥尼尔：《奥尼尔文集》(第 4 卷)，郭继德编，北京：人民文学出版社，2006年，第 237 页。

态。

在第四幕，约翰在爱妻埃尔莎生命垂危之际，他想用自己的爱祛除爱妻身上的病魔，他甚至想到用自己的死换回爱妻的生命，此时的约翰非常无助，似乎有叫天天不应、哭地地不灵的感觉。叔叔贝尔德神甫一直劝说约翰皈依天主教，别再继续误入歧途，争取得到上帝的宽恕，重新做人。在贝尔德神甫的启发下，他向教堂的十字架走去，然而他的另一面洛文拼命地阻止他，摧毁他的决心，破坏他的意志。心理矛盾的约翰又一次处于两种心理剧烈的冲突之下。奥尼尔在剧本中设计了埃尔莎病危的剧情，让约翰认识到皈依天主不是为了拯救自我，更是为了挽救爱妻的生命。我们可以看出，借此环境奥尼尔可以很好地为自己皈依天主教找到借口，这是他自我心理的一种安慰，也是被人看来似乎合情合理的理由。

> 约翰：要是我能祈祷就好了！要是我能再有信仰就好了！
>
> 洛文：你不可能！
>
> 约翰：我故事的命运，叔叔说过——上帝的意志！——我到教堂去——教堂里命运——在那儿我曾经有过信仰，在那儿我曾经做过祈祷！
>
> 洛文：你这个神志不清的傻瓜！我告诉你那已经结束了！
>
> 约翰：但愿我能再次看到十字架——
>
> 洛文：不！我不想看！我记得太清楚了！——当父亲和母亲——！
>
> 约翰：你为什么那么害怕上帝，如果——
>
> 洛文：害怕？我曾经诅咒过他……上帝根本就不存在！
>
> 约翰：我这就去！
>
> 洛文：不！
>
> 约翰：我这就去！

洛文：不！你这懦夫！ [1]

从约翰和洛文的对话中，我们可以看出约翰·洛文的心理斗争，约翰渴望拯救爱妻一直有走进教堂的冲动，这是他最后的奢望，他希望上帝能够还埃尔莎健康，上帝能够爱他，他要用自己的爱温暖埃尔莎的身体。但是，他的另一面洛文却极力阻挠他，阻止他走进教堂，动摇他心中皈依上帝的决心。约翰·洛文一直处于回归信仰和永远背叛两重痛苦的煎熬中，他不能忘记父母死于肺炎，当时上帝并没有留住他们的性命，他断然背弃了上帝。之后，约翰·洛文便过上了焦虑不安和心神志忑的生活。今天洛文实在不愿再次踏入教堂的大门，往事历历在目，他对上帝失去了信任。但是，面对身患肺炎的爱妻，约翰心急如焚，可又无可奈何。贝尔德神甫告诉他上帝可以拯救他的子民，为了爱妻他只好虔诚地尝试。这正是奥尼尔自己的心理状态，奥尼尔 15 岁与天主教一刀两断，发誓老死不相往来，但是他也从此心理失去了和谐，生活在一种焦虑不安的恐怖状态下，正如约翰发生心理裂变，奥尼尔也分裂为二：憎恨神灵的奥尼尔和期待回到上帝怀抱的奥尼尔。奥尼尔的这种矛盾和对立的心理状态在他的很多剧本中都有所表现，剧中人物生活在压抑、不安、痛苦之中，人们都找不到自己的身份认同，成为灵魂漂泊的流浪汉。奥尼尔的戏剧就是在寻找救赎灵魂的药方，让工业化时代流浪于荒野的现代人能够找到身份的认同和灵魂的归宿。

第四节　奥尼尔皈依天主

奥尼尔的经历铸就了他的人生观和世界观，它们又直接影响着他的悲剧创作的价值取向。学者卫岭认为"奥尼尔的创伤体验注定了悲剧性的生命意识和悲剧心态，并在其作品中打下了深深的印记" [2]。

---

① [美]尤金·奥尼尔：《奥尼尔文集》（第 4 卷），郭继德编，北京：人民文学出版社，2006年，第 255 页。

② 卫岭：《奥尼尔的创伤记忆与悲剧创作》，北京：中国人民大学出版社，2008 年，第 31 页。

确实如此，奥尼尔经历坎坷，这些不幸的人生经历和家庭背景构成了奥尼尔悲剧的源泉。然而，在所有的这些创伤记忆中，对奥尼尔影响最大的是他 15 岁那年与天主教的毅然决断。从那以后，奥尼尔自认为自己成为一个无神论者，但是，对天主有着无限深情的奥尼尔心里一刻也没有停止对上帝的依恋，约翰·洛文的矛盾心理就是奥尼尔的真实写照。

《无穷的岁月》中约翰终于战胜了自己的对立面洛文走进了教堂，开始跪拜曾经背弃的十字架，剧本中他的爱妻埃尔莎也受到了天主的拯救，从死亡线上活了过来。奥尼尔虽然最终没有像约翰一样走进教堂与上帝握手言和，重新皈依天主，得到上帝的救赎，但是他在心里默默地忏悔，他早已把自己的灵魂交付给上帝，他就是想借助约翰战胜洛文的结果表达自己没有完成的愿望，约翰的结局就是奥尼尔心中长久的期待。

> 约翰：我回到了你身边！/让我再一次相信你的爱！你终于听到我的祈祷！你并没有弃绝我！你始终是爱我的！我被宽恕了！我能够宽恕自己了！——通过你！我能有信仰了！/我现在明白了！我终于明白了！我一直是爱着他的！哦，慈爱的主，宽恕你那可怜的迷路的傻孩子！/你就是道路——就是真理——就是复活的生命，凡是相信你的爱，他的爱就将永不枯竭！/我现在是约翰·洛文了。/又有了上帝的爱，生命笑了！生命带着爱笑了！①

当约翰得到上帝的宽恕、当他找回自己信仰的时候，他也找到了自己的身份，他由半个人（约翰）重新成为一个完全的人（约翰·洛文），他的生命又回到了春天，充满了爱和生机。这句"我一直是爱着他的"道出了奥尼尔隐藏心底多年的心声；"我能有信仰了"传递了奥尼尔心理期待实现后多么快乐舒畅的心情。奥尼尔接触过现代科学技

---

① [美]尤金·奥尼尔：《奥尼尔文集》（第 4 卷），郭继德编，北京：人民文学出版社，2006年，第257-58页。

术，了解现代人对真理的探索的伟大成就，但是这些现代科学没有抚慰他受伤的灵魂，所以他说："你就是道路——就是真理——就是复活的生命。"只有上帝才可以挽救他那漂泊的灵魂，奥尼尔借助约翰发出了自己的呐喊。从这些对白中，我们可以看出奥尼尔多年以来一直痛苦不堪的原因，因为他找不到一块安放灵魂的地方。

　　奥尼尔在痛苦探求信仰的过程中，受美国历史学家亨利·亚当斯的文章《发电机与玛利亚》的启迪，提出了"电上帝"概念。他多次声称要写一个三部曲来探索上帝的替身主题，总题目叫《上帝死了！什么该称万岁？》。题目本身最集中、最凝练地概括了奥尼尔通过戏剧写作思索人生、探求信仰的历程。三部曲的第一部作品《发电机》中提出了"电上帝"概念，对人生感到迷茫的奥尼尔希望弄清驾驭世界的神秘力量究竟是什么。主人公鲁本放弃了对上帝的信仰，认为宇宙是无神的世界，电的力量是生命的唯一源泉，笃信"电上帝"，认为发电机是电上帝的化身，欣然扑向发电机，以献身精神来表示自己的虔诚。奥尼尔对电的崇拜跟他早期对大海的崇拜如出一辙，即都是出自对自然神的崇拜，只不过是将笔触的重点从写大海转向写电罢了。《无穷的岁月》是这个"为上帝的弃儿写的神话剧"三部曲的第二部。剧作最后通过效仿耶稣而达到思想上的一致。这种天主教式的煞尾引起了评论界的争论，有人怀疑他是不是又恢复了他早年宣布放弃的对天主教的信仰。怀疑无可厚非，但恢复早年信仰也未尝不是探索的真实历程。

　　在《发电机》中，法伊夫一家是无神论者，他们是现代科学技术的代言人，他们崇拜现代科学技术，特别对象征现代技术的发电机顶礼膜拜，在他们看来，发电机就是驾驭世界、征服自然的神秘力量，法伊夫太太提起发电机总是充满感情，她虽然讨厌法伊夫爱发脾气，但是她喜欢法伊夫有渊博的现代技术知识，特别是他使用发电机的技术娴熟。她是这样描述发电机的：

　　　　拉姆齐在发电站里动辄就发火——我喜欢发电站——喜欢发电机——能永远坐着听发电机歌唱——它们一直在歌唱世界上的

万事万物……（她一时独自哼着曲子——模仿着发电机呼呼的颤动声。）①

当牧师莱特的儿子鲁本应邀来法伊夫家做客时，法伊夫为了考验他故意肆无忌惮地亵渎讥讽上帝，以此激起鲁本的愤怒：

上帝是怎么召唤你的，你给我说说吧？我以为，它不会用电报、电话或无线电广播的，因为这些发明对他来说都属于他的大敌撒旦，即电上帝。②

作为牧师莱特的儿子，鲁本对上帝是虔诚的，他相信上帝的存在，她不允许法伊夫对上帝的亵渎和侮辱，他不管坐在面前的人是谁，就是自己心爱的女孩儿艾达的父亲，她未来的岳父大人，他也不允许对上帝不敬。他开始激烈地谴责法伊夫，诅咒他对神灵的亵渎会遭到报应：

我想，我本不该来这儿！……上帝会惩罚他的！当然他是活该倒霉！如果我是上帝，为他这样亵渎神明，也是杀死他！……你知道，在上帝的眼中你是有罪的！你想永远在地狱中受火炼吗？……至少是现在，如果你不停止亵渎神明的话，我将——我的意思是，你会受到应得的惩罚，假如我——我得回家了。③

生长在牧师家庭的鲁本讨厌法伊夫，憎恨法伊夫对神灵的侮辱，特别是听了法伊夫编造的自我杀人的经历后，鲁本并不知道法伊夫在考验他对艾达的爱情，他信以为真，他对法伊夫由讨厌变成了仇恨，

---

① [美]尤金·奥尼尔：《奥尼尔文集》（第 3 卷），郭继德编，北京：人民文学出版社，2006年，第 504 页。

② [美]尤金·奥尼尔：《奥尼尔文集》（第 3 卷），郭继德编，北京：人民文学出版社，2006年，第 506 页。

③ [美]尤金·奥尼尔：《奥尼尔文集》（第 3 卷），郭继德编，北京：人民文学出版社，2006年，第 506、511 页。

但是，鲁本一言九鼎，信守承诺，他答应绝不会把法伊夫杀人的事情告诉别人，更不会向警察报案。然而在母亲的苦苦追问下，他告诉了法伊夫杀人一事，没想到母亲和父亲是相互配合来套取"消息"的。鲁本感到被母亲出卖变得气急败坏，对父母亲大发雷霆，对上帝发出亵渎的怒骂，他与父亲、母亲和他们信仰的上帝彻底决裂了。他骂道：

> 鲁本：什么上帝？法伊夫的上帝？电？你在求它发慈悲吗？它听不见你说话！它也不骂你一句！（传来一声雷鸣，震耳欲聋。鲁本抬头仰望，狂笑不止，好像雷声使他欣喜若狂。他母亲和父亲从他身旁向后退缩，而他对着苍穹高声喊）滚，老混蛋！我再也不怕你！
>
> 鲁本：（不留情面地嘲笑——对母亲）怎么回事？你还在相信他的傻瓜上帝？……没有上帝！没有上帝，只有电！我永远再不会被吓住！我跟你们都一刀两断！①

鲁本爱着法伊夫的女儿艾达，他与无神论者的女儿相爱，本身就等于背叛了自己的父母和宗教，必然遭到父母的强烈反对，再加上母亲的背叛，他与父母断绝了关系，离家出走。他在外面的世界学习和接受了达尔文进化论等现代科学理论，了解了人类进化和发展的原理，对父母崇拜的宗教信仰嗤之以鼻。然而，装满知识、高大帅气的鲁本并没有感到幸福，他突然发现自己处于整个世界的对立面，备感胆怯焦虑，陷入心理上的混乱。他把自己的信仰转移到现代技术"电"身上，认为唯一的上帝就是电，在发电机身上他重新找到了他死去了的、靠着伪科学又升华为上帝的母亲。他为曾经对母亲的不敬导致母亲死亡而后悔，为了终身回到母亲身边，他用手枪杀死了自己心爱的姑娘艾达，因为母亲妒忌和仇恨她。剧本最后，他投身去拥抱发电机，他最后的呼喊是：

---

① [美]尤金·奥尼尔：《奥尼尔文集》（第 3 卷），郭继德编，北京：人民文学出版社，2006年，第 520 页。

（像孩子似的乞求发电机）我不需要任何奇迹了，母亲！我不想知道真理了！我只要你把我藏起来，母亲！永远别让我离开你了！求求你，母亲！①

约翰·洛文最后皈依上帝，鲁本最后与"电上帝"发电机拥抱，洛文倒地身亡，鲁本被电击死，死亡使他们都找到了自己的归宿。约翰获得了上帝的宽恕，他的"生命带着爱笑了"；鲁本宁愿放弃追逐的真理，去与升华为上帝的母亲待在一起，他倒地死亡时也露出了舒心惬意的笑容。不管是约翰，还是鲁本，他们本身就是奥尼尔的化身，奥尼尔借助戏剧表明他渴望与上帝重逢，渴望重新成为上帝的子民，以安抚自己心中的焦虑、不安、孤独和彷徨；同时，奥尼尔也表明旧的上帝死后，现代工业社会不能为人们提供一个供灵魂栖息的新上帝，因为现代美国更多地强调物质文明，这样的文明缺少精神上的安慰。奥尼尔就是在利用戏剧帮助众多的人寻找失去的、流浪的灵魂。

---

① [美]尤金·奥尼尔：《奥尼尔文集》（第 3 卷），郭继德编，北京：人民文学出版社，2006年，第 552 页。

第六章 奥尼尔的女性关怀：女权主义视角

20世纪60年代，随着妇女解放运动的风起云涌，女权主义文学批评崭露头角，也正是从那一时刻起，尤金·奥尼尔戏剧也逐渐进入女权主义批评家批评的视野，在女权主义批评看来，奥尼尔像许多男性作家一样，为读者展示了一个以男性为主要人物的世界。近年一些学者认为奥尼尔是同情女性的，甚至是一位亲女性剧作家。本章将从女权主义视角分析奥尼尔的女性价值取向，了解奥尼尔对女性的关怀。

第一节 奥尼尔戏剧中的女性"他者"

学者们习惯将西方女权运动发展历程归纳为三个浪潮，笔者认为第二次女权运动浪潮发生于20世纪六七十年代，是女权运动成熟的阶段。首先，延续了第一次浪潮对男性和父权制社会的批判的不变的目标。其次，女权主义者注意到造成男性对女性奴役的原因是男女两性的差异，并把这种差异视为女性对男性从属地位的基础。在整个运动的过程中，有三个人的理论对女权运动的第二次浪潮起到了推波助澜的作用：西蒙娜·德·波伏瓦的《第二性》、弗里丹的《女性的奥秘》和凯特·米利特的《性的政治》。

女权主义的包括三个层面：政治、理论和实践层面。从政治上说，女权主义是一种政治，它是一种旨在改变社会中男性与女性之间现存权力关系的政治。这些权力关系构成了生活的所有领域——家庭、教育、福利、劳动与政治世界、文化休闲。从理论上看，女权主义是一种强调两性平等、对女性进行肯定的价值观念、学说和方法论原则，是一种以女性自身为主体的文化建构。从实践上看，女权主义是一场争取妇女解放的社会运动。女权主义实质上是三个层面的集合体，无论人们从哪个方面讨论、指称女权主义都具有其合理性。根据这种解释，我们可以把女权主义概括为以消除性别歧视，结束对妇女的压迫为政治目标的社会运动，以及由此产生的思想和文化领域的革命。女权主义的总体目标就是要消除所有形式的女人对男人的从属，在"所有领域获得男女之间的平等，特别是政治和法律方面的平等"[①]。

尤金·奥尼尔并不是一个女权主义者，但他一生经历坎坷，独特的生活环境和人生经历使他对女性，尤其是对男权社会女性地位的有着深刻的理解。身体脆弱并有些恋母情结的奥尼尔渴望得到女性的关怀和呵护；他的三次婚姻经历加深了他对女性的认识和对两性问题的反思。奥尼尔同情和关怀女性，他用戏剧说明女性的悲剧是家庭、社会和人类的悲剧，只有尊重女性才能建构和谐的社会。奥尼尔对女性的理解具有超越时代的高度，一个世纪后的今天仍然具有很强的现实意义。奥尼尔并没有在任何场合专门谈到女权问题，他用戏剧创作把自己对女性的看法进行了活灵活现的诠释。

奥尼尔性别价值观的形成是与他生长的环境分不开的。奥尼尔生于演员家庭，颠沛流离的生活使他很少体验到母爱和家庭的温暖。长大成年后，他本能地期望以其他的形式弥补幼年时的母爱缺憾，他有一种本能的对母性的强烈渴望，希望从女友或妻子身上得到母爱般的关怀。在现实中，奥尼尔总是希望能够从异性身上找到失去的关爱。

奥尼尔剧中的故事大多是表达平凡男女之间的爱情恩怨、生活曲直和家庭矛盾，他通过舞台诉说女性的真实生活状况，给予女性人物同情的叙写，把女性的社会、家庭遭遇和悲惨的命运如实地呈现在观众面前。奥尼尔不是政治家，也不是哲学家或者女权主义者，他并没有像女权主义者那样直截了当地分析和批判这些久存的社会问题，也没有像政治家那样以尖锐的文笔和辛辣的言语向这样的社会形态狂轰滥炸。奥尼尔是一个有责任感的作家，他冷眼观察、冷静思考、冷静写作，他透过光怪陆离的表象和男女之间的恩恩怨怨，用严肃戏剧的

---

① 尼古拉斯·布宁：《西方哲学英汉对照辞典》，余纪元主编，北京：人民出版社 2001 年，第 583 页。

表达方式，借助舞台背景把一幕幕悲剧故事完整地展现给观众，给现代人以生活的启迪，给阅读和观赏悲剧的读者以痛苦之后的思考。

奥尼尔剧作中女性人物多以他生活中熟知的女性为原型，严格符合现实主义创作路线。因此，他笔下的女性人物都是真实可信的，都能在生活中对号入座。奥尼尔剧中的女性基本上是母亲、妓女、家庭主妇等，她们恪守男权中心主义社会对女性的要求和期望，"心甘情愿"地做起了家庭主妇，成为丈夫的依附者，"全心全意"为丈夫和家人做好后勤服务工作。这反映了当时美国社会的家庭结构状况，男性获得的资源越多，社会地位越高，话语权也就越强，而女性却正好相反，她们由于不工作，在家庭和社会上逐渐失去了话语权，她们沦为家庭的"他者"，社会的"他者"。

奥尼尔通过悲剧与真实的人物，使得观众能够更加深切地体会到男权中心主义社会给女性制造的痛苦无助的处境。随着男性地位的提高和收入的增加，丈夫获得家庭至高无上的地位，而这些反过来却成为丈夫进一步控制家庭女性的资本。波伏瓦认为，"女人不仅取悦男人的社会虚荣心；她也使他感到更隐秘的骄傲；他沉醉于对她的控制。"[①]男性已经把女性沦为"第二性"，而大部分女性却全然不知，女性处于集体无意识之中。女性长期以来认为男女有别，这种差别是与生俱来的，是自然现象，不容改变的。波伏瓦在其《第二性》中指出，性别既不是生物学意义上的，也不是自然形成的，而是后天习得的结果。她总结说："一个女人不是天生的，而是后天变成的。"[②]对于每个人而言，既是生物的存在，又是社会的存在，表面上人们从生物学的角度强调两性之间的差别，而实际上人们在社会关系中重新建构了两性的特质。女性在历史的发展中常常被主流文化看成是身体，女性的价值被贬低为男人的性对象和生孩子的工具。女性的身体变成了物品和商品，莫名其妙地和女性自身分离了，甚至连女性自己都不整体看待

---

① [法]西蒙娜·德·波伏瓦：《第二性》，郑克鲁译，上海：上海译文出版社，2011 年，第245 页。

② [法]西蒙娜·德·波伏瓦：《第二性》，郑克鲁译，上海：上海译文出版社，2011 年，第257 页。

自己，而以身体某些部位拿来夸耀，引以为自豪。这些赋予女性的特质被一代一代传递，成为一种文化基因，从一出生就牢牢固置在女性身上，女性在无意识中被剥夺了权力和自我，但是她们对此非常认同，完全出于潜意识的认同。

不只是女性对自己的"第二性"处于集体无意识中，我们回顾一下西方文明发展史就可以发现人们对女性的认识也有一个渐进的过程①。亚里士多德在《政治论》中为妇女声援，但他同时又认为妇女只不过是不完善的人。基督教的道德观念充满着神秘主义色彩和反对女权的精神，他们不断地咒骂女性，从而贬低女性的人的本质。《圣经》借上帝之口将女人视为祸水，给女人十月怀胎和生儿育女的苦楚，让女人永远成为丈夫的附属物。卢梭也歌颂和夸大传统的男性权力，断言妇女的价值就应该是贤惠、温顺和体贴，妇女永远应该属于男性。黑格尔也认为女性是被动的一方，女性"相比于男性发展并不健全"②。显然，西方社会的价值体系对妇女的偏见根深蒂固，在社会文化中形成了女性特质的应然化、社会化、标准化和格式化，人们已经相信这个男性世界编造的谎言。

从以上的历史梳理可知，女性很久之前就被贴上了"第二性"的标签，因为女人从头到尾都不在场，是男性在定义她们和建构她们的身份。与女性相关的术语都是由男性界定和命名的，社会对女性的要求也往往是从男性的视角出发，是男性站在居高临下的位置，对女性进行审视，并根据自身性别的需要对女性提出诸多这样或那样的要求，并美其名曰"女性气质"或"女性美德"。男性对社会价值有更大的评判权和裁判权，在社会机构中霸占了更多的发言权，女性失去给自己命名、解释自身经历和表述自身的权利，就连自身的存在也不得不依赖男性才能实现。男性会巧妙地把一个性别对另一个性别带有利己意图的要求，变成社会文化甚至是潜意识的一部分。于是乎，就连女性自己也不知不觉地通过男性的视角观察和认识自身。这就为男性压迫

---

① 罗国杰：《伦理学》，北京：人民出版社，2014年，第285页。
② [法]西蒙娜·德·波伏瓦：《第二性》，郑克鲁译，上海：上海译文出版社，2011年，第33页。

女性和女性沦为"第二性"埋下了伏笔。女性们有时不经意间意识到她们正在遭受不幸或不公平待遇，却没有发现给她们造成这种痛苦的原因。《早餐之前》中的罗兰太太的抱怨，就是一种对不公平待遇的初步认识，《进入黑夜的漫长旅程》中的母亲玛丽的回忆就是一种恍惚间的觉醒。然而，男权社会强大的话语很快使她们的低声细语变得彻底失语。

一直到 20 世纪 60 年代之后，随着女性主义的发展，妇女意识到自己的"他者"地位，她们奋起反抗，解构传统二元对立的思维模式，颠覆父权和夫权价值体系，女性和男性要享有同等的话语权，妇女们逐渐走向了前台。但是，在奥尼尔生活的时代，女性的权利还只是一个"美丽的词汇"，也许只能是"茶余饭后的谈资"[①]，或者作为奢侈的理想罢了。奥尼尔是一位严肃的戏剧作家，他用严肃的戏剧形式把生活中女性的命运和遭遇展现在读者和观众面前。他相信，大家在为母亲玛丽、安娜和克里斯蒂等女性的悲剧流泪的同时，更应该触动人们的心灵，让人们不自觉地对造成这种悲剧的原因进行反思，因为那些女性就在你身边，可能是你的母亲、你的妻子、你的妹妹，你绝不会无动于衷，漠不关心。奥尼尔特殊的遭遇使他对女性怀着强烈的同情心，用饱含深情的文字，以戏剧的形式再现现代社会中这些遭遇不幸、被苦难折磨的女性的真实生活，将她们由于社会文化原因造成的"第二性"的真实处境搬上戏剧舞台。奥尼尔让我们通过艺术欣赏的形式，透过舞台上这些无助的女性的故事，引导我们去质疑和思索那些早已内化为我们意识的一部分的所谓事实，拨动我们对于社会中男女不公的现实早已麻木不仁的神经，让我们不得不静下心来仔细地审视人类自身，尤其是男女两性伦理关系的问题。奥尼尔对女性保持健康的、开放的、解构的价值观，明显超越了他生活的时代，奥尼尔超越时代的作品呈现出普遍的社会意义，他的戏剧最普世的意义和道德理想就在于，他不断努力创造一个男女平等的和谐社会。

---

① 王占斌：《女性的悲剧之源——〈性别理论视阈下尤金·奥尼尔剧作研究〉评介》，《天津外国语大学学报》，2016 年第 2 期，第 78-79 页。

奥尼尔在《苦役》《鲸油》和《送冰的人来了》等三部戏剧中阐释了她的女权主义价值观。《苦役》中的爱丽丝为了丈夫，永远逆来顺受，委曲求全；《鲸油》中的肯尼太太忍气吞声，只落得精神失常；《送冰的人来了》中的伊夫琳以爱和宽容感化丈夫，到头来只落得被丈夫枪杀送命。奥尼尔清楚地告诉我们，依赖男性建设美丽家园和幸福生活对女性是个遥远而美丽的童话。奥尼尔戏剧中的女性都没有采取暴力的形式，没有打碎婚姻，摧毁家庭，奥尼尔通过戏剧暗示观众：女性只有通过找回失去的自我，重新建构自己的身份，证明自己的存在，才可能赢得男性世界的认同。家庭和婚姻比较失败的奥尼尔，通过反思自我、审视社会，探索问题的症结所在。他用戏剧阐释这些要共同面对的问题，唤起全人类对男女不平等问题的关注，并从意识形态领域为女性的解放找出一条可行的出路，从而建构一个男女平等的社会。

第二节　爱丽丝的无助

奴役（*Servitude*，1914）是奥尼尔早期创作的一部三幕剧，剧情简单，人物较少，剧中的故事主要通过三人的对话而不断发展。该剧的主人公是一位名声大作的剧作家兼小说家大卫·罗伊尔斯顿，他在众多粉丝的追捧中，变得有些自命不凡、自以为是，总是表现出一副了不起的样子。尽管罗伊尔斯顿的妻子爱丽丝忠诚、能干、相夫教子，是个贤妻良母型的妇女，但罗伊尔斯顿看着爱丽丝并不如其心意。剧中的第二位女主人公埃色尔·弗雷泽太太与爱丽丝不同，她追求女性自由，具有强烈的女权主义意识，是罗伊尔斯顿的忠实粉丝。家庭殷实的埃色尔·弗雷泽太太因为受罗伊尔斯顿剧本和小说中描写的女权主义思想的影响，她对事业成功、忠贞不贰的丈夫产生了不满，毅然决定离开家门独立生活，享受属于自己的自由快乐的世界。外面现实世界的残酷无情是弗雷泽太太出走之前万万没有想到的，她似乎有些承受不住这种艰难的生活，所以一个夜晚她决定登门拜访崇拜已久的罗伊尔斯顿先生，希望从这位崇拜的偶像身上找到帮助，解决她面临的问题，并能为她指明生活的道路。

满怀希望的弗雷泽太太在雨夜造访了自己从未谋面的生活导师、精神领袖罗伊尔斯顿先生，他们谈论了生活和创作，但是一席谈话之后，她发现这位倡导女权主义的作家竟然是个口是心非、言不由衷、虚伪自私的男人，她剥夺了妻子的自由，心安理得地享受着妻子给自己所做的一切。对他而言，个人的工作和事业就是一切，而家庭生活和夫妻关系则是第二位的。他告诉来访的弗雷泽太太，家庭和妻子对其他人是"人世间最重要的"[①]，但对于他而言则纯属次要，他还理直气壮地宣称，工作是男人的全部，家庭、妻子都要服务于男人。

一个号称替女性说话的知识分子和作家，竟然说出来与其平时公开宣扬的思想完全背道而驰的言论，说明罗伊尔斯顿是一个典型的以自我为中心的男人，一个言行不一的伪君子。当弗雷泽太太担心自己留宿罗伊尔斯顿家里会带来爱丽丝的误解时，罗伊尔斯顿回答得如此轻松，他说："我相信不用十分钟她就会把这事忘得一干二净，（不屑地）只晓肉店——给她送肉来。"[②]他对每天为他做饭和整理家务的妻子除了瞧不起，言谈举止中还流露出鄙视和侮辱的态度。平时作品里满嘴女权思想的罗伊尔斯顿先生内心世界是那么卑鄙，他的伪善和蛮横在弗雷泽太太面前暴露无遗。他在剧本里和小说里鼓吹女性应该走出家庭的围城，追求自由的个性和独立的生活，而实际上他希望的妻子却是俯首帖耳、言听计从的女性。具有讽刺意义的是，崇拜他的弗雷泽太太确实一个真正的女权思想的践行者，虽然她有一个很出色的丈夫，殷实幸福的家庭，但她为了自由，愤然离家去实现自己的理想。

罗伊尔斯顿先生具有两面性，他留给人的外在印象是一个心胸开阔、宽容大度、脱离世俗观念的绅士，然而他心灵深处却有些伪善、狭隘和凶狠顽固。他一边高呼给女人自由平等的权利，一边又让女人唯他是从。其实，奥尼尔表现的是男权社会男性为自己构筑起来的宝

---

① [美]尤金・奥尼尔：《奥尼尔文集》（第 1 卷），郭继德编，北京：人民文学出版社，2006年，第 170 页。

② [美]尤金・奥尼尔：《奥尼尔文集》（第 1 卷），郭继德编，北京：人民文学出版社，2006年，第 170 页。

塔，奥尼尔花了更多文笔，描写男性在为自己建构宝塔的同时，也为自己建构服务的女仆。这些细节来自于奥尼尔本人的生活经历和对生活细致入微的观察，奥尼尔本人在与第二个妻子生活时就表现出男权的一面，他与当时已经小有名气的作家妻子阿格尼斯在戏剧创作上意见分歧，但他要求妻子服从他本人的戏剧创作事业。奥尼尔的婚姻生活总是给自己和对方带来痛苦，奥尼尔为此深感内疚和自责①，这些痛苦回忆和反思让奥尼尔对女性投以更多的同情和更大的关怀。罗伊尔斯顿按理说也没有越出西方传统道德的底线，他对工作和家庭关系的看法完全是从男权中心主义观点出发的，符合沿袭几百年的传统性别分工和价值取向。但是，奥尼尔就是要在舞台上掀开罗伊尔斯顿先生的华丽外衣，露出藏在里面的污垢，在戏剧叙事的过程中颠覆西方自亚里士多德以来的违背人性的性别观念。奥尼尔把罗伊尔斯顿的语言和行为满盘满碗地呈现给观众，刺激观众感官和心灵，使观众在厌恨罗伊尔斯顿的同时，对存在于每一个男性自己身上的男权中心主义现象进行自省。

男权社会里，女人永远是普通的"家庭主妇"，是"第二性"的，她们身份高低不同，但区别的依据并非自己的生产关系，而是靠丈夫或者父亲的职业和社会地位为其定位。在《苦役》中，爱丽丝·罗伊尔斯顿就是如此，她的身份完全是靠丈夫来书写。爱丽丝在丈夫和家庭经济状况不好的情况下，为了缓解丈夫的经济压力，使丈夫全部精力都能放在自己喜欢的戏剧创作上，她替人打字担负起维持家庭生计的重要角色。即便如此，爱丽丝在罗伊尔斯顿眼里也只是个买菜做饭的家庭主妇，爱丽丝的身份已经被丈夫牢牢地定位在家庭坐标的那个点上。

爱丽丝除了在外边工作，还负责所有的家务活，一直无怨无悔地照顾着自己的丈夫，从中获得极大的满足。然而随着罗伊尔斯顿成为一名有名气的作家，他开始讨厌爱丽丝在工作时接近他、打扰他，他待在家里的机会越来越少，应酬越来越多，结交了很多女性作家，一

---

① Louis Sheaffer, *O'Neill, Son and Playwright*, Boston: Little, Brown and Company, 1968, p.145.

块儿议论风发、高谈阔论。爱丽丝逐渐感到丈夫有些看不起自己了：

> 随着他的名声大振，他待在家里的时间越来越少了……他在外面遇到很多人，女人，都是他那种类型的，他们可以谈论他感兴趣的事情，我猜想他开始有点儿鄙视我了，因为我太蠢……他近来变得越来越不关心我和孩子们了，这使我担心他仅只把我当做一个管家。他也得承认我是个好管家。我尽量不让他操心他厌烦的事。我相信他没有意识到这一点，他认为这一切都是理所当然的。①

　　爱丽丝苦心经营这个家，因为她爱罗伊尔斯顿，她不想让丈夫操心和担心家里的琐事。然而，爱丽丝感到痛苦的是，丈夫没意识到她的努力、甚至她的存在，把一切都看成是理所当然的事情。其实在男权社会里，女性被遗忘本身就是名正言顺、理所当然的事情，只是男性社会心照不宣，女性集体无意识罢了。在罗伊尔斯顿的意识里，妻子爱丽丝和其她女性一样就是男性的奴仆，就应该服服帖帖地伺候男性。罗伊尔斯顿深深刺伤了妻子爱丽丝的心，但是爱丽丝并没有责怪丈夫，相反，她总是谴责自己是因为哪个地方做得不合适而造成如此的局面。这就是为何男权中心社会能够稳定地牢固地矗立在那里，因为女性还没有意识去向主人问罪，只是在自我身上寻找问题，在女性的视阈里爱就是苦役，而且只是女性的苦役。追求自由女性生活的弗雷泽太太为爱丽丝的委屈抱打不平，她和爱丽丝的对话可以让我们更清楚地看到女性是"为了男人而存在"②的血淋淋的现实：

> 弗雷泽太太：你为什么从来不维护你自己的利益，争取你作为一个人的权利？你为什么从来不对他说，把你的感觉告诉他？你眼看他溜走了，竟然不想法把他拉回来。

---

① [美]尤金·奥尼尔：《奥尼尔文集》（第1卷），郭继德编，北京：人民文学出版社，2006年，第184页。
② [法]西蒙娜·德·波伏瓦：《第二性》，郑克鲁译，上海译文出版社，2011年，第196页。

罗伊尔斯顿太太：我一直全心全意地爱他，爱他，爱他胜过你和任何爱着他的女人。如果这股力量还不足以留住他，那我就留不住他了。

弗雷泽太太：你这样该多么不幸！

罗伊尔斯顿太太：（轻蔑地）不幸？你是这么想的吗？你知道的太少了！我一直很快活，因为我替他操持家务；我快活，因为我清楚自己为他的成名出了力；我快活，因为我能守护在他身边。①

爱丽丝对爱的奉献与其说是伟大的，倒不如说是男权中心主义社会对她长期"揉捏和塑造"②的结果，她认为"爱即苦役"③，处于集体无意识的女人在忍受家庭和婚姻苦役的同时，也在体验着所谓的幸福。爱丽丝的幸福指数非常低，忍气吞声、逆来顺受都是无所谓的，只要能够和罗伊尔斯顿生活在一起，侍候着他，她就满足了，甚至感到无比的幸福。当爱丽丝、弗雷泽太太和罗伊尔斯顿三人出现在一起时，罗伊尔斯顿由于自尊受到了一点创伤，他便暴露出自己的男权本性，他气愤地说："我不愿意和一个坏心眼的密探妻子住在一起。"④而且竟然厚颜无耻地告诉弗雷泽太太："可您的光临真是搅乱了原有的宁静——暴露出深藏的龌龊。"⑤罗伊尔斯顿先生所指的"宁静"只是作为"奴隶"的爱丽丝默默充当奴隶，从不做声，更无怨言。他还把多年为自己操持家务、帮自己写作打字、与自己同甘共苦的妻子侮辱为"坏心眼""龌龊"之流，奥尼尔通过这些犀利的台词让女性看清楚她

① [美]尤金·奥尼尔：《奥尼尔文集》（第 1 卷），郭继德编，北京：人民文学出版社，2006 年，第 185 页。

② [法]西蒙娜·德·波伏瓦：《第二性》，郑克鲁译，上海：上海译文出版社，2011 年，第 245 页。

③ [美]尤金·奥尼尔：《奥尼尔文集》（第 1 卷），郭继德编，北京：人民文学出版社，2006 年，第 186 页。

④ [美]尤金·奥尼尔：《奥尼尔文集》（第 1 卷），郭继德编，北京：人民文学出版社，2006 年,，第 190 页。

⑤ [美]尤金·奥尼尔：《奥尼尔文集》（第 1 卷），郭继德编，北京：人民文学出版社，2006 年，第 191 页。

们的牺牲是否值得，让女性认识到男性和男权社会是极其残忍的，缺乏道德的。

奥尼尔没有就此停步，他让观众和读者对男性失望的同时，对女性更加无语和无奈。本来非常占理的罗伊尔斯顿太太可以大吵大闹，也可以大声指责丈夫，可是她就像犯了错误的孩子，一直在躲闪和退却。而被揭穿本性的罗伊尔斯顿先生却愤愤不平，好像蒙受了多大的冤屈，准备离家而去。罗伊尔斯顿的男性狭隘、自私、蛮狠的样子得到了淋漓尽致的体现。正如弗雷泽太太骂他是"一位双手沾满别人为他牺牲的鲜血的利己主义者"①。奥尼尔的剧情叙事达到了让读者和观众对男性失望和不屑的目的。而这时候，罗伊尔斯顿太太的回答也让观众同情的同时彻底无奈了：

> 爱丽丝：（畏缩着躲开他，好像他打了她似的）别这样，别这样，大卫！请不要这样。你在要我的命。我爱你，你千万不要走。这是你的家。没有理由呆在这里的是我。我给你（抽泣着向左边的门走去）自由。我让你幸福，而且是——我知道我妨碍了你——现在。如果我不能相信，请宽恕我！（乞求地把双手伸向他）请宽恕我！（他冷酷地背转身去。）②

爱丽丝一个柔弱的女子，已经被男性社会彻底地"塑造"了，她不会反抗，她的处理方式就是退步或放弃。她是女性的代表，她们身上有着传统的女性美德：勤劳持家，相夫教子；顺从、体贴，以全身心为男性付出为己任；信奉"爱即苦役"，并以此为乐，毫无怨言。像爱丽丝一样的女性何其多，在她们的视野里，男性构成了她们生活的全部内容，社会习俗的强大压力使她们只能逆来顺受。观众一定会为爱丽丝失望，甚至会"怒其不争、哀其不忿"，但是冷静思考片刻，你

---

① [美]尤金·奥尼尔：《奥尼尔文集》（第 1 卷），郭继德编，北京：人民文学出版社，2006年，第 194 页。

② [美]尤金·奥尼尔：《奥尼尔文集》（第 1 卷），郭继德编，北京：人民文学出版社，2006年，第 190 页。

就会发现这不是一个爱丽丝，而是千千万万个爱丽丝，更有千千万万个罗伊尔斯顿。奥尼尔要我们看见的是一棵大树背后的森林，了解了女性在男权社会中的处境和遭遇。

奥尼尔通过对爱丽丝一家人的描写，让我们同情妇女，给妇女以更多的关注，并希望女性能够尽早觉醒，女性必须自己去寻找自己的身份，自己去争取自己的独立存在，只有这样，才能够解构男权中心地位，女性才能够由集体无意识变成集体有意识。女性不应该对男性抱有太大的希望，罗伊尔斯顿式的男性已经习惯于享受男权社会带来的利益，作为既得利益者，他们不会主动退出中心地位。弗雷泽太太的一系列对白，就是对以罗伊尔斯顿为代表的男权社会的猛烈抨击，也是奥尼尔特意让观众看到的一线希望。

第三节 安妮的绝望

《鲸油》（*Ile*，1917）是一出独幕剧。剧本主人公肯尼是一艘英格兰捕鲸船的船长，由于海员无法忍受北极的严寒和船上的艰苦生活，他们准备集体暴动，想以此办法逼着船长放弃继续北上捕鲸，调转船头朝南方回家的方向开。而船长的妻子肯尼太太由于极端孤独，再加上不适应残酷恶劣和残忍无道的海上捕鲸生活，她的精神濒临崩溃。她哀求丈夫为了她们的爱情放弃北上捕鲸，尽快返回日夜思念的家乡。肯尼船长几乎被可怜的妻子说服了，准备驶向归途。此时海面上鲸群出现，肯尼船长如获至宝，变得兴高采烈，他改变返航的决定，不顾妻子的恳求和全船海员的反对，坚定驶向北方，直到完成预期的捕捞任务为止。肯尼太太绝望了，而且由于过度绝望她最后的防线坍塌了，精神垮台了，她被活活地逼疯了。

像爱丽丝·罗伊尔斯顿和弗雷泽太太一样，肯尼太太美丽动人。除了美丽的容貌，安妮·肯尼还有两样男人喜欢的内在美：率真之美和柔弱之美，略带东方女性的气质。她"苗条、美丽、娇小……穿着一身整洁的黑色衣裙"①。安妮幼稚、脆弱，她不愿忍受家里一个人的孤独生活，便跟随丈夫的捕鲸船一起出海。除了她，船上没有女人，单调乏味的生活和捕杀鲸鱼时的残忍场景使她不堪忍受，她几次劝说以自我为中心的丈夫返航无果，结果可怜的安妮精神彻底崩溃了。

肯尼太太曾经把丈夫看作是一个伟大的英雄和传奇式的人物，甚至把丈夫幻想成敢于冒险、无所不能的北欧海盗，丈夫身上的蛮力和捕鲸的技巧令她感到骄傲。在肯尼太太的心里，肯尼就是希腊神话中的阿基琉斯或奥德修斯，具有男性的英雄气概和保卫城邦、保护家眷的英勇无畏的精神。然而，这次随船远航让她有机会看清自己丈夫的本性。他没有阿基琉斯和奥德修斯英勇尚武、舍生取义的战友之爱、城邦之爱和家眷之爱，他有的只是蛮力、自私和虚荣，捕杀鲸鱼的疯狂野性和满足自我英雄形象的虚伪。为了男人的虚荣心，他的捕鲸船在北冰洋的冰面上一年动弹不得，但他并不返航，只是怕丢了男人的面子，他拿全体船员和他妻子的生命作为满足虚荣心的赌注。这一点，我们可以从肯尼太太试图劝说丈夫放弃冒险行动尽快返航这段对话中有所了解：

> 肯尼太太：你害怕别的船长讥笑你，因为你的船没有装满。你需要的是保住你的名声，即使你需要殴打水手、饿死水手，甚至逼得我发了疯，你也要这么干。
>
> 肯尼：（顽固地咬紧牙关）不是那样，安妮。那帮船长绝不敢当面讥笑我。他们有谁说三道四也没什么了不起——可是——（他犹豫着，煞费脑筋想表达出他的意思）你知道——自从我第一次当船长出海以来——我总是干得不错的——而且——不装满似乎不太好——不知怎的。我一向是霍姆港第一号捕鲸船长，而且——你还不明白我的意思吗？安妮？②

---

① [美]尤金·奥尼尔：《奥尼尔文集》（第 1 卷），郭继德编，北京：人民文学出版社，2006年，第 250 页。

② [美]尤金·奥尼尔：《奥尼尔文集》（第 1 卷），郭继德编，北京：人民文学出版社，2006年，第 258 页。

很明显，肯尼船长和《苦役》中的罗伊尔斯顿先生一样，都是自我为中心的男性。后者可以坦然地享受着妻子的无私奉献而无动于衷，肯尼船长更是有过之而无不及，他满脑子想的就是找到鲸油，满载而归，为了满足他男人的虚荣心和面子，他不顾妻子的安危死活。不管是作为作家的罗伊尔斯顿还是作为船长的肯尼，他们都是男权中心文化的既得利益者，只不过罗伊尔斯顿是男权文化中知识分子的代表，而肯尼则是男权社会中商人阶层的代表，他们都把女人当作自己的个人财产来使用。肯尼"把女人完全归入了东西的行列"，而用自己"征服和拥有的东西装饰自己的尊严"①。肯尼先生不只是为了钱，他的冒险就是要证明自己的男性特质，显示自己的优越性，维护男权中心主义的地位。波伏瓦认为男人总是用一些男性的表征把女人排除在外，所以，"战士为了提高他所属的群体和部落的威信，要拿自己的生命当赌注……男人不是因为献出生命，而是因为冒生命危险，才高出于动物之上；因此，在人类中，优越性不是给予生育的女性，而是给予杀生的男性"②。肯尼船长不是为了生计、不是为了国家，他为了自己的主人身份而已，所以肯尼船长所"憧憬的是一种荒唐的、自我为主的形象"③。

女人的顺从和能力的"欠缺"使她们不得不依附于男性，男人走到哪里，她们就追随到哪里。其实，这是男人们为女人巧妙布置的陷阱，这些女人却全然不知，相反，她们还对自己对婚姻的忠诚倍感满意，认为这就是爱，真正的爱。因为他们一直被塑造，按照男人社会的要求把女人从里到外培养成一个顺从、体贴、示弱的性别，女人自己也认为这是一种美德，女性自己也会将这种特质发展壮大，这样就确保了女性"第二性"的地位，也确保了男性的尊严。安妮就是这一类人的典型代表。她对丈夫的依赖近乎奴性，似乎永远离不开丈夫肯

① [法]西蒙娜·德·波伏瓦：《第二性》，郑克鲁译，上海：上海译文出版社，2011年，第109页。

② [法]西蒙娜·德·波伏瓦：《第二性》，郑克鲁译，上海：上海译文出版社，2011年，第90页。

③ Doris V. Falk, *Eugene O'Neill and Tragic Tension*, New Brunswick, New Jersey: Rutgers University Press, Second Printing, 1959, p.23.

尼先生，比《苦役》中罗伊尔斯顿先生的妻子爱丽丝还要有过之而无不及。例如：

> 是我要跟你在一块的，戴维，你不了解吗？我不愿意孤零零地一个人呆在家里。自从我们结婚以来，我一直这样等了六年了！提心吊胆的——别的什么事心里也放不下——也不能回学校去教书，就因为做了戴维·肯尼的妻子。我过去一直梦想着那伟大、宽广、光荣的海洋上航行。我想要在那危险而又生气勃勃的大海的生活里待在你的身旁。我要看看人人称赞的你这位英雄在霍姆港湾之外的事业。①

肯尼太太在没有肯尼的日子里过着"提心吊胆"、度日如年的生活，她甚至由于孤独和忐忑放弃了自己热爱的教书职业，她对肯尼船长的依赖近乎到了不可自拔的地步。人们会责备安妮太娇气，但是这种情况是谁造成的？当然是罗伊尔斯顿和肯尼船长等这些男性的正人君子们一手"塑造"的②，他们把爱丽丝和安妮这样的女性塑造成他们所希望的温柔、娇嫩的类型，然后他们可以自由掠夺、任意宰割、随意抛弃。这种爱情和婚姻是一种占有，是男性对女性身体和精神的占有，但在爱情和婚姻麻醉剂的作用下，女性被"迷奸"了。女性对婚姻给予很高的希望，因为婚姻对她们来说可能是改变现状、提高地位的唯一途径。在男权社会里，女性从小就被灌输了这样的思想，要"乐于承担迎合他人需要的责任"，而且要在婚姻和家庭中为男性"牺牲自己的利益"③。她们往往都寄希望于爱情或者婚姻，对丈夫关爱有加，将满足丈夫和家人的需要看得高于一切，并希望以此求得快乐和未来生活的保障。相对于男性来说，这些女性人物很多都没有固定的职业，她们的活动范围就是自己的家庭。对她们来说，爱情和婚姻就是他们

---

① [美]尤金·奥尼尔：《奥尼尔文集》（第1卷），郭继德编，北京：人民文学出版社，2006年，第256-57页。

② [法]西蒙娜·德·波伏瓦：《第二性》，郑克鲁译，上海译文出版社，2011年，第245页。

③ Carol Gilligan, *In a Different Voice*, Cambridge: Harvard University Press, 1982.

人生奋斗的目标，个人事业仿佛在她们的考虑范围之外；她们往往具有很多优点：温柔、腼腆、顺从、乐于奉献。正如朱莉·米歇尔（Juliet Mitchell）所言："男性进入阶级主宰的历史机构，但是女性都是由和这些机构的关系所界定的。在我们人类社会中，这种关系被限定在家庭关系之中——女性在她们所生活的家庭中被创造出来了。"①关于这种爱情和婚姻，美国女权主义者阿特金森（Atkinson）一针见血地指出："爱是受害者对强奸犯的反应。"②女性必须从恋爱和家庭的神话中，洞悉到自己被迫向非理性或自我毁灭迈进的现实。

在《鲸油》中，男权发展到了极限，肯尼先生使用男权社会的潜规则塑造或创造妻子，在他的字典里女性就是"自然"③中的树木、土地和资源，任他随意开采、利用和占有，也可以在用尽或不需要时随时扔掉。在肯尼船长和罗伊尔斯顿先生的眼里，安妮和爱丽丝与所有的自然物体一样，她们像鲸鱼、像飞鸟、像土地，男性可以随意杀死鲸鱼，可以滥用土地，这是男人的"天赋人权"。我们只要读一遍精神即将垮掉的安妮哀求丈夫开船回家时肯尼船长一次次残忍的回答，就可以判断女性在这些男性心里的比重：

（1）肯尼：你别忘了，安妮，这次出海不是我硬要你跟着来的。

（2）肯尼："捕鲸可不是女士们的茶会"，我对你说过。"你顶好留在家里，在家里一切女人的享受，你应有尽有"。可是你却一心要来。

（3）我办不到！安妮！

（4）女人们不能完全理解我的理由。

（5）我不能，安妮——暂时办不到。你不明白我的意思。我

① Juliet Mitchell, *Psychoanalysis and Feminism: A Radical Reassessment of Freudian Psychoanalysis*, trans. by Jacqueline Rose, London: The Macmillan Press Ltd., 1982, p.405.

② Ti-Grace Atkinson, "Rebellion," *The Sunday Times Magazine*, Sep. 1969.

③ [法]西蒙娜·德·波伏瓦：《第二性》，郑克鲁译，上海：上海译文出版社，2011 年，第 204 页。

必须弄到鲸油。①

　　剧本中的肯尼船长号称霍姆港的大英雄，是一个千人崇拜、万人仰慕的男子汉，但奥尼尔给我们展示的却是一个斤斤计较、心胸狭隘、自私自利、野蛮成性的凡夫俗子而已。肯尼先生的一句"你顶好留在家里"暴露了他赤裸裸的男权中心主义，他认为妻子应该待在家里担任家庭主妇，不应该抛头露面，参与男人的事情。他把女性和男性社会活动的范围定位得很清楚，女人主内，男人主外。从家庭伦理关系看，肯尼船长对妻子恳求的一句回答"我办不到"，证明肯尼缺少丈夫应有的责任意识；从婚姻伦理关系看，他把鲸油看得比妻子的生命还重要，说明他对妻子没有爱情；从人道主义看，他以自我为中心，对其他的存在视而不见，对不服从他的意志的海员使用粗暴行为强迫其执行，为了商业利益他对海洋生物乱杀滥捕，其野蛮行径令人发指。最没有人之伦理的行为是，肯尼船长对精神濒临崩溃的妻子没有安慰也罢，他还竟然将责任全部推到妻子身上：这是你愿意来的，又"不是我硬要你跟着来的"②，所以你今天精神崩溃也是咎由自取。肯尼船长的言行不用说缺乏丈夫的责任感，可以说连最基本的人道都没有，是一个没有人性的畜生。他的残忍无道到了令人发指的地步，我们从以下肯尼太太在精神失常前最后的哀号中可以看出肯尼船长的残暴狠毒：

　　　　肯尼太太：(野性地)那么，这一次为了我的缘故，为了上帝的缘故，做这件事吧！——把我送回家！这种生活——野兽般的行为，冰冷、恐怖的生活——正在吞噬着我的生命。我快发疯了。我感觉到了空气里的威胁。我听到了这寂静在威胁着我——这栖栖惶惶的日子，过了一天又一天，天天都一个样。我受不了啦！

---

　　① [美]尤金·奥尼尔：《奥尼尔文集》(第1卷)，郭继德编，北京：人民文学出版社，2006年，第256-58页。

　　② [美]尤金·奥尼尔：《奥尼尔文集》(第1卷)，郭继德编，北京：人民文学出版社，2006年，第256-58页。

（哭泣）我快发疯了，我知道我一定会发疯的。戴维，如果你真像你说的那样爱我，就送我回家吧。我害怕。为了上帝的慈爱，送我回家吧！①

妻子的苦苦哀求抵不上一声"冰原上出现了一条海水的通道"②的"喜讯"，肯尼船长把妻子的哀求早已忘到九霄云外了，他心里所想的就是成群的鲸鱼，装满船只的鲸油，满载鲸油回到纽约的风光。妻子的哀求与商业利益和男性的荣光相比，显得微不足道了。在肯尼船长的价值理念中，女人属于"第二性"的，而鲸油却象征着他男子汉的英勇气概，是男性的表征，失去了鲸油就意味着失去了男性的特质，也就没有了男性的身份地位。所以，男权中心主义世界的统治地位和侵略心理始终主宰着肯尼船长的决策和行为。他即使偶尔有一点儿调头回家的念头，也仅仅是一种等待，或者是一种拖延而已，因为他的潜意识里根本不会放弃。从他的回答中我们可以看出他的心思：

（严厉地）女人，你插手男人的事儿，叫男人心慈手软，你这样做是不对的。你不能了解我的感情。我必须证明我是一个会使你感到自豪的丈夫那样的人。我要搞到鲸油，我告诉你。③

很多读者读到这里，观众看到这幕，都会认为他们夫妻之所以走到今天这样的地步，是因为肯尼船长和安妮之间没有爱情，如果有爱的话，肯尼就会放弃一切去拯救快要精神垮塌的妻子。前面刚分析过，肯尼确实不够爱自己的妻子。但是，回过头来思考，肯尼船长爱与不爱自己的妻子，都会选择北上捕鲸，因为妻子是女性，是女性就得被"第二性"化，就得成为性别社会的"他者"。肯尼船长也好，其他船

① [美]尤金·奥尼尔：《奥尼尔文集》（第 1 卷），郭继德编，北京：人民文学出版社，2006年，第 261 页。
② [美]尤金·奥尼尔：《奥尼尔文集》（第 1 卷），郭继德编，北京：人民文学出版社，2006年，第 261 页。
③ [美]尤金·奥尼尔：《奥尼尔文集》（第 1 卷），郭继德编，北京：人民文学出版社，2006年，第 262 页。

长也罢，或者所有男性都一样，他们做出这样的抉择是感性的也是理性的，是所有男性对女性世界集体无意识的定位。奥尼尔只是想在舞台上给我们展现女性的生活悲剧，他并不想得出什么结论，让观众做出价值判断。难道奥尼尔生活的年代就没有爱情吗？回答当然是有。但是笔者前面谈过，在一个男权话语霸权的语境下，爱情和婚姻变了味，成了有性无爱、有爱无情、有婚无姻，因为女性被爱情迷奸、被婚姻绑架，她们没有自我，只有身体，身体与自我分离，她们的价值被贬为男人的性对象和生孩子的工具，女性留给男性社会的只有身体，没有身份。

剧本的结尾催人泪下，让人肝肠寸断，久久不能释怀。安妮"半闭着眼睛坐着，她的身躯随着赞美诗的旋律左右轻轻摇晃着。她的手指越来越快，她杂乱无章地、乐音不和谐地继续弹奏着"[1]。美丽的安妮彻底疯了，曾经对婚姻、对丈夫怀着无数个浪漫梦想的安妮倒下了，这不是偶然的，这是她的必然归宿，这也是男权社会女性的悲哀。奥尼尔不是在勾起我们对肯尼船长代表的男性世界残忍心肠的憎恨，他指出的是那个时代的普遍现象，生活中有成千上万个肯尼船长，几乎所有的男性都应该扪心自问，都应该受到良心的谴责。

一些文学评论家认为，奥尼尔的写作与个人生活有互文性，其实任何作家的写作都或多或少地与自己生活互文。笔者认为，这种重合不是与个人经历的重合，而是生活就是如此。奥尼尔本来就认为戏剧是生活的真实体现，舞台上演的故事如果说与生活互文了，那是生活现实的再现。比如，曼海姆（Michael Manheim）认为肯尼夫妻的故事就是奥尼尔父亲詹姆斯·奥尼尔的经历，他带着妻儿颠沛流离于美国各地，渴望找到演出的机会，能够赚到第一桶金，他的狂热程度甚至比肯尼船长更执着、更疯狂[2]。他们酿成的后果是一样的，肯尼船长的残酷造成的危害是妻子疯了，而詹姆斯的妻子由于孤独、彷徨，最

---

① [美]尤金·奥尼尔：《奥尼尔文集》（第 1 卷），郭继德编，北京：人民文学出版社，2006年，第 263 页。

② Michael Manheim, *O'Neill's New Language of Kinship*, New York: Syracuse University Press, 1982, p.16.

终以毒品为伴。这只是肯尼船长的经历反映了生活现实而已，经历与现实发生了偶然的互文。不管是《鲸油》中的安妮，还是《进入黑夜的漫长旅程》中的玛丽，以及奥尼尔剧中其他许许多多的妇女，她们都是由可爱的、天真的、美丽的、浪漫的少女一步步沦落为精神失常的祥林嫂、没有灵魂的行尸走肉或面目狰狞的魔鬼，这就是男性社会最"成功的创造"，他们也要因此承担自己酿成的后果。正如刘永杰所言，男性们在"享受女性给他们带来的特权和幸福时，却搬起石头砸了自己的脚"①。

奥尼尔刻画的这些女性形象，都不是杜撰的，而是在"记忆的角落苦苦搜寻那些他熟知的人，然后把这些人和他们的故事转化为动人的语言和一个个鲜活的舞台形象"②。奥尼尔心中怀有一种复杂的爱，对母亲的爱，对曾经和他有过感情纠葛的几个女人的爱，这些爱让他难以释怀。他对这种爱感触至深，甚至是刻骨铭心的，这就是他笔下的女性人物能栩栩如生、触人心弦的原因。他呈现给读者的是女性生存状况的真实写照，他希望肯尼太太的精神失常能引发我们对女性的关怀和对女性第二性的思考。

第四节　伊夫琳命丧枪下

《送冰的人来了》（*The Iceman Cometh*, 1946）是奥尼尔后期的得意之作，自认为是一生中所写的"最好的作品之一"③。故事发生在纽约的霍普酒店（Hope's），这家酒店毫无生机、死气沉沉。有十几个人长期寄居在酒店里，包括哈佛法学院的毕业生、妓女、退伍军人、赌场老板、退休警官、无政府主义刊物编辑等。他们都是生活的不如意者，在原来的工作中都因为犯了错误而被开除或被解雇，所以他们

---

① 刘永杰：《性别理论视阈下的尤金·奥尼尔剧作研究》，北京：中国社会科学出版社，2014年，第37页。

② 刘永杰：《性别理论视阈下的尤金·奥尼尔剧作研究》，北京：中国社会科学出版社，2014年，第212页。

③ Gerald Weales, "Eugene O'Neill: *The Iceman Cometh*," in Hening Cohen, ed., *Landmarks of American Writing*, New York: Basic Books, 1969, p.354.

选择寄居在这里避风挡雨、消磨余生。他们每天的主要任务就是酗酒、做"白日梦"、回忆自己过去的辉煌。他们不敢面对现实，借着酒精的麻醉，沉浸在吹嘘各自昨天风光的经历中，梦想重新站起来再轰轰烈烈干一番。然而他们的梦想只是梦想，说说而已，从不会付诸实际，没有人愿意打破酒店死寂的气氛。他们把这里看成是"人生的最后一个落脚点"，寄居在这里他们觉得很安全，谁也"不用担心下一步该怎么走，因为他们已经山穷水尽，无路可走了"，在这里他们用"对过去和将来的善良幻想来维持一点面子"①。

　　故事开始于 1912 年夏天的一个早晨。第二天将是酒店老板霍普的生日，大家都在等待一个名叫"希基"的商品推销员的到来。因为希基的来临意味着一顿免费的威士忌酒，也意味着快乐的时光，大家可以喝个酩酊大醉，笑个死去活来。希基出生在一个比较富裕的家庭，但他自幼不爱读书，喜欢到处逛荡。他最大的爱好就是去弹子房和逛妓院，在弹子房他可以抽烟喝酒，在妓院他可以和窑姐说笑逗乐，躲开家庭和学校的管制，过上自由自在的生活。希基在小镇上名誉扫地，没人看得起他，除了发小伊夫琳认为希基是个有出息的小伙子。作为发小和朋友的她容忍希基的一切，后来不顾家人的反对，竟然与希基结为伉俪，开始幸福的生活。

　　伊夫琳从头至尾没有在剧中露面，关于她的情况都是由丈夫希基叙述的。从希基口中得知，伊夫琳是一个美丽、善良、宽容的女性，她与罗伊尔斯顿夫人和肯尼太太一样对丈夫百依百顺，任劳任怨。当希基在镇上臭名远扬、遭人唾弃时，她作为小时候的玩伴却没有抛弃朋友，而且开始喜欢希基，容忍他的所有恶习，希望自己的感情能够感化他，使希基改邪归正；结婚之后，她更是想通过幸福的生活把他从悬崖边上拉回来，使他成为一个作风正派、做事认真、品德高尚的人。单从这些方面，我们就可以读出这位女性对希基的爱比母爱更伟大，她一直尝试用自己女性的宽大胸怀拯救希基不安定的灵魂。罗伊

---

① [美]尤金·奥尼尔：《奥尼尔文集》（第 5 卷），郭继德编，北京：人民文学出版社，2006年，第 164 页。

尔斯顿太太对丈夫言听计从，但当她感觉到丈夫爱上别人时，她还会选择主动离开，希望以这种方式给予丈夫空间和幸福。而伊夫琳比罗洛伊尔斯顿太太还要宽容和无私一百倍，因为对伊夫琳而言，她要誓死相守，终身相伴。她告诉希基，只要希基活着，"让她照料，让她原谅"①，她就觉得知足了。希基告诉大家他的妻子无私和伟大："在世时一无所求，只想使我幸福。"②伊夫琳身为大家闺秀，谙熟男权社会的妇道，她对丈夫顺从、包容，对丈夫的生活关爱有加。

按理来说，这样的妻子正是希基想要的，因为她完全符合男权社会对女性的规约，是男性社会梦寐以求的，她们的气质、行为和理想就是为男性而创造出来的。然而，伊夫琳的结局比肯尼太太更惨，肯尼太太精神失常了，而伊夫琳却被丈夫希基夺去了生命。希基并非出于仇恨杀了伊夫琳，他杀死妻子的动机竟然如此简单：

> 她从来不说一句怨言，从来没有把我痛骂一通……她是天底下最温柔的女人，而且又那么爱我，可是我却这样负心。想着想着我就越发痛恨自己。我实在痛苦极了，只要在镜子里照见自己，我就要咒骂自己是个可恶的混蛋。……可我心里痛苦啊，每天晚上都把脸贴在她膝上，号啕大哭着求她原谅。当然，她总会安慰我，劝我说："别难过，特迪，我相信你以后不会那样了。"天啊，我虽非常爱她，但是我开始痛恨她那种幻想了！我开始担心自己快要发疯了，因为有时候我不能原谅她那么原谅我。我甚至发觉过自己痛恨她，因为她使我如此痛恨自己。一个人不可能无止境地责备自己的良心，无止境地让人家宽恕、同情、总有个极限啊！③

希基的妻子就是一面镜子，反射出希基的卑鄙和下流，而男性虚

---

① [美]尤金·奥尼尔：《奥尼尔文集》（第 5 卷），郭继德编，北京：人民文学出版社，2006 年，第 282 页。

② [美]尤金·奥尼尔：《奥尼尔文集》（第 5 卷），郭继德编，北京：人民文学出版社，2006 年，第 249 页。

③ [美]尤金·奥尼尔：《奥尼尔文集》（第 5 卷），郭继德编，北京：人民文学出版社，2006 年，第 305-06 页。

伪和自私的本性促使他砸碎这面镜子，回归男性所谓的自尊和面子，使他男性的真实面目不至于暴露在光天化日之下。丹尼斯•朗（Dennis H. Wrong）不无讽刺地说："男人，这个能言善辩的物种，常常用如簧的巧舌去掩盖内心的绝望与阴暗。"[①]希基正是在用他推销员的演说能力掩饰其内心世界的道德污秽。沃尔夫在《一间自己的屋子》里一语道破天机：女人就是一面能把男人的影子放大几倍的照妖镜[②]。正因为希基邪恶的嘴脸全部被映照出来，男性社会赋予他的虚伪外衣被毫不留情地撕掉了，他貌似强大的外表下的软弱无能的可怜相赤裸裸地暴露在阳光之下。他不允许这样的情况出现，他的权威受到了挑战，他看到自己没有伊夫琳的胸怀、大爱，没有伊夫琳纯洁，那么伊夫琳的存在就等于他承认自己是在女性的保护之下生活，所以希基陷入了痛苦境地，他清楚地知道他必须摆脱这种威胁：

> 我让她受了那么多罪，我发觉只有一个办法可能弥补我的过错，使她摆脱我，使我再也不能让她受罪，她再也用不到原谅我！我早就想自杀了，可是我知道这不是个办法。我自杀等于要她的命啊。想到我会这样对待她，她要伤心死的。她会因此责备自己。逃走吧，那也不是办法。如果我一走了之，她会抬不起头来，要悲痛死的。她会以为我不爱她了。……可事实上只有一个解决办法。我只有杀死她。[③]

希基大言不惭自己早就想自杀谢罪了，其实，他内心世界相当脆弱，他根本没准备改掉自己肮脏的习惯，何谈自杀了结呢？然而，男性社会赋予他们绝对的话语权，他们可以在杀死对方的同时冠冕堂皇地说为对方考虑，帮助对方解除痛苦，这就是男权中心社会虚伪的面

① Dennis H. Wrong, "the Oversocialized Conception of Man in Modern Sociology," *American Sociological Review*, 1961, 26, p.189.

② [英]弗吉尼亚•沃尔夫：《一间自己的屋子》，王还译，北京：生活•读书•新知三联书店，1992年，第42-43页。

③ [美]尤金•奥尼尔：《奥尼尔文集》（第5卷），郭继德编，北京：人民文学出版社，2006年，第295页。

孔。不过希基的话从男权社会的语境看，也有一定的道理。如果希基自杀了，那么伊夫琳确实会抬不起头，不只是因为悲痛，而是因为男权社会会群起而攻之，伊夫琳何以抵挡来自男性群体的口诛笔伐、狠批猛斗呢？在男权社会，女性没有选择，她们也只能嫁鸡随鸡，嫁狗随狗。希基的行为不仅体现的是罗伊尔斯顿先生的语言暴力、肯尼船长的精神暴力，他直接对结发妻子伊夫琳采取了私刑，这已经是一种残酷的身体暴力，与奴隶社会奴隶主对奴隶实行家刑没有两样，男权中心主义文化语境下的妇女就是没有权利的奴隶。

在男权中心主义的文化语境下，女性只有身体没有身份，她们是不在场的，但是她们又是社会关系中存在的实体，需要被认识和被表征，男性就"踊跃地"承担起了书写女性的任务，手握权力的男性"不就女人的本身来解释女人"[①]，而是以自己为主相对而论来书写女人，将女人定义成男性自己所期望的某种特性，比如温柔、美丽、善良等等，女人逐渐接受并潜移默化地内化了这种男权社会的价值体系，她们以为这一切都是与生俱来的、自然而然的。这样一来，这种身份牢牢地刻在女人的肉体和精神上，而且显得逻辑化、合理化、制度化。男性通过建构一个"他者"，突出他们的权威性、充实感和安全感，而沦为男权中心的"他者"的女性是失语的，只能默默地被言说。伊夫琳在全剧中完全成了希基书写的对象，希基把妻子伊夫琳书写成一个典型的贤妻良母型的女性，美丽大方，善良宽容，恪守妇道。希基经常在别的男人面前赞扬她的宽容、贤惠、高尚，他以妻子为骄傲。通过夸赞妻子，希基实际上在建构自己的身份，他无非是以妻子作为标尺来抬高自己的地位。最后，希基一枪击毙了伊夫琳，证明了男性中心话语的霸权和虚伪。

在男权文化语境下，罗伊尔斯顿夫人、肯尼太太及伊夫琳等女性都被美化成善良宽容、美丽温柔的天使。众多女性在异性的赞扬声中确实感到无比的满足，甚至觉得女性已经成为家庭和社会的主人。这

---

① [法] 西蒙娜·德·波伏瓦：《第二性》，郑克鲁译，上海：上海译文出版社，2011 年，第 8 页。

正是男性社会默认的一种欺骗女性的伎俩，他们在定义女性"他者"的时候，以温柔的语言形式掩盖其比较刺激的话语，使女性的权利在愉悦中被迷奸。但是，我们略加注意便可以发现，它们都是希基等男性对女性的评价，女性被描写、被解释，女性根本就不在场，是男性对女性的一种欲望的表现，有时就是一种意淫。伊夫琳的美丽和温柔不需要希基的花言巧语来解释，她就是她，一个独立的自我存在。可是，她是失语的群体，她已经被规定必须由其丈夫来书写她和建构她，因为这是男权社会男性神圣不可侵犯的个人特权。

在男权制社会，男性虚伪的一面促使他们必须以美丽的语言书写女性，构建男性自己高高在上的身份地位，伊夫琳等女性就是这样被希基等男性公开和秘密书写的；男性软弱的一面又迫使他们必须主宰女性，甚至不排除用各种暴力手段来掩饰自己的脆弱和不堪一击。罗伊尔斯顿先生的丑闻被揭发后便采取离家出走的家庭暴力手段；肯尼船长对即将精神崩溃的妻子怒而不理；希基更是走向暴力的极端，他用手枪击毙了爱他的妻子。这都是男性为了掩饰自己内心世界软弱而采取的手段，有时也是一种自卑的宣泄方式。他们"既把女性看成美丽温柔的天使又将之视为恶魔"，说明了女性在男权中心主义文化语境中的"双重角色"，也折射了"男人对女人的矛盾态度：她既给男人带来了满足感，又会使之产生厌恶感"[①]。伊夫琳给希基带来了很大的男性的自足感，在希基眼里，伊夫琳就是他的一块推销自我的招牌，他屡屡用妻子"温柔、爱怜、慈悲、宽容"[②]的美德为自己鸣锣开道。但是，伊夫琳又给他带来很大的麻烦，使他的罪恶感与日俱增，所以他开始厌恶伊夫琳，当他举枪对准伊夫琳时，口里还下意识地骂道："你这个该死的臭货！"[③]这充分反映了男权中心社会中男人对女人的矛盾心理。

①　杜予景：《一个不在场的他者叙事——〈丽姬娅〉的现代阐释》，《北京第二外国语学院学报》，2011 年第 4 期，第 42 页。

②　[美] 尤金·奥尼尔：《奥尼尔文集》（第 5 卷），郭继德编，北京：人民文学出版社，2006 年，第 305 页。

③　[美] 尤金·奥尼尔：《奥尼尔文集》（第 5 卷），郭继德编，北京：人民文学出版社，2006 年，307 页。

如果说前面提到的罗伊尔斯顿夫人和肯尼太太部分失语的话，那么《送冰的人来了》中的伊夫琳则完全不在场，她的外表形象、性格特点、内心世界以及行为活动等都是通过希基叙述的，希基完全按照传统男性幻想中的完美女性来对妻子伊夫琳加以建构，他完全沉醉于对她的书写和控制，不仅是在性爱意义上，而且是在精神上和智力意义上"塑造"了一个"他者"。女性的不在场正好使得男性可以对女性任意发挥、肆意书写，把自己的软弱、无能、恶习和罪恶在定义女性的过程中隐藏起来或淡化掉，使一些男性在现实生活中难于被认同的身份在此合理化。奥尼尔剧作中的这些女性俨然生活在一张男人编织的网里，没有言说的空间，她们的命运凸显了社会的冷漠与残酷。伊夫琳的悲剧不是个体的悲剧，而是女性群体的悲剧，作为弱势群体的女性对于改变处于话语中心地位的男性的期待只能是美丽的性别神话。传统的二元对立的性别伦理关系就像法律法规一样，牢固地存在于社会生活的各个角落，奥尼尔以超前的洞察力发现了这种现象，并用悲剧的形式进行表达和诠释，以便唤起观众对处于边缘女性群体的关注和关怀，共同建设平等性别的和谐幸福的人类家园。

第七章　奥尼尔悲剧思想：伦理美学视角

第一节　奥尼尔创作美学

奥尼尔的戏剧创作基本上没有脱离现实主义的基调。现实主义把文学作为分析与研究社会的手段，深刻揭露与批判社会的黑暗，同情下层人民的苦难，关心社会文明进程中人的生存处境问题。奥尼尔不同阶段的作品都表现了对于底层百姓的深切关注，他认为戏剧要给观众一个机会，"让他们看看其他人是怎样生活的呢"，而且应该让大家"好好见识一下社会底层人的生活，领略一下他们的负担、痛苦和低劣的条件"①。奥尼尔的现实主义创作风格受到了康拉德的影响，但他又觉得康拉德的现实观缺少亲密接触。他说：

> 康拉德跟他作品的人物保持着距离，他是平平安安地坐在船上的操纵室里，从上往下观察他的人物，描写他们的生活。而当我写海上的时候，我喜欢在甲板上跟船员们一起。②

奥尼尔力求艺术的真实模式，强调客观真实地反映生活，所以他的戏剧采用的是小说文学的叙事手段，在叙事艺术、情节结构和人物描写方面尽力接近生活的真实状况。奥尼尔不同时期的作品都贯穿了现实主义的创作格调，例如《东航卡迪夫》《安娜克里斯蒂》《诗人的气质》等等。正如巴雷特·克拉克所说，"他剧中的质朴的海员和农民活灵活现"，他的描写能力在于"能够通过活生生的人物，立即使你感

---

① Arthur and Barbara Gelb, *O'Neill*, New York: Harper and Row Publisher, 1973, pp.271-72.

② Arthur and Barbara Gelb, *O'Neill*, New York: Harper and Row Publisher, 1973, p.146.

到剧中的场景是真实可信的"①。

需要指出的是，奥尼尔对"现实主义"有着自己独特的理解，他批判当时大部分现实主义剧本反映的是"事物的表面"，而"真正的现实主义作品所反映的是人物的灵魂，它决定一个人物只能是他，而不可能是别人"②。这完全符合现实主义文学对于塑造典型环境与典型性格的要求，而且在人物刻画上更加深刻，深入到人物的灵魂深处，而不是在所谓人物性格的外部隔靴搔痒。

奥尼尔的自然主义倾向更为突出，这一倾向随着其写作的成熟，在其后期的作品中表现得更为明显。自然主义就是把自然科学的理论搬到文学中来，力图客观地实录生活，忽略典型的人物塑造，淡化情节，追求人物的气质特点和变态心理。这正如自然主义作家左拉所言："按照自然的本来面貌来观察自然。"③奥尼尔作品反映的是日常平凡的生活，没有故事情节。他的《加勒比斯之月》没有情节，真实反映水手们寻欢作乐、醉生梦死的场景；《东航卡迪夫》也是如此，没有情节结构，无起点终点。后来的《送冰的人来了》《进入黑夜的漫长旅程》戏剧也没有紧张的冲突、曲折的情节，一切都平淡无奇。

自然主义文学关注小人物的命运，反映普通人的生活和思想情感。奥尼尔的剧中没有光彩显赫的人物，试图从"肮脏下贱、下流龌龊的生活中搜寻理想化的高尚品质"④。他主张写平凡的、有血有肉的人，反对将人物故意美化或丑化以取得喜剧效果。奥尼尔"热爱作为个人的人，却讨厌任何以从俱乐部到民族为集体的人"⑤。约翰·盖斯纳认为，美国作家自从德莱赛的《嘉莉妹妹》之后，没有人再倾注于底

---

① Barrat H. Clark, *O'Neill: The Man and His Play*, New York: Dover Publications, INC., 1947, p.64.

② Barrat H. Clark, *O'Neill: The Man and His Play*, New York: Dover Publications, INC., 1947, p.520.

③ [法]让·弗莱维勒：《左拉》，王道乾译，1956 年，转引自汪义群：《奥尼尔研究》，上海：上海外语教育出版社，2006 年，第 214 页。

④ 复旦大学《外国文学》，1980 年第 1 期，转引自汪义群：《奥尼尔研究》，上海：上海外语教育出版社，2006 年，第 220 页。

⑤ Arthur and Barbara Gelb, *O'Neil*, New York: Harper and Row Publisher, 1973, pp.486-87.

层人物的生活，一直到 20 世纪 20 年代，奥尼尔才第一次用充满人性的笔调表现了这一主题，他"第一次将普通人带给美国戏剧"①。

奥尼尔对语言的运用，完全符合他作品的自然主义倾向。他反对咬文嚼字、矫饰做作，他喜欢用普通人的语言表达普通人的性格，表达"最真实最本质的人类感情"②。奥尼尔的语言和他所要表现的内容是一致的。《送冰的人来了》《进入黑夜的漫长的旅程》和《休伊》中的人物是杂乱的，故事是破碎的，语言是无话找话的语言，正是为了表现他们生活的单调、贫乏、毫无生气。奥尼尔认为："我不认为生活在我们这个支离破碎、毫无信心的时代，会有人能够使用高贵的语言。"③左拉谈到戏剧语言时提出："我希望在剧院里听到日常口语。"④奥尼尔所选择的简单、朴实的语言是为了表达真实的人物、行为和感情，他的艺术追求是伦理的艺术，一切为了表现底层人的悲惨命运。

奥尼尔谙熟表现主义的艺术手法，他常常用打破时空观念或扭曲现实的做法，来剖析人物的内心世界。表现主义 20 世纪初滥觞于德国，之后传播到欧美各国，影响到欧美各国文学的发展，成为影响最广泛的现代主义文学流派之一。表现主义文学就是从事物的外部现象窥视到事物表面下蕴藏的本质，从作品中人物的语言行为发掘人的灵魂世界。奥尼尔的《琼斯皇》和《毛猿》都是表现主义的杰作，前者主要通过幻觉来揭示主人公的坎坷经历和面临追赶时的恐惧和绝望的情绪，后者把主人公杨克的心理活动表现于外，使思想感知化。《毛猿》整个剧演示的是杨克精神危机产生的过程：从自信到怀疑到失落到绝望。戏剧冲突主要是杨克自身的内心冲突，他与米尔德丽小姐的冲突只是个引子。在第五大道商业街杨克向富人报复一场，就是杨克梦幻心理的具象化。任他如何挑衅，富人们依旧超然冷漠，丝毫没有反应，这就形象地揭示了杨克内心的愤怒、烦躁以及无可奈何。奥尼尔认为

---

① Gassner John, *Masters of the Drama*, New York: Dover, 1954, p.649.

② J. S. Wilson, "Interview with O'Neill," in John Henry Raleigh, ed., *Twentieth Century Interpretations of The Iceman Cometh*, Englewood Cliffs: Prentice-Hall, 1968.

③ Louis Sheaffer, *O'Neill: Son and Playwright*, Boston: Little, Brown and Company, 1968, p. 256.

④ Emile Zola, "Naturalism on the Stage," in Toby Cole & John Gassner, eds., *Playwrights on Playwriting: from Ibsen to Ionesco*, New York: Cooper Square Publishers, 2001, p.12.

面具是"一种最简约的辅助手段，能够外现心理学家所指的潜伏在潜意识里的思想冲突"①，所以奥尼尔在很多剧中使用面具，而且这成为奥尼尔最常用的表现主义手段之一，他通过面具揭示人物的内在心理冲突，使人物的心理活动能够通过面具具体化、形象化。

奥尼尔被赞颂为用表现主义、象征主义、现实主义、自然主义和心理分析创作美国戏剧的践行者。奥尼尔还是一个浪漫主义剧作家，这种创作艺术风格在他早期描写海洋的独幕剧中可以看到，例如《加勒比斯之月》描写了英国海轮上放纵、粗犷的生活，为我们展现了水手们一幅幅真实的海上生活画面。奥尼尔在其表现主义作品里广泛运用象征主义的表现手法，卡拉克②认为表现主义戏剧就是把经历过的事情记录下来，但是需要借助灯光、布景和创作者的灵感方可实现。霍华德·劳森接着卡拉克的话题说，如果需要灵感发挥的话，就说明表现主义作品需要作者的情感发挥和主观创造性，也就证明了奥尼尔的"表现主义还有浪漫主义的特质"③。奥尼尔虽然是自然主义戏剧的集大成者，但是他在强调机械化地记载生活的同时，认为应对生活"做出富于想象力的解释"，而不是简单忠实地"模仿生活的表面现象"④。这表现了奥尼尔创作中的主观想象空间，他关注创作的审美和艺术思维。奥尼尔在戏剧中完美地再现了生活，并借助主观想象和生活体验给戏剧注入了思想，使他的戏剧具有浪漫主义的气息。

无论奥尼尔运用何种艺术手法，都是为了实现一个目的，那就是为他的悲剧伦理美学服务。奥尼尔说："每一种方法都具备有利于我达到目标的可取之处，因此，我若能有足够的火力，就把它们都熔化成我自己的手法。"⑤他的现实主义戏剧通过对底层人的关注，揭示底层人的悲剧人生；自然主义戏剧通过对普通小人物命运的展现，使人们

---

① Oscar Cargill, *O'Neill and His Plays*, New York: New York University Press, 1970, pp.116-18.

② John Howard Lawson，*Theory and Technique of Playwriting and Screenwriting*, New York: G. P. Putnam's Sons', 1936, p.156.

③ Uohn Howard Lawson，*Theory and Technique of Playwriting and Screenwriting*, New York: G. P. Putnam's Sons', 1936, p.156.

④ Oscar Cargill, *O'Neill and His Plays*, New York: New York University Press, 1970, pp.120-22.

⑤ Oscar Cargill, *O'Neill and His Plays*, New York: New York University Press, 1970，pp.125-26.

意识到自己的悲惨境地；表现主义作品通过对人物内心活动的外化，表现人失去归属感、找不到出路的迷惘和痛苦；心理分析戏剧通过对人的潜意识和性的分析，从人的欲望激情中挖掘人类悲剧的根源；浪漫主义戏剧塑造了怀有梦想/不断追求不可能实现的理想的悲剧人物。所有手法的作用殊途同归，共同反映现代人深陷自身处境的困惑，他们拼命挣扎着寻找自我归宿，痛苦、焦虑，一直徘徊在无希望的希望大门外。

奥尼尔的戏剧具有深刻的伦理美学价值。奥尼尔自始至终都关注人本身，对人的生存状态的关注和对人归宿的追寻，体现了对"真"的重视。奥尼尔的生活言行和戏剧中也体现了对于"善"的向往。奥尼尔认为"生活是一场混乱，但它是个了不起的反讽，它正大光明，从不偏袒，它的痛苦也很壮丽"，在生活中"勇敢者永不言败"，因为"命运无法战胜勇敢者的气魄"[①]。他在剧本《梦孩子》中把黑人当作一个有血有肉有情感的人来描写，与偏见和传统话语展开了对抗。奥尼尔对于"美"的追求体现在他的悲剧美学上。奥尼尔酷爱希腊悲剧，深受希腊悲剧观的影响，他认为"只有悲剧才是真实，才有意义，才算是美"[②]。悲剧最大的特点就是传递最崇高的理想，使人"精神振奋，去深刻地理解生活"[③]，脱离日常琐碎繁杂的生活，追求丰富多彩和高尚的生活。奥尼尔所理解的悲剧有古希腊人所赋予的意义，是一种没有希望的希望，是一种未实现理想的成功的成功。正如他所言："生活中有悲剧，生活才有价值。"[④]在其悲剧美学的导引下，奥尼尔塑造了一系列社会底层的小人物。他们都是一些被生活遗弃的渺小、可怜，没有前途，没有地位的人，但是他们还在不断地为不可能实现的理想而奋斗。奥尼尔在创作中完全实践了自己的目标，他"奋力在肮脏下贱、下流龌龊的生活中搜寻理想化的高尚品质"[⑤]，富有深刻

---

① Arthur and Barbara Gelb, *O'Neill*, New York: Harper and Row Publisher, 1973, pp.260-61.

② Oscar Cargill, *O'Neill and His Plays*, New York: New York University Press, 1970.

③ Arthur and Barbara Gelb, *O'Neill*, New York: Harper and Row Publisher, 1973, pp.486-87.

④ Arthur and Barbara Gelb, *O'Neill*, New York: Harper and Row Publisher, 1973, p.337.

⑤ Louis Sheaffer, *O'Neill, Son and Playwright*, Boston: Little, Brown and Company, 1968, p.105.

的悲剧美学意义。

第二节　奥尼尔的悲剧伦理

奥尼尔注重戏剧艺术表达，但他的戏剧并不只是以戏剧艺术形式取胜的，和王尔德等比较起来，他绝对不是一个唯美主义剧作家。他关注社会变迁给人心灵造成的后果，他思考的是在现代社会中精神流浪的人如何能找到归宿，特别是当"旧的上帝死了，而取而代之的新上帝无法弥补旧上帝遗留在人们心里的原始信仰本能"①时，何以获得精神的慰藉。奥尼尔对于归宿问题的思考是伦理道德的思考，是人文关怀和对于人的灵魂的质问。

第一，追求理想的爱情。奥尼尔一生有过三次婚姻，他在婚姻方面总是给人一种失败者的印象。他对待婚姻的那种随意、轻率甚至放荡的态度，常常遭人诟病。然而他对爱情和婚姻的理想主义的憧憬，仍然引起我们的深思。他写过很多表达爱情的诗篇，颂扬纯洁美丽的爱情。例如：

> 我要跪下来向你求婚，
> 爱你直到永久。
> 我用新编温柔的
> 祝词为你祈求。
> 以不同的方式
> 我将把爱情追求，
> ……
> 让我们康乐延误，
> 名誉也不必眷顾我们，
> 倘若我们的爱情天长地久，——

---

① Oscar Cargill, *O'Neill and His Plays*, New York: New York University Press, 1970, p.115.

就剩你和我。[①]

奥尼尔像追求艺术完美一样，追求纯洁无瑕的爱情。奥尼尔对爱情、婚姻和美满家庭充满了期待和渴望，他写诗祝贺第三任妻子卡洛塔的生日，就表达了爱情、婚姻和家庭的温暖。例如：

此处
是家
是安宁
是恬谧。

此处
是坐在壁炉旁
对着炉火微笑的
爱，
是记起欢乐时刻微笑的
爱，
是注视对方恬谧眼睛时的
爱。[②]

奥尼尔一生都在寻找家的感觉，期盼一对恋人其乐融融地享受生活的快乐和幸福。正如他的诗里描写的那样，他憧憬安宁和谐、用爱浸透的婚姻。他希望那种心有灵犀的爱情，哪怕是炉火边的一个微笑都胜似百年酒香，暖到心底。奥尼尔的朋友贝西布鲁尔说："尤金是一个内心充满爱的人。"[③]奥尼尔感情丰富，但是在现实生活中他并不会

---

① 源自张子清翻译的尤金·奥尼尔的《我们俩的歌谣》的几句。参见郭继德编：《奥尼尔文集》（第6卷），北京：人民文学出版社，2006年，第109页。

② 源自张子清翻译的尤金·奥尼尔的《我们俩的歌谣》的几句。参见郭继德编：《奥尼尔文集》（第6卷），北京：人民文学出版社，2006年，第170页。

③ Crosswell Bowen & Shane O'Neill, *The Curse of the Misbegotten: A Tale of the House of O'Neill*, New York: McGraw-Hill, 1959, p.265.

很好地处理爱情，这往往给他深爱的人造成伤害，他伤害过他曾经深爱的凯斯琳和阿格尼斯。但是，这些正好从另一面说明了他对理想爱情的期盼和追寻。

第二，追求人与宗教的协调。奥尼尔生于天主教徒的家庭，幼年时皈依上帝的虔诚之心已成为他思想中的一个主导因素。尽管奥尼尔宣告与上帝分道扬镳，甚至对宗教公开宣战，但在内心深处，在感情上，他还是不能割断和宗教的关系。他的叛逆行为和对上帝的亵渎，正是他找不到精神寄托和归宿的结果，也证明了他心底对上帝的深深眷恋，他从来没有摆脱过那种"有罪"的感觉。他在《无穷的岁月》中，为了突显主人公拉文的矛盾心理，将他分裂成两个，一个代表肉与世俗的拉文，一个代表追求精神并为之感到痛苦的约翰，最后约翰在十字架前忏悔自己的罪孽，得到了上帝的宽恕，重新投入上帝的怀抱，获得了内心的和谐。这个剧本实际上传达了奥尼尔内心深处的宗教情怀，揭示了奥尼尔"灵魂深处的冲突"[①]。在《进入黑夜的漫长旅程》的最后一幕中，玛丽痛苦地说："我非常需要这样的东西，我记得我有这样东西的时候，我从来就不觉得孤单，从来也不害怕。我不能永远失掉它，……因为失去它，我就失去了希望。"[②]剧中玛丽的台词就是作者自己的思想。

我们阅读奥尼尔作品总有一种若有所失的感觉，产生一种内心倍受谴责、心存忏悔的心理，一种无法释怀的压抑感，因为他的灵魂无以托付，灵魂与肉体的冲突时时折磨着他。所以，人与宗教的协调统一成为奥尼尔毕生的道德理想，《无穷的岁月》中的贝尔特神父作为上帝的使者，被塑造成自信、深沉、内心平静的理想人物，这就是奥尼尔追求的人与宗教和谐统一的理想形象，奥尼尔用戏剧诠释自己的最高道德理想和伦理追求。

第三，追求人与自然的和谐。奥尼尔热爱大自然，特别与海洋有不解之缘，形成了奥尼尔特有的海洋情结。海洋在他的众多作品里成

---

① Joseph T. Shipley, *Guide to Great Plays*, Washinton: Public Affairs Press, 1956, p.274.
② [美]尤金·奥尼尔:《奥尼尔文集》(第 5 卷)，郭继德编，北京：人民文学出版社，2006年，第 455 页。

为主要的元素或整个戏剧故事情节发生的背景。大海在奥尼尔的世界里不仅象征着危险和凶恶，更多地意味着美和自由。他自己创作的诗歌里倾注了对海洋的热爱："夜晚海湾水面窃窃私语/小河流淌如灰色交响曲。"①大海无疑是自然的一部分，在大海的怀抱里使他能够挣脱丑恶的现实世界，充分释放自我，在自然中找回自己的归属。埃德蒙在《进入黑夜的漫长旅程》中告诉父亲他的那段浪漫的、难忘的海洋经历：

> 我和海洋融为一体，化为白帆，变成飞溅的浪花，又变成美景和节奏，变成月光，船，和星光隐约的天空！我感到没有过去，也没有将来，只觉得在大自然的怀抱中平安，协调，欣喜若狂，超越了自己渺小的生命，或者说人类的生命，达到了永生的境界！②

奥尼尔受东方道家回归自然的哲学思想的影响，回到了大海便回到了自然的怀抱，人与海洋融为一体，没有时间，忘记了存在，一切变得永恒，这里蕴涵着奥尼尔强烈的自然伦理思想。奥尼尔不断地在实践中探索和追求一个宁静淡泊、天人合一的世外仙境。例如，《泉》中的胡安横跨远洋，执着地寻找美丽的天然的"青春泉"，剧作者奥尼尔也在苦苦寻觅着一个和自己理想吻合的"乌托邦"社会，在这个理想的环境，人与自然能够和谐统一。奥尼尔通过剧本说明人与自然的和谐是最符合伦理道德的，也是最符合人性的。

奥尼尔通过人与自然关系的描写，来批判人类社会中存在的人与人之间、人与自然之间的不和谐关系。《鲸油》中肯尼船长为了商业利益和个人的虚荣，对自然间生物鲸展开残忍的捕杀。商业利益异化了肯尼船长，他失去了人情，变得野蛮成性，他肆意殴打和枪杀船员，把妻子逼疯，在他的眼里只有成群待捕的鲸和满船的鲸油。肯尼破坏

---

① 源自张子清翻译的尤金·奥尼尔的《夜曲》的两句。参见郭继德编：《奥尼尔文集》（第6卷），北京：人民文学出版社，2006年，第170页。

② [美]尤金·奥尼尔：《奥尼尔文集》（第5卷），郭继德编，北京：人民文学出版社，2006年，第436页。

了人与人和人与自然的生态和谐。《毛猿》中的杨克就"上不着天，下不着地，而悬在中间，试图调和，结果两面挨打"①。杨克不能进入未来，因此想返回过去，所以他与猩猩握手。杨克与自己命运的斗争就是在寻找自己的归属——回归自然。奥尼尔剧本具有神秘主义色彩，除了富有宗教意义上的神秘色彩、古希腊神不可战胜的神秘色彩和莎士比亚式的鬼魂和幻想的神秘色彩外，他的神秘主义主要来自中国道家哲学的影响，他告诉卡品特"老子和庄子的神秘主义使我最感兴趣"。②中国道家哲学对自然充满敬畏之感，还有积极的自然主义伦理和生态主义伦理的元素。奥尼尔的《归途迢迢》《加勒比斯之月》《安娜·克里斯蒂》《马可百万》《泉》《天边外》等含有浓浓的神秘主义格调。《加勒比斯之月》则以"大海的美为背景，它有悲哀，因为大海永恒不变，美中含悲是大海的一个真实基调"，它们都充满"灵性"，又是"庞然大物"③。在奥尼尔的心里，大海有生命，自然世界庞大而不可战胜。《天边外》中天边以外的世界以及《安娜·克里斯蒂》中的大海都是神秘的自然，它们蕴涵着奥尼尔深深的眷意和无尽的希望，因为这里是最理想的人与自然的交汇处。

第四，追求本真的道德态度。奥尼尔是一个真实的人和真实的灵魂，他的创作和行为都是最好的证明。奥尼尔创作的高潮是 20 世纪二三十年代，那个时候司空见惯的戏剧结构就是，在剧本的前三幕树起个假设、制造一个悬念，然后在第四幕把它推翻，完全是迎合观众的口味。奥尼尔对此嗤之以鼻，他讨厌这种"弄虚作假"的做法，他说一个人要了解生活，才有可能"把握住真实面貌背后的真谛，而真谛永远也不会是丑的"④。奥尼尔创作善于引经据典，但是他也反对那些资料堆砌的作品，资料过多会"阻碍我的视野"。他强调"事实就是

① Oscar Cargill, *O'Neill and His Plays*, New York: New York University Press, 1970, pp.110-12.

② Ernest G. Griffin, Ed., *Eugene O'Neill: A Collection of Criticism,* New York: McGraw-Hill, 1976, p.42.

③ Barrett H.Clark, *O'Neill: The Man and His Plays*, New York: Dover Publications, INC., 1947, pp.58-59.

④ Arthur and Barbara Gelb, *O'Neill*, New York: Harper and Row Publisher, 1973, pp.271-72.

事实，但真理是超越事实的”[①]。

　　奥尼尔在他的散论中批判了一些创作中故弄玄虚的作家。奥尼尔的自然主义风格使他喜欢记载生活的真情，他说生活中充满了戏剧，“自我与他人的冲突，人与自身的抗争，人与命运的博弈”，其余的都不重要，而作为剧作家，我“只把生活感受写下来。只有生活本身使我感兴趣，它的原因和理由我是不去问津的”[②]。奥尼尔的剧本也不在道德问题上夸大其词，他讨厌父亲表演的戏剧里好人有好报、坏人受惩罚的论调，因为生活并非如此。他说我的剧本“不在道德问题上装腔作势”，世间无所谓好人或坏人，在作品中做“‘好’‘坏’之分是愚蠢的，它跟琼斯皇的银子弹一样，是令人上当的迷信崇拜物”[③]。

　　深入生活，挖掘本真。奥尼尔认为作家与一般观众的区别是，他们“看到的首先是戏，其次才是生活；而我创作首先是生活，然后才把它纳入戏剧的形式中去”[④]。奥尼尔为了追求生活中的本真，他有自己的美学理念。首先，他认为作家受生活环境的影响比较大，所以要写美国本土的事情，就应该“生活在美国，呼吸这里的空气，体验这里的反应，通过在这里生活，把握这里人们的脉搏跳动”[⑤]。其次，作家不应该太功利，不能为了某个目的专写有利的方面，回避不利的方面。他认为高尔基的《在底层》获得如此巨大成功的原因是，剧本“如实反映人们的生活，用生活来说明真理”，而不是把“宣传”塞进剧本[⑥]。再次，作为一个优秀的剧作家，应该具有敏锐的眼光，对“时代弊端刨根寻源”，不能“在客厅中逢场作戏”[⑦]，要有诗的想象，用“诗的想象照亮生活中最卑鄙、最污秽”的地方，在“平庸和粗俗的深处发

　　① Jackson R. Bryer, *The Theatre We Worked for—the Letters of Eugene O'Neill to Kenneth Macgowan*, New Harven: Yale University Press, 1982, p.23.

　　② Arthur and Barbara Gelb, *O'Neill*, New York: Harper and Row Publisher, 1973, pp.486-87.

　　③ Arthur and Barbara Gelb, *O'Neill*, New York: Harper and Row Publisher, 1973, pp.486-87.

　　④ Louis Sheaffer, *O'Neill, Son and Playwright*, Boston: Little, Brown and Company, 1968, p.88.

　　⑤ Arthur and Barbara Gelb, *O'Neill*, New York: Harper and Row Publisher, 1973, p.750.

　　⑥ Oscar Cargill, *O'Neill and His Plays*, New York: New York University Press, 1970, pp.110-12.

　　⑦ Oscar Cargill, *O'Neill and His Plays*, New York: New York University Press, 1970, p.111.

觉诗情画意"①。最后，追求生活的本来面目，作家并不应该写当下的事情，只有"当现在的生活成了较远的过去，你才有可能描写它"②。作家需要思想沉淀，需要创作的距离感。

第五，追求崇高的悲剧精神。奥尼尔深受古希腊悲剧的影响，对悲剧有深刻的理解，并以毕生的精力去追寻。他认为我们的生活本身毫无意义，是理想赋予生活于意义。因为理想，我们不畏艰险，努力拼搏。奥尼尔认为那些"可以达到的目标根本就不配作为人生理想"，追求实现不了的理想是自取失败，但追求者的奋斗本身就是胜利，他是"精神意义上的榜样"③。一个人的生活具有足够高的目标，为了达到这个伟大的目标而与自己和外界逆境势力抗争时，生活便显示了奥尼尔所指的精神上的意义。这种精神上的意义就是古希腊人所赋予生活或生命的价值，即悲剧的伟大意义。悲剧对人类精神有着更深的理解，使人能够脱离日常琐碎的生活，使人的生活变得高尚。奥尼尔认为"悲剧具有崇高的力量，使人们精神振奋，去深刻理解生活"④，享受真正的幸福。

奥尼尔剧本中的人物都在与命运较量，不管是《天边外》中的罗伯特，还是《上帝的儿女都有翅膀》中的吉姆，他们的生活就是与自己和外界抗争，他们最终都失败了。奥尼尔认为"人要是不在跟命运的斗争中失败，人就成了个平庸愚蠢的动物"⑤。奥尼尔从悲剧的角度理解失败，他说"失败只是象征意义上讲的，因为勇敢的人永远是胜利者"，所谓的失败，只是"我们从物质意义"⑥的角度来看的。成功是整体失败链条上的一个小环节，所有远大的理想注定要走向失败，

---

① Louis Sheaffer, *O'Neill, Son and Playwright*, Boston: Little, Brown and Company, 1968, p.159.

② Arthur and Barbara Gelb, *O'Neill*, New York: Harper and Row Publisher, 1973, p.873.

③ Egil Tornqvist, *A Drama of Soul: O'Neill's Studies in Supernaturalistic Technique*, New Harven: Yale University Press, 1969, pp.13-14.

④ Arthur and Barbara Gelb, *O'Neill*, New York: Harper and Row Publisher, 1973, pp.486-87.

⑤ Arthur and Barbara Gelb, *O'Neill*, New York: Harper and Row Publisher, 1973, pp.260-61.

⑥ Egil Tornqvist, *A Drama of Soul: O'Neill's Studies in Supernaturalistic Technique*, New Harven: Yale University Press, 1969, p.14.

因此，生活中的人应该视"失败为人之生存的必需条件"[1]。生活如果没有理想，人活着犹如死人，理想实现了，也是死人一个，所以"生活有悲剧，生活才有价值"[2]。

奥尼尔毕生都在追求悲剧中那种最崇高的精神，他从悲剧中获得了快乐，获得了幸福。他能为悲剧创作而"狂喜"，为古希腊戏剧蕴涵的宗教精神而"发狂"[3]。所以，从某种意义上说，奥尼尔具有乐观的悲剧伦理道德意识。当有人指责他阴郁、悲观时，他断然拒绝，并强烈回击道："有两种乐观，一种是肤浅，另一种是高层次上的，常被混为悲观主义。"他认为只有悲剧才是真实和美的，悲剧是人生的意义、生活的希望，生活中"最高尚的永远是最悲的"[4]。

---

① Arthur and Barbara Gelb, *O'Neill*, New York: Harper and Row Publisher, 1973, p.337.

② Arthur and Barbara Gelb, *O'Neill*, New York: Harper and Row Publisher, 1973, p.337.

③ Arthur and Barbara Gelb, *O'Neill*, New York: Harper and Row Publisher, 1973, p.337.

④ Oscar Cargill, *O'Neill and His Plays*, New York: New York University Press, 1970, p.109.

参考文献

一、英文文献

1. 专著

[1]Alexander, Doris. *The Tempering of Eugene O'Neil.* New York: Harcourt, Brace and World, 1962.

[2]Alexander, Doris. *Eugene O'Neill's Creative Struggle: The Decisive Decade, 1924-1933.* University Park: Penn State University Press, 1992.

[3]Austin, Gayle. *Feminist Theory for Dramatic Criticism.* Ann Arbor: University of Michigan Press, 1990.

[4]Bagchee, Shyamal. *Perspectives on O'Neill:New Essays.* Victoria, BC: University of Victoria, 1988.

[5]Bakhtin, M. *Selected Readings of Bakhtin.* London: A Holder A Mode Publication, 1997.

[6]Bhabha, Homi K. *The Location of Culture.* Routledge, 1994.

[7]Barker, Chris. *Cultural Studies: Theory and Practice.* London: Sage Publications Ltd., 2011.

[8]Bigsby, C. W. E. *A Critical Introduction of Twentieth-Century American Drama (Vol. 1, 1900-1940).* Cambridge: Cambridge University Press, 1982.

[9]Black, Stephen. *Eugene O'Neill: Beyond Mourning and Tragedy.* New Haven and London: Yale University Press, 1999.

[10]Birlin, Norman. *Eugene O'Neill.* New York: St. Martin's, 1982.

[11]Bogard, Travis. *Contour in Time: The Plays of Eugene O'Neill.* Oxford University Press,1988.

[12]Bogard, Travis & R. Jackon. *Selected Letters of Eugene O'Neill.* New Haven: Yale University Press,1988.

[13]Booth, Wayne. *The Rhetoric of Fiction.* Chicago: The University of Chicago Press, 1983.

[14]Bowen, Crosswell & Shane O'Neill. *The Curse of the Misbegotten: A Tale of the House of O'Neill.* New York: McGraw-Hill, 1959.

[15]Bryer, Jackson R. *The Theatre We Worked for—the Letters of Eugene O'Neill to Kenneth Macgowan.* New Harven: Yale University Press, 1982.

[16]Burr, Suzanne. "O'Neill's Ghostly Women." *Feminist Readings of Modern American Drama.* June schlueter, ed. Rutherford: Fairleigh Dickinson University Press, 1989.

[17]Calverton, Victor Francis. *Liberation of American Literature.* New York: Charles Scribner's Sons, 1932.

[18]Cargill, Oscar, N. Bryllion Fagin & William J. Fisher, *O'Neill and His Plays: Four Decades of Criticism.* New York: New York University Press, 1961.

[19]Cargill, Oscar. *O'Neill and His Plays.* New York: New York University Press,1970.

[20]Carpenter, Frederick I. *Eugene O'Neill.* New York: Twayne Publishers, 1957.

[21]Carpenter，Frederic I. "Eugene O'Neill, the Orient and American Transcendentalism." *Transcendentalism and Its Legacy.* Myron Simon & T. H. Parsons, eds. Ann Arbor: University of Michigan Press, 1996.

[22]Certeau, Michel D. *Heterologies:Discourse on the Other(Theory and History of Literature).* Trans. by Brian Massumi. Minneapolis: University of Minisota Press, 1986.

[23]Clark, Barrat H. *O'Neill: The Man and His Plays.* New York: Dover Publications, INC., 1947.

[24]Clark, Barrat H. *European Theories of the Drama*. New York: Crown Publishers,1947.

[25]Cohn, Ruby. *Dialogue in American Drama*. Bloomington: Indiana University Press, 1971.

[26]Crutch, Joseph W. *Introduction to Nine Plays by Eugene O'Neill*. New York: Random House, 1932.

[27]Edgar, Andrew. *Cultural Theory: The Key Concepts*. London and New York: Routledge, 2002.

[28]Engel A, Edwin. *The Haunted Heroes of Eugene O'Neill*. Cambridge, Mass.: Harvard University Press, 1953.

[29]Engel, Edwin. "Ideas in the Plays of Eugene O'Neill." *Ideas in the Drama*. John Gassner, ed. New York: Columbia University Press, 1964.

[30]Fanon, Frantz. *Black Skin, White Masks*. Trans. by Charles Lam Markmann. New York: Grove, 1967.

[31]Fanon, Frantz. *Toward the African Revolution*. Trans. by Haakon Chevalier. New York: Grove, 1968.

[32]Fanon, Frantz. *The Wretched of the Earth*. Trans. by Constance Farrington. New York: Grove, 1968.

[33]Manheim, Michael. *O'Neill's New Language of Kinship*. New York: Syracuse University Press, 1968.

[34]Sheaffer, Louis. *O'Neill, Son and Playwright*. Boston: Little, Brown, 1968.

[35]Falk, Doris V. *Eugene O'Neill and Tragic Tension*. New Brunswick, N J: Rutgers University Press, 1959.

[36]Floyd, Virginia. *Eugene O'Neill at Work—Released Ideas for Plays*. New York: Frederic Ungar Co., 1981.

[37]Floyd, Virginia. *The Plays of Eugene O'Neill: New Assessment*. New York: Frederic Ungar Co., 1985.

[38]Gassner, John. *Master of the Drama*. New York: Dover, 1954.

[39]Gelb, B. Arthur. *O'Neill*. New York: Harper and Row Publisher, 1973.

[40]Gelb, B. Arthur. *O'Neill: life with Monte Cristo*. New York: Applause Theatre Books, 2000.

[41]Goldberg, S. L. *Agents and Lives: Moral Thinking in Literature*. Cambridge: Cambridge University Press, 1993.

[42]Hall, Ann C. *A Kind of Alaska: Women in the Plays of O'Neill*. Carbondale: Southern Illinois University Press, 1993 .

[43]Lawson, John Howard. *Theory and Technique of Playwriting and Screenwriting*. New York: G. P. Putnam's Sons', 1936.

[44]Manheim, Michael. *Eugene O'Neill's New Language of Kinship*. Syracuse: Syracuse University Press, 1982.

[45]Manheim, Michael. "The transcendence of Melodrama in A Touch of the poet and A Moon for the Misbegotten." *Critical Approaches to O'Neill*. John Strope, ed. New York: AMS Press, 1988.

[46]Manheim, Michael. *The Cambridge Companion to Eugene O'Neil*. Cambridge: Cambridge University Press, 1998.

[47]Martine, James. *Critical Essays on Eugene O'Neill*. New York: AMS Press, 1988.

[48]Memmi, Albert. *The Colonizer and Colonized*. New York: Orion, 1965.

[49]Miller, Jordan Y. *Eugene O'Neill and the American Critic*. Hamden: Archon Books, 1973.

[50]Mitchell, Juliet. *Psychoanalysis and Feminism: A Radical Reassessment of Freudian Psychoanalysis*. Trans. by Jacqueline Rose. London: The Macmillan Press Ltd., 1982.

[51]Murphy, Brenda. "O'Neill's America: the stranger interlude between the wars." *The Cambridge Companion to Eugene O'Neill*. Michael Manheim, ed. Cambridge: Cambridge University Press, 1998.

[52]Newton, Judith L., Mary P. Ryan, & Judith R. Walkowitz. eds.

Sex and Class in Women's History. London: Routledge, 1983.

[53]O'Neill, Eugene. *Complete Plays (Vol 1)*. Travis Bogard, ed. New York: Library of America, 1988.

[54]Orr, John. *Tragic Drama and Modern Society: Studies in the Social and Literary Theory of Drama from 1870 to the Present*. Totowa, NJ: Barns and Noble, 1981.

[55]Pawley, Thomas D. "The Black World of Eugene O'Neill." in Haiping Liu and Lowell Richard, Sewall. "Eugene O'Neill and the Sense of Tragic." F. Jr. Richard, ed. *Eugene O'Neill's Century: Centennial Views on America's Foremost Tragic Dramatist*. Moorton: Greenwood Press, 1991.

[56]Pfister, Joel. *Staging Depth: Eugene O'Neill and the Politics of Psychological Discourse*. Chapel Hill: The University of North Carolina Press, 1995.

[57]Raleigh, John H. *The Plays of Eugene O'Neill*. Carbondale: Southern Illinois University Press, 1965.

[58]Ranald, Margaret L. *An O'Neill Companion*. Westport: Greenwood Press, 1984.

[59]Robinson, James A. *Eugene O'Neill and Oriental Thought, A Divided Vision*. Illinois: Southern Illinois University Press, 1982.

[60]Sheaffer, Louis. *O'Neill: Son And Artist*. Boston: Little, Brown and Company, 1973.

[61]Shipley, Joseph T. *Guide to Great Plays*, Washinton: Public Affairs Press, 1956.

[62]Skinner, Richard. D. *Eugene O'Neill: A Poet's Quest*. New York: Longmans Green, 1935.

[63]Strope, J. H. *Critical Approaches to O'Neill*, New York: AMS Press, 1988.

[64]Swortzell, eds. *Eugene O'Neill in China*. New York: Greenwood, 1992.

[65]Tornqvist, Egil. *A Drama of Soul: O'Neill's Studies in Supernaturalistic Technique.* New Harven: Yale University Press, 1969.

[66]Weales, Gerald. "Eugene O'Neill: The Iceman Cometh." *Landmarks of American Writing.* Hening Cohen, ed. New York: Basic Books, 1969.

[67]Griffin, Ernest G. Ed. *Eugene O'Neill: A Collection of Criticism.* New York: McGraw-Hill, 1976.

[68]Wilson, J. S. "Interview with O'Neill." *Twentieth Century Interpretations of The Iceman Cometh.* J. H. Raleigh, ed. Englewood Cliffs: Prentice-Hall, 1968.

[69]Winther, Sophus. K. *O'Neill: A Critical Study.* New York: Russell and Russell, 1934.

2. 学术论文

[1]Antush, John V. "Eugene O'Neill: Modern and Post Modern." *The Eugene O'Neill's Review*, 1989(Spring), 13: 14-26.

[2]Atkinson, J. Brooke. "Laurel for Strange Interlude." *New York Times*, 13 May 1928.

[3]Atkinson, Ti-Grace. "Rebellion." *The Sunday Times Magazine.* September 1969.

[4]Barlow, Judith E. "O'Neill's Women." *The O'Neill's Newsletter.* 1992(Summer/Fall), 6: special section.

[5]Cahill, Gloria. "Mothers and Whores: The Process of Integration in the Plays of Eugene O'Neill." *Eugene O'Neill's Review*, 1992(Spring), 16: 5-23.

[6]Carpenter, Frederick I. "Book Reviews." *Wisconsin Studies in Contemporary Literature.* 1962(Autumn), 3(3): 87-90.

[7]Carpenter，Frederic I. "Review of Contour in Time: The Plays of Eugene O'Neill by Travis Bogard." *American Literature*, 1973(March), 45(1): 125-26.

[8]Cole, Lester. "Two Views on O'Neill." *Masses and Mainstream,*

1954(June), 7(6): 56-63.

[9]Granger, B. Ingham. "Review." *Books Abroad*, 1962(Autumn), 36(4): 439-45.

[10]Heuvel, Michael Vanden. "Review: Performing Gender." *Contemporary Literature*, 1994(Winter), 35(4): 3-12.

[11]Lawson, John Howard. "The Tragedy of Eugene O'Neill." *Masses and Mainstream*, 1954(March), 7(3): 7-18.

二、中文参考文献
1. 戏剧原典

[1][美]尤金·奥尼尔.《外国当代剧作选（1）》，龙文佩编，北京：中国戏剧出版社，1988.

[2][美]尤金·奥尼尔.《奥尼尔文集1》，郭继德编，郭继德、蒋虹丁等译，北京：人民文学出版社，2006.

[3][美]尤金·奥尼尔.《奥尼尔文集2》，郭继德编，欧阳基、荒芜等译，北京：人民文学出版社，2006.

[4][美]尤金·奥尼尔.《奥尼尔文集3》，郭继德编，毕鋐、郭继德等译，北京：人民文学出版社，2006.

[5][美]尤金·奥尼尔.《奥尼尔文集4》，郭继德编，荒芜、汪义群等译，北京：人民文学出版社，2006.

[6][美]尤金·奥尼尔.《奥尼尔文集5》，郭继德编，郭继德、龙文佩等译，北京：人民文学出版社，2006.

[7][美]尤金·奥尼尔.《奥尼尔文集6》，郭继德编，张子清、刘海平等译，北京：人民文学出版社，2006.

2. 研究著作

[1][法]阿尔贝特·施韦泽.《敬畏生命》，上海：上海社会科学出版社，1996.

[2][美]爱德华·萨义德.《东方学》，王宇根译，北京：生活·读书·新知三联书店，2013.

[3][苏]巴赫金.《陀思妥耶夫斯基诗学问题》，白春仁等译，北京：

生活·读书·新知三联书店，1992.

[4][苏]巴赫金.《巴赫金全集》（第五卷），白春仁等译，石家庄：河北教育出版社，1998.

[5][美]伯高·帕特里奇.《狂欢史》，刘心勇等译，上海：上海人民出版社，1992.

[6]程正民.《巴赫金的文化诗学》，北京：北京师范大学出版社，2001.

[7]杜任之.《现代西方著名哲学家述评》：北京：生活·读书·新知三联书店，1990.

[8]佛朗兹·法农.《黑皮肤、白面具》，万冰译，南京：译林出版社，2005.

[9][英]弗吉尼亚·沃尔夫.《一间自己的屋子》，王还译，北京：生活·读书·新知三联书店，1992.

[10][美]弗吉尼亚·弗洛伊德.《尤金·奥尼尔的剧本：一种新的评价》，陈良廷、鹿金译，上海：上海译文出版社，1993.

[11]龚刚.《现代性伦理叙事研究》，杭州：浙江大学出版社，2013.

[12]郭继德.《尤金·奥尼尔戏剧研究论文集》，上海：上海外语教育出版社，2004.

[13]郭勤.《依存于超越：尤金·奥尼尔隐秘世界后的广袤天空》，上海：上海译文出版社，2010.

[14][美]汉密尔顿.《希腊精神：西方文明的源泉》，葛海滨译，沈阳：辽宁教育出版社，2004.

[15][古希腊]贺拉斯.《诗艺》，杨周翰译，北京：人民文学出版社，1962.

[15][美]佳亚特里·斯皮瓦克.《从解构到全球化批判：斯皮瓦克读本》，陈永国等编，北京：北京大学出版社，2007.

[16]廖可兑.《尤金·奥尼尔戏剧研究论文集》，上海：外语教学与研究出版社，1997.

[17]廖可兑.《尤金·奥尼尔剧作研究》，北京：中国美术学院出版社，1999.

[18]刘德环.《尤金·奥尼尔传》，长春：吉林出版集团、时代文艺出版社，2013年。

[19]刘海平、徐锡祥.《奥尼尔论戏剧》，北京：大众文学出版社，1999.

[20]刘海平、朱栋霖.《中美文化在戏剧中的交流》，南京：南京大学出版社，1988.

[21]刘茂生.《王尔德创作的伦理思想研究》，武汉：华中师范大学出版社，2008.

[22]刘永杰.《性别理论视阈下的尤金·奥尼尔剧作研究》，北京：中国社会科学出版社，2014.

[23]龙文佩.《尤金·奥尼尔评论集》，上海：上海译文出版社，1988.

[24]罗国杰.《伦理学》，北京：人民出版社，2014.

[25][英]马丁·艾思林.《戏剧剖析》，北京：中国戏剧出版社，1981.

[26][奥]马丁·布伯.《我与你》，陈维纲译，北京：生活·读书·新知三联书店，2002.

[27][美]迈克·曼海姆.《剑桥文学指南：尤金·奥尼尔》，上海：上海外语教育出版社，2000.

[28][法]米歇尔·福柯.《规训与惩罚》，刘北成等译，北京：生活·读书·新知三联书店，2010.

[29]聂珍钊、杜娟、唐红梅等.《英国文学的伦理学批评》，武汉：华中师范大学出版社，2007.

[30][德]尼采.《扎拉图斯特拉如是说》，黄明嘉译，华东师范大学出版社，2009.

[31][瑞典]斯特林堡.《斯特林堡全集》（第四卷），李子义译，北京：人民文学出版社：2015.

[32][美]斯托夫人.《汤姆叔叔的小屋》，李自修译，北京：中央编译出版社，2010.

[33]宋希仁.《西方伦理思想史》，北京：中国人民大学出版社，2010.

[34][美]托马斯·索维尔.《美国种族简史》，沈宗美译，北京：中信出版社，2015.

[35]汪义群.《奥尼尔研究》,上海:上海外语教育出版社,2006.

[36]王治河.《后现代哲学思潮研究》,北京:北京大学出版社,2006.

[37]卫岭.《奥尼尔的创伤记忆与悲剧创作》,北京:中国人民大学出版社,2008.

[38]伍茂国.《从叙事走向伦理:叙事伦理理论与实践》,北京:新华出版社,2013.

[39][奥]西格蒙德·弗洛伊德.《梦的解析》,丹宁译,北京:国际文化出版公司,2002.

[40][法]西蒙娜·德·波伏瓦.《第二性》,郑克鲁译,上海:上海译文出版社,2014.

[41]谢群.《语言与分裂的自我:尤金·奥尼尔剧作解读》,北京:北京大学出版社,2005.

[42][古希腊]亚里士多德、贺拉斯.《诗学 诗艺》,罗念生译,北京:人民文学出版社,1984.

[43][古希腊]亚里士多德.《诗学》,陈中梅译注,北京:商务印书馆,2003.

[44][古希腊]亚里士多德.《尼各马科伦理学》,苗力田译,北京:中国人民大学出版社,2014.

[45][德]雅斯珀尔斯.《悲剧的超越》,亦春译,北京:工人出版社,1988.

[46][美]詹姆斯·罗宾森.《尤金·奥尼尔和东方思想》,郑柏铭译,沈阳:辽宁教育出版社,1997.

[47]张金良.《当代美国喜剧的多样性:语言视角》,天津:南开大学出版社,2013.

[48]张梦麟.《〈奇异的插曲〉序》,王实味译:《奇异的插曲》,北京:中华书局,1936.

[49]翟晶.《边缘世界:霍米巴巴后殖民理论研究》,北京:文化艺术出版社,2013.

3. 学术论文

[1]艾辛.《奥尼尔研究综述》,《剧本》,1987(5):93-94.

[2]蔡隽.《依存与超越——论尤金·奥尼尔悲剧意识的形成》,《山东文学》,2010(4):46-48.

[3]蔡隽.《大卫·马梅特戏剧伦理思想研究》,博士学位论文,苏州大学外国语学院,2013:1-198.

[4]曹萍.《尤金奥尼尔的〈送冰的人来了〉:一部充满狂欢精神和多重复调的戏剧》,《安徽大学学报》,2008(4):99-103.

[5]陈立华.《从〈榆树下的欲望〉看奥尼尔对人性的剖析》,《外国文学研究》,2000(2):71-75.

[6]春冰.《欧尼尔与〈奇异的插曲〉》,《戏剧》,1929,(1):5.

[7]杜学霞:《〈上帝的儿女都有翅膀〉的后殖民主义思考》,《韶关学院学报》,2010(4):53-56.

[8]杜予景.《一个不在场的他者叙事——〈丽姬娅〉的现代阐释》,《北京第二外国语学院学报》,2011(4):40-44.

[9]段世萍、唐晏.《奥尼尔剧作〈琼斯皇〉的表现主义解读》,《华南师范大学学报》,2006(4):73-75.

[10]郭继德.《对西方现代人生的多角度探索——论奥尼尔的悲剧创作》,《文史哲》,1990(4):77-82.

[11]郭勤.《尤金·奥尼尔与自身心理学——解读奥尼尔剧作中的自恋现象》,《当代外国文学》,2011(3):13-21.

[12]黄学勤.《戏剧家奥尼路的艺术》,《社会科学》,1937(10)、(13).

[13]黄颖.《论尤金·奥尼尔塑造女性形象的表现主义手法》,《南京师范大学文学院学报》,2005(4):87-90.

[14]康建兵.《尤金·奥尼尔戏剧中的爱尔兰情结》,《中南大学学报》(社会科学版),2011(5):208-215.

[15]李兵.《奥尼尔与弗洛伊德》,《西南民族学院学报》,1996(6):18-21.

[16]李霞.《〈琼斯皇〉——荣格集体无意识学说的典型图解》,《名作欣赏》,2007(16):110-112.

[17]廖敏.《奥尼尔剧作中的"他者"》,《戏剧文学》,2012(12):

30-33.

[18]刘琛.《论奥尼尔戏剧中男权中心主义下的女性观》,《吉林大学社会科学学报》,2004(5):59-63.

[19]刘明厚.《简论奥尼尔的表现主义戏剧》,《外国文学评论》,1997(3):60-61.

[20]刘永杰.《〈悲悼〉主人公莱维妮亚的女性主义审视》,《四川戏剧》,2006(4):37-40.

[21]刘永杰.《〈进入黑夜的漫长旅程〉的女性主义解读》,《四川戏剧》,2008(6):71-75.

[22]刘永杰.《〈悲悼〉中"海岛"意象的生态伦理意蕴》,《郑州大学学报》,2014(3):117-120.

[23]刘砚冰.《论尤金·奥尼尔的现代心理悲剧》,《河南师范大学学报》,1992(3):81-88.

[24]刘砚冰.《论莎士比亚社会秩序观的形成和发展》,《河南师范大学学报》,1991(4):102-107.

[25]梅兰.《狂欢化的世界观、体裁、时空体和语言》,《外国文学研究》,2002(4):10-17.

[26]苗佳.《论戏剧〈进入黑夜的漫长旅程〉的心理创伤》,《上海戏剧》,2015(1):67-68.

[27]任增强.《"女性"即"母性":奥尼尔"母性情结"的价值取向》,《译林》,2012(5):93-102.

[28]沈建青.《疯癫中的挣扎和抵抗:谈〈长日入夜行〉里的玛丽》,《外国文学研究》,2003(5):2-68.

[29]时晓英.《极端状况下的女性——奥尼尔女主角的生存状态》,《四川外语学院学报》,2004(4):36-40.

[30]孙振偎.《尤金·奥尼尔悲剧美学观及其审美价值研究》,《文艺理论与批评》,2013(2):123-125.

[31]孙宜学.《论尤金·奥尼尔剧作的悲剧主题》,《艺术百家》,2001(3):68-74.

[32]陶久胜、刘立辉.《奥尼尔戏剧的身份主题》,《南昌大学学报》,

2012（2）：142-149.

[33]王铁铸.《悲剧：奥尼尔的三位一体》,《辽宁大学学报》, 1993（3）：9-13.

[34]王占斌.《边缘世界的狂欢：巴赫金狂欢理论视角下的奥尼尔戏剧解析》,《四川戏剧》, 2015（5）：13.

[35]王占斌.《尤金·奥尼尔戏剧中蕴含的解构意识》,《北京第二外国语学院学报》, 2015（8）：28-35.

[36]王占斌.《女性的悲剧之源——〈性别理论视阈下尤金·奥尼尔剧作研究〉评介》,《天津外国语大学学报》, 2016（2）：73-75.

[37]王占斌.《〈榆树下的欲望〉中的希腊神话元素与尤金·奥尼尔的内心世界》,《四川戏剧》, 2016（5）：84-88.

[38]武跃速.《论奥尼尔悲剧的终极追寻》,《外国文学研究》, 2003（1）：26-32.

[39]卫岭.《还原一个真实的奥尼尔——奥尼尔不是男权主义的作家》,《学术评论》, 2011（3）：83-92.

[40]夏雪.《尼娜：男性世界中的囚鸟——对〈奇异的插曲〉的女性主义解读》,《社会科学论坛》, 2015（2）85-86.

[41]夏忠宪.《巴赫金狂欢化诗学理论》,《北京师范大学学报》, 1994（5）：74-82.

[42]肖利民.《从边缘视角看奥尼尔与莎士比亚戏剧的深层关联》,《四川戏剧》, 2013（2）：10-13.

[43]许诗焱.《面向剧场：奥尼尔20世纪20年代戏剧表现手段研究》,《外国文学研究》, 2002（3）：62-67.

[44]杨永丽.《"恶女人"的提示——论〈奥瑞斯提亚〉与〈悲悼〉》,《外国文学评论》, 1990（1）：105-111.

[45]杨彦恒.《论尤金·奥尼尔剧作的悲剧美学思想》,《中山大学学报》, 1997（6）：122-128.

[46]张春蕾.《尤金·奥尼尔90年中国形成回眸》,《南京晓庄学院学报》, 2013（1）：67-73.

[47]张剑.《西方文论关键词:他者》,《外国文学》, 2011（1）:118-129.

[48]张金良.《中美戏剧交流史上的一桩公案》,《戏剧》,2010（4）：21-26.

[49]张军.《论奥尼尔的悲剧创作意识与美学思想》,《学术交流》,2004（8）：160-162.

[50]张生珍、金莉.《当代美国戏剧中的家庭伦理关系探析》,《外国文学》,2011（5）：273-277.

[51]张岩.《试论尤金·奥尼尔悲剧的美学意蕴》,《山东师范大学学报》,2003（5）：76-81.

[52]张媛.《从〈榆树下的欲望〉探讨尤金·奥尼尔对女性的关怀》,《江苏科技大学学报》,2014（3）：43-48.

[53]赵卫东.《从女性主义视角解读罗敷形象》,《文学教育》,2008（1）：17-19.

[54]周维培.《美国戏剧在当代中国的传播》,《戏剧文学》,1998（10）：56-60.

附录一：尤金·奥尼尔诺贝尔奖晚宴演说词

Eugene O'Neill's Nobel Prize Banquet Speech[①]

(As the Laureate was unable to be present at the Nobel Banquet at the City Hall in Stockholm, December 10, 1936, the speech was read by James E. Brown, Jr., American Chargé d'Affaires.)

It is an extraordinary privilege that has come to me to take before this gathering of eminent persons the place of my fellow-countryman, Mr. Eugene O'Neill, recipient of the Nobel Prize in Literature, who unfortunately is unable to be present here today.

It is an extraordinary privilege because the significance and true worth of the Nobel Prizes are fully recognized in all advanced parts of the world. The Prizes are justly held in honor and esteem, for it is well known that they are awarded without prejudice of any kind by the several committees whose members generously devote much time and thought to the task in their charge.

In addition to being a stimulus to endeavour and a high recognition of achievement, the Prizes are valuable in another respect. Owing to the complete absence of partiality in the awarding of them, they induce people of all countries to think in terms of the world and mankind, heedless of classifications or boundaries of any character. The good influence of such

---

① Horst Frenz, *Nobel Lectures, literature 1901-1967*, Amsterdan: Elsevior Publishing Company, 1969.

conspicuous recognition of a particular achievement thus spreads far beyond its special purpose.

Mr. O'Neill has been prevented from being here today principally because the state of his health, damaged by overwork, has forced him to follow his doctor's orders to live absolutely quietly for several months. It is his hope, and I follow his own words in a letter to me, that all those connected with the festival will accept in good faith his statement of the impossibility of his attending, and not put it down to arbitrary temperament, or anything of the sort.

In view of his inability to attend, he promptly sent a speech to be read on his behalf on this occasion. Mr. O'Neill in a letter to me said regarding his speech, "It is no mere artful gesture to please a Swedish audience. It is a plain statement of fact and my exact feeling, and I am glad of this opportunity to get it said and on record." It affords me great pleasure to read now the speech addressed to this gathering by Mr. Eugene O'Neill.

"First, I wish to express again to you my deep regret that circumstances have made it impossible for me to visit Sweden in time for the festival, and to be present at this banquet to tell you in person of my grateful appreciation.

It is difficult to put into anything like adequate words the profound gratitude I feel for the greatest honor that my work could ever hope to attain, the award of the Nobel Prize. This highest of distinctions is all the more grateful to me because I feel so deeply that it is not only my work which is being honored, but the work of all my colleagues in America-that this Nobel Prize is a symbol of the recognition by Europe of the coming-of-age of the American theatre. For my plays are merely, through luck of time and circumstance, the most widely-known examples of the work done by American playwrights in the years since the World War-work that has finally made modern American drama in its finest aspects an achievement of which Americans can be justly proud, worthy at last to claim kinship with the modern drama of Europe, from which our original inspiration so surely derives.

This thought of original inspiration brings me to what is, for me, the greatest happiness this occasion affords, and that is the opportunity it gives me to acknowledge, with gratitude and pride, to you and to the people of Sweden, the debt my work owes to that greatest genius of all modern dramatists, your August Strindberg.

It was reading his plays when I first started to write back in the winter of 1913-14 that, above all else, first gave me the vision of what modern drama could be, and first inspired me with the urge to write for the theatre myself. If there is anything of lasting worth in my work, it is due to that original impulse from him, which has continued as my inspiration down all the years since then-to the ambition I received then to follow in the footsteps of his genius as worthily as my talent might permit, and with the same integrity of purpose.

Of course, it will be no news to you in Sweden that my work owes much to the influence of Strindberg. That influence runs clearly through more than a few of my plays and is plain for everyone to see. Neither will it be news for anyone who has ever known me, for I have always stressed it myself. I have never been one of those who are so timidly uncertain of their own contribution that they feel they cannot afford to admit ever having been influenced, lest they be discovered as lacking all originality.

No, I am only too proud of my debt to Strindberg, only too happy to have this opportunity of proclaiming it to his people. For me, he remains, as Nietzsche remains in his sphere, the Master, still to this day more modern than any of us, still our leader. And it is my pride to imagine that perhaps his spirit, musing over this year's Nobel award for literature, may smile with a little satisfaction, and find the follower not too unworthy of his Master."

Prior to the speech, Robert Fries, Director of the Bergius Foundation, remarked: "It is difficult to explain the vital processes in the living organism; it is difficult to interpret the inmost essence of matter, but it is perhaps most difficult to sound the human mind and to understand the soul in its shifting phases. With passionate intensity and impulsive genius Eugene O'Neill has done this in his dramas, and one cannot but be captivated by the masterly way in which he deals with the great problems of life."

附录二：尤金·奥尼尔诺贝尔奖颁奖典礼演说词

Eugene O'Neill's Nobel Prize Award Ceremony Speech[①]

(Presentation Speech by Per Hallström, Permanent Secretary of the Swedish Academy, on December 10, 1936.)

Eugene O'Neill' dramatic production has been of a sombre character from the very first, and for him life as a whole quite early came to signify tragedy.

This has been attributed to the bitter experiences of his youth, more especially to what he underwent as a sailor. The legendary nimbus that gathers around celebrities in his case took the form of heroic events created out of his background. With his contempt for publicity, O'Neill straightway put a stop to all such attempts; there was no glamour to be derived from his drab hardships and toils. We may indeed conclude that the stern experiences were not uncongenial to his spirit, tending as they did to afford release of certain chaotic forces within him.

His pessimism was presumably on the one hand an innate trait of his being, on the other an offshoot of the literary current of the age, though possibly it is rather to be interpreted as the reaction of a profound personality to the American optimism of old tradition. Whatever the source of his pessimism may have been, however, the line of his development was marked out, and O'Neill became by degrees the

① Horst Frenz, *Nobel Lectures, literature 1901-1967*, Amsterdan: Elsevior Publishing Company, 1969.

uniquely and fiercely tragic dramatist that the world has come to know. The conception of life that he presents is not a product of elaborate thinking, but it has the genuine stamp of something lived through. It is based upon an exceedingly intense, one might say, heart-rent, realization of the austerity of life, side by side with a kind of rapture at the beauty of human destinies shaped in the struggle against odds.

A primitive sense of tragedy, as we see, lacking moral backing and achieving no inner victory-merely the bricks and mortar for the temple of tragedy in the grand and ancient style. By his very primitiveness, however, this modern tragedian has reached the well-spring of this form of creative art, a naive and simple belief in fate. At certain stages it has contributed a stream of pulsating life-blood to his work.

That was, however, at a later period. In his earliest dramas O'Neill was a strict and somewhat arid realist; those works we may here pass by. Of more moment were a series of one-act plays, based upon material assembled during his years at sea. They brought to the theatre something novel, and hence he attracted attention.

Those plays were not, however, dramatically notable; properly speaking, merely short stories couched in dialogue-form; true works of art, however, of their type, and heart-stirring in their simple, rugged delineation. In one of them, The Moon of the *Caribbees* (1918), he attains poetic heights, partly by the tenderness in depicting the indigence of a sailor's life with its naive illusions of joy, and pertly by the artistic background of the play: dirge-like Negro songs coming from a white coral shore beneath metallically glittering palms and the great moon of the Caribbean Sea. Altogether it is a mystical weave of melancholy, primitive savagery, yearning, lunar effulgence, and oppressive desolateness.

The drama *Anna Christie* (1921) achieves its most striking effect through the description of sailors' life ashore in and about waterfront saloons. The first act is O'Neill's masterpiece in the domain of strict realism, each character being depicted with supreme sureness and mastery. The content is the raising of a fallen Swedish girl to respectable human status by the strong and wholesome influences of the sea; for once pessimism is left out of the picture, the play having what is termed a happy ending.

With his drama *The Hairy Ape* (1922), also concerned with sailors' lives, O'Neill launches into that expressionism which sets its stamp upon his "ideadramas." The aim of expressionism in literature and the plastic arts is difficult to determine; nor need we discuss it, since for practical purposes a brief description suffices. It endeavours to produce its effects by a sort of mathematical method; it may be said to extract the square root of the complex phenomena of reality, and build with those abstractions a new world on an enormously magnified scale. The procedure is an irksome one and can hardly be said to achieve mathematical exactitude; for a long time, however, it met with great success throughout the world.

The Hairy Ape seeks to present on a monumental scale the rebellious slave of steam power, intoxicated with his force and with superman ideas. Outwardly he is a relapse to primitive man, and he presents himself as a kind of beast, suffering from yearning for genius. The play depicts his tragical discomfiture and ruin on being brought up against cruel society.

Subsequently O'Neill devoted himself for a number of years to a boldly expressionistic treatment of ideas and social questions. The resulting plays have little connection with real life; the poet and dreamer isolates himself, becoming absorbed in feverishly pursued speculation and phantasy.

The Emperor Jones (1920), as an artistic creation, stands rather by itself; through it the playwright first secured any considerable celebrity. The theme embraces the mental breakdown of a Negro despot who rules over a Negro-populated island in the West Indies. The despot perishes on the flight from his glory, hunted in the dead of night by the troll-drums of his pursuers and by recollections of the past shaping themselves as paralyzing visions. These memories stretch back beyond his own life to the dark continent of Africa. Here lies concealed the theory of the individual's unconscious inner life being the carrier of the successive stages in the evolution of the race. As to the rightness of the theory we need form no opinion; the play takes so strong a hold upon our nerves and senses that our attention is entirely absorbed.

The "dramas of ideas" proper are too numerous and too diversified to be included in a brief survey. Their themes derive from contemporary life or from sagas and legends; all are metamorphosed by the author's fancy. They play on emotional chords all tightly strung, give amazing decorative effects, and manifest a never-failing dramatic energy. Practically speaking, everything in human life in the nature of struggle or combat has here been used as a subject for creative treatment, solutions being sought for and tried out of the spiritual or mental riddles presented. One favourite theme is the cleavage of personality that arises when an individual's true character is driven in upon itself by pressure from the world without, having to yield place to a make-believe character, its own live traits being hidden behind a mask. The dramatist's musings are apt to delve so deep that what he evolves has an urge, like deep-sea fauna, to burst asunder on being brought into the light of day. The results he achieves, however, are never without poetry; there is an abundant flow of passionate, pregnant words. The action, too, yields evidence in every case of the never-slumbering energy that is one of O'Neill's greatest gifts.

Underneath O'Neill's fantastic love of experimenting, however, is a hint of a yearning to attain the monumental simplicity characteristic of ancient drama. In his *Desire Under the Elms* (1924) he made an attempt in that direction, drawing his motif from the New England farming community, hardened in the progress of generations into a type of Puritanism that had gradually come to forfeit its idealistic inspiration. The course embarked upon was to be followed with more success in the "Electra" trilogy.

In between appeared *A Play: Strange Interlude* (1928), which won high praise and became renowned. It is rightly termed "A Play", for with its broad and loose-knit method of presentation it cannot be regarded as a tragedy; it would rather seem most aptly defined as a psychological novel in scenes. To its subtitle, "Strange Interlude," a direct clue is given in the course of the play: "Life, the present, is the strange interlude between the past and what is to come." The author tries to make his idea clear, as far as possible, by resorting to a peculiar device: on the one hand, the characters speak and reply as the action of the play demands; on the other, they reveal their real natures and their recollections in the form of monologues, inaudible to the other characters upon the stage. Once again, the element of masking!

Regarded as a psychological novel, up to the point at which it becomes too improbable for any psychology, the work is very notable for its wealth of analytical and above all intuitive acumen, and for the profound insight it displays into the inner workings of the human spirit. The training bore fruit in the real tragedy that followed, the author's grandest work: *Mourning Becomes Electra* (1931). Both in the story it unfolds and in the destiny-charged atmosphere enshrouding it, this play keeps close to the tradition of the ancient drama, though in both respects it is adjusted to modern life and to modern lines of thought. The scene of this tragedy of the modern-time house of Atreus is laid in the period of the great Civil War, America's *Iliad*. That choice lends the drama the clear perspective of the past and yet provides it with a background of intellectual life and thought sufficiently close to the present day. The most remarkable feature in the drama is the way in which the element of fate has been further developed. It is based upon up-to-date hypotheses, primarily upon the natural-scientific determinism of the doctrine of heredity, and also upon the Freudian omniscience concerning the unconscious, the nightmare dream of perverse family emotions.

These hypotheses are not, as we know, established beyond dispute, but the all-important point regarding this drama is that its author has embraced and applied them with unflinching consistency, constructing upon their foundation a chain of events as inescapable as if they had been proclaimed by the Sphinx of Thebes herself; Thereby he has achieved a masterly example of constructive ability and elaborate motivation of plot, and one that is surely without a counterpart in the whole range of latter-day drama. This applies especially to the first two parts of the trilogy.

Two dramas, wholly different and of a new type for O'Neill, followed. They constitute a characteristic illustration of the way he has of never resting content with a result achieved, no matter what success it may have met with. They also gave evidence of his courage, for in them he launched a challenge to a considerable section of those whose favourable opinions he had won, and even to the dictators of those opinions. Though it may not at the present time be dangerous to defy natural human feelings and conceptions, it is not by any means free from risk to prick the sensitive conscience of critics. In *Ah, Wilderness* (1933) the esteemed writer of tragedies astonished his admirers by presenting them with an idyllic middle-class comedy and carried his audiences with him. In its depiction of the spiritual life of young people the play contains a good deal of poetry, while its gayer scenes display unaffected humour and comedy; it is, moreover, throughout simple and human in its appeal.

In *Days Without End* (1934) the dramatist tackled the problem of religion, one that he had until then touched upon only superficially, without identifying himself with it, and merely from the natural scientist's combative standpoint. In this play he showed that he had an eye for the irrational, felt the need of absolute values, and was alive to the danger of spiritual impoverishment in the empty space that will be all that is left over the hard and solid world of rationalism. The form the work took was that of a modern miracle play, and perhaps, as with his tragedies of fate, the temptation to experiment was of great importance in its origination. Strictly observing the conventions of the drama form chosen, he adopted medieval naiveté in his presentation of the struggle of good against evil, introducing, however, novel and bold features of stage technique. The principal character he cleaves into two parts, white and black, not only inwardly but also corporeally, each half leading its own independent bodily life-a species of Siamese twins contradicting each other. The result is a variation upon earlier experiments. Notwithstanding the risk attendant upon that venture, the drama is sustained by the author's rare mastery of scenic treatment, while in the spokesman of religion, a Catholic priest, O'Neill has created one of his most lifelike characters. Whether that circumstance may be interpreted as indicating a decisive change in his outlook upon life remains to be seen in the future.

O'Neill's dramatic production has been extraordinarily comprehensive in scope, versatile in character, and abundantly fruitful in new departures; and still its originator is at a stage of vigorous development. Yet in essential matters, he himself has always been the same in the exuberant end unrestrainably lively play of his imagination, in his never-wearying delight in giving shape to the ideas, whether emanating from within or without, that have jostled one another in the depths of his contemplative nature, and, perhaps first and foremost, in his possession of a proudly and ruggedly independent character.

In choosing Eugene O'Neill as the recipient of the 1936 Nobel Prize in Literature, the Swedish Academy can express its appreciation of his peculiar and rare literary gifts and also express their homage to his personality in these words: the Prize has been awarded to him for dramatic works of vital energy, sincerity, and intensity of feeling, stamped with an original conception of tragedy.

后　记

回想起 6 年前真正开始阅读、研究尤金·奥尼尔戏剧，是为了给学生指导奥尼尔戏剧表演，需要熟悉奥尼尔《天边外》的剧情和主题。我用了一下午从头到尾读完了剧本的英文版，觉得心里很不是滋味，满脑子装的都是罗伯特·梅约，一连几天焦虑不安，好像心灵深处受到了考验。难道奥尼尔的其他剧本也是如此悲情吗？潜意识里的好奇冲动驱使我读了第二个剧本、第三个剧本……就这样我一年里基本上读完了奥尼尔的五十部剧，也写了几篇论文，还完成了博士论文，申请了天津市哲学社科课题，一来二去，不知不觉深陷其中，无法自拔。

选择研究奥尼尔是一时冲动所起，现在想起来真是有点初生牛犊不畏虎的意味。奥尼尔是世界文学殿堂中经典而又经典的作家，国内外奥尼尔研究近一个世纪以来，大家小家辈出，专著论文成山，研究已经达到登峰造极的水平，恐难容我有用武之地。再者，奥尼尔是一个复杂的灵魂，这样深刻的作家和深刻的思想，我作为英语专业出身的人恐怕难以走进他的世界，解读他的著作。

然而，凡事都是一分为二的。新手上路不会驾轻就熟，但是我的视角可能会与众不同。本书用几种新的理论去阐释奥尼尔戏剧的尝试，也许还不够有说服力，甚至牵强附会，但都是建立在阅读基础上的诠释，而非"玩弄"理论。本书的每一章自成体系，相对独立，但整体上又浑然一体，是对奥尼尔戏剧多视角的解读和研究。

在本书即将付梓之际，首先感谢天津商业大学的出版资助。天津商业大学各级领导重视学科建设，鼓励教师努力搞好科研，提高科研水平，多出版高质量的学术成果。其次要感谢南开大学出版社的编辑老师在此书编辑出版过程中付出的辛勤劳动，他们细致入微、一丝不苟的工作态度令人敬佩。本书出版承蒙天津市哲学社科规划项目的鼎力支持，在此一并感谢。通过此书，我可以和热爱戏剧的读者交流，期待大家批评指正，希望在大家的帮助下对奥尼尔的研究能够得到进一步的深入。

王占斌

2016 年 8 月 20 日于天津翡翠城